Susanne Misch
Waldesruh

Susanne Mischke

Waldesruh

Thriller

Arena

In neuer Rechtschreibung

1. Auflage 2009
@2009 Arena Verlag GmbH, Würzburg
Alle Rechte vorbehalten
Einbandgestaltung: Frauke Schneider
Foto: gettyimages
Gesamtherstellung: Westermann Druck Zwickau GmbH
ISBN 978-3-401-06336-2

www.arena-verlag.de

Der Nachmittag zog sich in die Länge wie ein alter Kaugummi. Emily hatte keine Lust mehr zu malen. Sie tauchte den Pinsel in das Wasserglas und beobachtete, wie sich rote Wolkengebilde in der durchsichtigen Flüssigkeit formten.

»Ein Blutbad«, würde Marie wohl dazu sagen und sich sicher gleich eine Geschichte dazu ausdenken – vielleicht von einem Vampir.

Ob sie Marie anrufen sollte? Aber sie war erst vorgestern bei ihr gewesen und letzte Woche auch schon dreimal. Nein, Emily wollte nicht nerven und vor allen Dingen wollte sie niemanden spüren lassen, wie einsam sie sich fühlte, auch nicht Marie.

Ein leiser Groll machte sich in ihr breit. Dieser verdammte Umzug! In Köln war ihr nie langweilig gewesen, sie hatte viele Freundinnen gehabt: Lisa, Jennifer, Kira, Yvonne, Svenja . . . Wahrscheinlich waren sie gerade zusammen im Schwimmbad und hatten jede Menge Spaß . . .

Bei diesem Gedanken konnte Emily nicht verhindern, dass sich eine Träne aus ihrem Augenwinkel stahl. Wütend wischte sie sich übers Gesicht. Jetzt schrieben sie sich zwar noch SMS und E-Mails, aber das war nicht mehr das Gleiche.

Warum musste ihr Vater auch diese blöde Stelle in Hannover antreten! Obwohl – jetzt wurde sie ungerecht. Emily wusste, wie sehr er sich diesen neuen Job gewünscht hatte.

»Du wirst bald wieder Freundinnen finden, hab ein bisschen Geduld«, versuchte ihre Mutter sie fast täglich zu trösten. Bald?

Immerhin wohnten sie schon seit Ostern in diesem faden Vorort von Hannover. Jetzt war Juni und ihre Klassenkameradin Marie war die Einzige, mit der sich Emily verabredete.

Außer Marie gab es in ihrer Klasse ein Quartett übler Zicken, von denen sich Emily instinktiv fernhielt, und eine Handvoll Mädchen, die sie freundlich, aber distanziert behandelten.

Alle kannten sich schon seit der Grundschule, sie waren eine verschworene Gemeinschaft und hatten offensichtlich wenig Lust auf die Neue. Die zwölf Jungs der 9b konnte man ohnehin vergessen, das waren ausnahmslos Kindsköpfe, darin unterschieden sie sich überhaupt nicht von denen in ihrer alten Klasse.

Blieb Marie. Marie war anders, schon allein, weil sie die Jüngste der Klasse war, sie hatte im vergangenen Schuljahr eine Jahrgangsstufe übersprungen. Beim Zickenquartett hieß sie deshalb auch nur »Miss Einstein« oder »Strebersau«. Dabei war Marie eher das Gegenteil einer Streberin, sie musste nicht viel lernen, ihr flog alles zu.

Emily lernte zwar nicht so mühelos wie Marie, aber die Mädchen fanden schnell heraus, dass sie gemeinsame Interessen hatten, die jenseits von Klamotten und Frisuren lagen: Beide lasen viel, beide hielten sich am liebsten draußen auf. Emily malte und zeichnete gern, während Marie alles liebte, was mit Technik, Mathematik und Physik zu tun hatte. Darüber hinaus war sie handwerklich ziemlich geschickt. Letzte Woche hatten sie in stundenlanger Arbeit ein Baumhaus gebaut. In gefährlicher Höhe hatten sie mit Brettern, Hammer, Nägeln und Säge hantiert.

Hätte Mama das gesehen, sie hätte glatt einen Anfall bekommen, dachte Emily und konnte bei diesem Gedanken schon wieder lächeln.

»Ein Baumhaus? Das ist doch was für kleine Kinder«, hatte Maries sechzehnjährige Schwester Janna abfällig bemerkt.

Aber das Baumhaus war kein Abenteuerspielplatz für sie. Es war ihr Refugium, ein Ort fernab von jeglichem Zickenterror, an dem man lesen, träumen, erzählen oder einfach nur abhängen konnte, ohne dass einen jemand störte.

Sie hatten sogar verabredet, demnächst einmal dort zu übernachten.

Emily gähnte und sah unschlüssig auf die Uhr. Erst halb vier. Der halbe Nachmittag lag vor ihr.

Ach, was soll's, dachte sie. Sie würde Marie einfach anrufen. Besser, als hier zu Hause herumzusitzen. Wenn ich nerve, wird sie es schon sagen.

Entschlossen griff sie zu ihrem Handy und wählte Maries Nummer zu Hause. Nachdem es sehr lange geläutet hatte, meldete sich eine piepsige Kinderstimme. »Hallo?«

»Moritz? Hier ist Emily. Kannst du mir bitte mal Marie geben?«

»Nö.«

Aufgelegt.

»Mistkröte«, schimpfte Emily. In Situationen wie dieser war sie froh, ein Einzelkind zu sein. Marie gab ihr da uneingeschränkt recht – zumal sie fand, dass nicht nur Brüder, sondern auch große Schwestern mehr als entbehrlich seien. »Braucht man nicht wirklich«, lautete Maries Kommentar zu ihrer Schwester Janna.

Emily drückte die Wahlwiederholung, aber das Telefon klingelte ins Leere. Was jetzt? Marie besaß kein Handy – auch so eine Sache, die sie von anderen Mädchen unterschied.

Emily griff nach ihrem Rucksack und rannte die Treppe hinunter. Ihre Mutter war bei der Arbeit, umso besser. Hastig kritzelte sie *Bin bei Marie* auf einen Zettel und legte ihn auf den Küchentisch. Dann schwang sie sich aufs Fahrrad.

Emily näherte sich Maries Zuhause aus südlicher Richtung. Die asphaltierte Straße hatte sie hinter sich gelassen, der holprige Feldweg, auf dem sie nun fuhr, verlief neben einem Maisfeld. Mannshoch standen die Stauden und nahmen ihr die Sicht. Der Wind frischte auf, Staub tanzte in kleinen Wirbeln vor ihr her, die Blätter der Maispflanzen raschelten.

Emily sah sich unwillkürlich um. Marie hatte ihr erzählt, dass sich Wildschweine bevorzugt in Maisfeldern aufhielten. »Und wenn die Junge haben, können die ganz schön gefährlich werden, die schlitzen dich mit ihren Hauern regelrecht auf«, hatte sie anschaulich geschildert.

Marie hatte einen Hang zum Makabren, sie war berüchtigt für ihre Horrorgeschichten. Neulich hatte sie auf den dampfenden Komposthaufen gestarrt und verkündet, dies sei das Tor zur Unterwelt. Unter dem rottenden Müll würden sich nackte, augenlose Wesen tummeln, die nur darauf warteten, dass sich ihnen ein Zugang zur Menschenwelt öffnete.

»Du meinst Regenwürmer«, hatte Emily gekichert.

»Regenwürmer? Nimm das mal nicht so locker«, hatte Marie todernst erwidert. »Sie sind riesig und pechschwarz und haben einen Kopf und ein Maul mit einer klebrigen Zunge, damit ätzen sie einem die Haut vom Körper, wenn man sie berührt.«

Emily hatte die Augen verdreht und den Kopf geschüttelt, aber der siebenjährige Moritz machte seither einen Bogen um den Komposthaufen.

Emily war erleichtert, als sie das Maisfeld hinter sich ließ. Jetzt war es nicht mehr weit, von hier aus sah man schon, gleich hinter den Gleisen, das kleine Haus mit dem steilen

Dach, das Emily ein wenig an ein Hexenhaus erinnerte. Es war ein altes Bahnwärterhäuschen und die Adresse lautete: Außerhalb 5.

Einen Bahnwärter gab es natürlich nicht mehr, der Übergang war inzwischen mit einer Lichtanlage gesichert, die rot blinkte, wenn ein Zug kam. Es passierte aber nur alle halbe Stunde eine S-Bahn das Häuschen und hin und wieder ein Güterzug. Dann allerdings klirrten die Gläser im Schrank und tanzten die Tassen auf dem Tisch.

Maries Familie hatte sich längst an die Züge gewöhnt und davon abgesehen war man hier völlig ungestört. Nur hin und wieder zog ein Trecker seine Bahnen durch die Felder, die das kleine Haus umgaben. Es stand mitten in einem weitläufigen Garten, der von wuchernden Holundersträuchern umgeben war. Mit dem großen Grundstück schien Maries Großmutter ein wenig überfordert zu sein, jedenfalls sah der Garten bei Emily zu Hause gepflegter aus.

Emily hatte die alte Frau bei ihren letzten Besuchen kennengelernt. Sie war ihr wortkarg und ein wenig mürrisch vorgekommen, aber Marie meinte, sie sei ganz in Ordnung, wenn man sie besser kenne. »Sie ist nur ein bisschen menschenscheu.«

Auf die Frage, was mit ihren Eltern sei, hatte Marie knapp geantwortet: »Autounfall.« Dabei war ein verschlossener Ausdruck in ihre dunklen Augen getreten und Emily hatte nicht weitergefragt.

Emily schob ihr Fahrrad durch das Gartentor, das schief in den Angeln hing, und stellte ihr Rad gleich dahinter ab. Die Haustür stand weit offen. Trotzdem klingelte Emily, doch niemand reagierte. Zögernd betrat sie den dämmrigen Flur.

»Hallo? Ich bin's, Emily! Ist jemand zu Hause?«

Keine Antwort. Sie mussten wohl alle im hinteren Teil des Gartens sein. Hoffentlich hatte sie durch ihr Klingeln nicht Frau Holtkamps Mittagsschlaf gestört, dachte Emily. Alte Leute machten doch so etwas, Mittagsschlaf – zumindest ihre Oma tat das. Aber eigentlich sah Frau Holtkamp noch gar nicht so alt aus. Sie hatte braunes, vermutlich gefärbtes Haar, dessen helmartige Frisur an eine Playmobilfigur erinnerte. Für eine Frau über siebzig war sie bemerkenswert schlank und von aufrechter Haltung. Ihren Gesichtszügen sah man trotz der Falten noch immer an, dass sie einmal sehr schön gewesen sein musste.

Auch die Wohnungseinrichtung war untypisch für eine alte Frau: In den kleinen Räumen mit den niedrigen Decken und den Holzbalken standen helle Möbel, die Zimmer waren gemütlich eingerichtet, ganz ohne Nippes, Plunder und Plüsch.

Hier gab es weder düstere Schrankwände noch wuchtige Polstermöbel, keine übereinanderliegenden Orientteppiche oder kitschiges Porzellan.

Kurz, es war ein Haus, in dem man sich auf Anhieb wohlfühlte.

Emily trat wieder hinaus ins grelle Sonnenlicht und stapfte über den ungepflegten Rasen um das Haus herum. Eine Amsel flog zeternd auf.

Die drei Weyer-Geschwister standen mit dem Rücken zu ihr neben dem Gemüsebeet bei den Beerensträuchern und schienen etwas zu betrachten, das am Boden lag.

»Ah, hier seid ihr, ich habe euch schon gesucht«, rief Emily fröhlich.

Marie und Janna drehten sich in einer synchronen Bewegung nach ihr um. Sofort begriff Emily, dass etwas nicht stimmte. Janna, sonst immer ein spöttisches Lächeln auf den bemalten Lippen, war blass wie ein Ziegenkäse und blickte Emily mit leerem Ausdruck an. Marie hatte die Augen weit aufgerissen, sie sah aus wie ein verschrecktes Käuzchen. Nur Moritz, der zwischen seinen Schwestern am Boden kauerte, verharrte bewegungslos in seiner Stellung und starrte durch seine schmutzigen Finger hindurch auf eine Gestalt.

Emily kam näher und presste erschrocken die Hände vor den Mund. Im zertretenen Gras lag Frau Holtkamp. Das sonst so akkurat frisierte Haar hing ihr wirr um den Kopf, ihr Gesicht war bleich und blutleer, die fahlen Lippen halb geöffnet, ein Spuckefaden zog sich den Mundwinkel hinab. Ihre Pupillen blickten starr in den Himmel.

Sie muss doch blinzeln, dachte Emily. Man kann nicht so in die Sonne starren, das tut doch weh.

Frau Holtkamp hielt die Hände vor der Brust verkrampft. Die braunfleckige Haut auf ihrem Handrücken sah aus wie zerknittertes Pergament. Zu ihren Füßen lag ein Korb mit schwarzen Johannisbeeren, er war umgekippt und sein Inhalt hatte sich über den Rasen verteilt.

Emily hatte noch nie eine echte Tote gesehen, nur im Fernsehen. Im Fernsehen kam in solchen Fällen immer ein Arzt und danach ging alles seinen Gang. Aber wo war hier der Arzt?

Marie löste sich aus ihrer Starre und sagte: »Moritz hat sie gefunden. Sie muss einen Herzanfall gehabt haben oder so was.«

Emily räusperte sich. »Ihr müsst den Notarzt rufen«, sagte sie und merkte, wie ihre Stimme zitterte.

»Wozu? Der kann Oma auch nicht mehr helfen. Sie ist tot. Sie atmet nicht mehr.« Janna kniete sich nieder und legte ihre Hand an die Stelle, an der die Halsschlagader der Toten sein musste. »Kein Puls«, sagte sie erstickt. »Nichts!«

Emily räusperte sich. »Der Arzt muss den Tod feststellen.«

Keine Antwort.

Nur Moritz begann auf einmal zu wimmern: »Was ist mit Oma? Warum bewegt sie sich nicht?«

Keine der beiden Schwestern reagierte. Wie gelähmt standen sie da und starrten ihre Großmutter an.

Emily streckte Maries Bruder die Hand hin. Sie fühlte sich heiß und feucht an. »Komm mit, Moritz, wir gehen ins Haus. Was meinst du, möchtest du ein bisschen fernsehen?«

»Oma sagt, ich darf das nicht am Nachmittag«, sagte er unsicher.

»Heute schon«, erwiderte Emily mit fester Stimme. »Heute machen wir eine Ausnahme.«

»Cool.« Er rannte los und Emily folgte ihm ins Haus. Im Flur war es kühl und sie blieb einen Moment stehen, um tief Luft zu holen. Doch Moritz war schon im Wohnzimmer, wo er sich auf das Sofa warf und gierig nach der Fernbedienung griff, als wäre sie ein Zauberstab, der ihn in eine andere Welt befördern würde.

Und ein bisschen ist es wohl auch so, dachte Emily.

»Alles in Ordnung, Moritz?«

Der Kleine nickte stumm, ohne wirklich auf sie zu achten. Emily blieb noch einen Moment bei ihm, aber etwas anderes, als ihn hilflos anzustarren, fiel ihr nicht ein. Sollte sie mit ihm darüber sprechen, was passiert war? Aber was verstand ein Siebenjähriger schon vom Tod?

Ich muss Janna und Marie fragen, dachte sie.

Als sie in den Garten zurückkehrte, standen Marie und Janna nicht mehr bei der Toten. Janna kauerte mit angezogenen Knien in der Hollywoodschaukel unter dem Apfelbaum. Marie stand vor ihr, ihre Hände rieben nervös ihre Oberarme, sie zitterte am ganzen Körper.

»Was passiert jetzt mit uns?«, fragte Marie gerade, als Emily zu ihnen trat.

»Ich weiß es nicht«, stöhnte Janna. »Das Übliche. Ein Heim. Pflegefamilien . . . Es sei denn, Mama kommt bald wieder raus.«

Mama? Hatte Marie nicht erzählt, dass ihre Eltern tot seien? Raus? Wo raus? War sie etwa im Gefängnis? Aber Emily blieb keine Zeit, darüber nachzudenken, denn Janna antwortete: »Das kannst du vergessen.« Dann vergrub sie das Gesicht in den Händen und ihre Schultern zuckten. Die sonst so coole Sechzehnjährige sah so verloren und elend aus, dass Emily sich spontan neben sie setzte und den Arm um sie legte. Janna ließ es geschehen, falls sie es überhaupt bemerkte.

»Was meint ihr mit Heim und Pflegefamilie?«, fragte Emily, doch im gleichen Moment wurde ihr klar, wie blöd die Frage war.

»Oma hatte das Sorgerecht für uns«, sagte Marie nüchtern. »Mein Vater ist tot, unsere Mutter ist in der Psychiatrie. Wir haben sonst niemanden.«

Wir haben sonst niemanden.

Der Satz hallte in Emilys Kopf nach. Sie stellte sich vor, ihre Eltern und Verwandten wären plötzlich tot. In ihrer Brust wurde es eng, ihr wurde flau, ja geradezu übel.

Von allen verlassen, wie musste das sein?

Eine Minute verstrich, es war plötzlich ganz still im Garten. Kein Blatt raschelte im Wind, kein Vogel zwitscherte, die Welt schien den Atem anzuhalten.

Als die Stille unerträglich wurde, sagte Emily: »Moritz sieht fern. Ich glaube, er hat gar nicht richtig begriffen, was passiert ist.«

»Der hat es gut.« Marie seufzte schwer. »Wenn wir doch auch nur weitermachen könnten, als ob nichts geschehen wäre.« Sie zwirbelte eine ihrer dunklen Locken, dann gab sie sich einen Ruck. »Okay, es hilft ja nichts. Wollen wir das Jugendamt jetzt gleich anrufen?«

Bei diesem Gedanken zuckte Janna zusammen, als hätte sie einen Stromschlag erhalten. Tränen blitzten zwischen ihren getuschten Wimpern, als sie rief: »Verdammt, ich will das nicht! Ich will nicht schon wieder Pflegeeltern, Heime, diese ganze Scheiße! Und der arme Moritz, der ahnt ja noch gar nicht, was wieder auf ihn zukommt. Er ist noch so klein – er wird seine ganze Kindheit und Jugend herumgeschubst werden, ich seh das schon kommen!« Janna hatte sich in ihre Verzweiflung hineingesteigert, sie legte Kopf und Arme auf die Knie, ihre Schultern bebten.

»Ich will das doch auch nicht«, flüsterte Marie und verbarg ihr Gesicht in den Händen. Emily verspürte den Wunsch, den Arm um sie zu legen, aber sie zögerte. Irgendwie kam sie sich im Augenblick ziemlich fehl am Platz und überflüssig vor, so als wäre sie Zeugin von etwas geworden, das sie nur zum Teil verstehen konnte.

Marie hob den Kopf, ein trotziger Ausdruck trat in ihre Augen. »Ich frag mich manchmal sowieso, wozu wir Erwachsene brauchen, die uns dämliche Vorschriften machen.«

»Wie meinst du das?«, fragte Janna. Sie war aschfahl im Gesicht, ihre Wimperntusche war verschmiert.

Marie biss sich auf die Lippen »Ich dachte nur, was wäre, wenn niemand von Omas Tod erfahren würde.«

»Wie soll das denn gehen?«

»Ich meine . . . Ach, vergiss es«, erwiderte Marie unwirsch. »Nur so ein Gedanke – ein Wunschtraum.«

Janna schwieg einen Moment. Dann sah sie ihre Schwester mit einem merkwürdigen Blick an. »Ein Wunschtraum?«, fragte sie gedehnt. »Vielleicht . . . Aber vielleicht auch keine schlechte Idee. Wenn alles so bleibt, wie es ist . . .«

». . . dann müssten wir nicht ins Heim«, führte Marie den Satz zu Ende. »Wir könnten einfach hierbleiben.«

Emily blickte von einer zur anderen.

»Moment mal«, sagte sie erschrocken. »Das meint ihr doch nicht im Ernst, oder?«

Die Schwestern blickten sie stumm an. In diesem Moment sahen sie sich unglaublich ähnlich, beide hochgewachsen und schmal, beide mit der gleichen verzweifelten Entschlossenheit im Blick.

»Überlegt doch mal!« Emily sprang auf. »Das könnt ihr nicht machen! Ich meine, ihr braucht . . . zum Beispiel Geld.« Ihr fielen noch tausend andere Gründe ein, aber das war zumindest ein Anfang. »Wovon wollt ihr leben?«

Janna, die plötzlich wieder Farbe bekommen hatte, sagte: »Wie jetzt auch: von Omas Witwenrente und unserem Kindergeld.«

»Was Betrug wäre«, wandte Marie ein.

»Nur, wenn man am Gesetz klebt. Wisst ihr, dass ein Heimplatz für ein Kind im Monat etwa dreitausend Euro kostet? Nein, von Betrug kann man da wirklich nicht sprechen, im Gegenteil, wir sparen dem Staat sogar Geld«, erklärte Janna und fuhr ganz aufgeregt fort: »Ich habe schon am EC-Automaten für Oma Bargeld geholt. Wir können uns also gut selbst versorgen.«

»Was ist, wenn jemand kommt und eure Großmutter besuchen will?«, fragte Emily. »Was, wenn Lehrer nachfragen, Behörden, der Postbote, Freunde?«

»Oma hatte nie Besuch«, antwortete Marie. »Sie hat auch nie etwas von Freunden erzählt. In den letzten zwei Jahren war kein Mensch hier, nicht wahr, Janna?«

»Selbst der Postbote wirft nur die Briefe vorne an der Gartenpforte in den Kasten«, stimmte Janna ihrer Schwester zu. »Manchmal glaube ich, Oma hasst Menschen. Auf jeden Fall verabscheut sie Vereine und so etwas. Sie ist . . .«, Janna unterbrach sich und schluckte hörbar, ». . . sie war eine echte Einzelgängerin.«

»Und hier kommt auch keiner zufällig vorbei«, ergänzte Marie. »Höchstens einmal Radfahrer oder Hundespaziergänger, aber mit denen hat sie sich nie unterhalten.«

Emily nickte. Das nächste Dorf lag zwei Kilometer entfernt. Nur mit dem Fernglas konnte man von den oberen Fenstern erkennen, wie spät es auf der Kirchturmuhr war.

Aber trotzdem – der Plan schien ihr völlig unmöglich.

Überhaupt – das war doch gar kein Plan.

Das war schlichtweg verrückt!

»Sagt mal, wollen wir nicht ins Haus gehen?«, begann sie vorsichtig. »Dann könnt ihr noch einmal in Ruhe über die Sache nachdenken und vielleicht meine Eltern anrufen . . .«

»Na klar«, fauchte Janna plötzlich hasserfüllt. »Das ist das Einzige, auf das die Prinzessin kommt, oder? Papi und Mami holen. Hast du überhaupt einen Schimmer, wie es in einem Heim abgeht? Weißt du, wie es ist, auf sich allein gestellt zu sein, ganz allein?« Sie keuchte richtig. »Überhaupt, warum musstest du ausgerechnet heute hier auftauchen?« Sie wandte sich an Marie. »Sie wird alles petzen«, sagte sie verzweifelt.

Normalerweise hätte Jannas Angriff einschüchternd auf Emily gewirkt. Aber die letzten Minuten hatten etwas in ihr verändert.

»Werde ich nicht«, sagte sie mit einer Entschlossenheit, über die sie sich selbst wunderte. »Von mir erfährt niemand ein Sterbenswort, das schwöre ich. Ich . . . ich werde euch helfen, wo immer es geht.«

Nein, sie wollte nicht, dass Marie oder Janna oder Moritz in ein Kinderheim kamen oder zu einer Pflegefamilie in einer anderen Stadt. Marie war ihre Freundin und sie würde sie nicht im Stich lassen.

»Dann tu's«, sagte Marie leise.

»Was?«

»Schwören.«

Emily hob die Hand. »Ich schwöre, dass ich keinem Menschen vom Tod eurer Großmutter erzählen werde«, sagte sie feierlich.

Marie blickte sie an und nickte. »Danke«, sagte sie.

Janna hatte sich wieder etwas gefangen. »Okay«, entschied sie mürrisch. »Aber ich warne dich . . .«

Marie schüttelte den Kopf. »Reg dich ab. Emily ist nicht das Problem, auf die ist Verlass. Aber wir haben etwas vergessen: Moritz.«

Janna zögerte. »Du hast recht. Wir müssen ihm klarmachen, was es bedeutet, in einem Heim zu leben, kein Zuhause zu haben, keinen Platz, an dem man mal ungestört ist«, sagte sie. »Er muss begreifen, was auf dem Spiel steht, damit er den Mund hält.« Sie holte tief Luft. »Es sind nur zwei Jahre. Wenn wir die durchhalten, bis ich achtzehn bin, dann kann ich vielleicht das Sorgerecht für dich und Moritz bekommen.«

»Da wäre aber noch eine Sache.« Marie sah Janna ernst an. »Was machen wir mit Oma?«

Wieder herrschte für ein paar Augenblicke Schweigen.

»Wir müssen sie beerdigen«, sagte Janna schließlich.

»Wo?«, meinte Emily, der sich bei dieser Vorstellung die Nackenhaare sträubten.

»Drüben, im Wäldchen«, schlug Marie vor. »Heute Nacht.«

»Du kannst doch Oma nicht einfach wie einen toten Hund im Wald verscharren!« Plötzlich klang Janna völlig ernüchtert.

»Hast du eine bessere Idee?«, gab Marie zurück. »Und was heißt schon verscharren? Wir müssen ihr eben ein richtiges, tiefes Grab schaufeln, so wie sie das auch auf dem Friedhof machen. Nur im Wald. Oma war immer gern im Wald, das weißt du! Sie mochte keine Friedhöfe, das hat sie oft gesagt. Sie wird uns das nicht übel nehmen – schließlich machen wir das ja nicht zum Spaß.«

»Und wie wollen wir das hinkriegen, ohne schweres Gerät?« Ihre Schwester schüttelte den Kopf.

Marie hob die Arme: »Was weiß ich? Früher, als es noch keine Bagger gab, haben die Menschen ihre Toten ja auch irgendwie beerdigt. Wir müssen uns eben anstrengen. Wenn es sein muss, die ganze Nacht.«

»Was ist mit einem Sarg?«, fragte nun Emily und wurde sich im selben Moment bewusst, dass das eine dämliche Frage gewesen war. Aber die Vorstellung, die tote Frau Holtkamp bei Nacht im Wäldchen zu bestatten, verursachte ihr eine Gänsehaut.

»Moslems begraben ihre Toten auch nur mit einem Tuch«, entgegnete Janna. Sie seufzte schwer. Für einen Moment streifte sie die Rolle der älteren Schwester ab und sah Marie Hilfe suchend an. »Und du glaubst wirklich, dass das geht? Ich meine – dürfen wir das tatsächlich tun?«

»Es muss gehen«, antwortete Marie. »Das, oder wir müssen alle drei ins Heim. Und das würde Oma ganz bestimmt nicht wollen.«

Janna nickte nachdenklich. »Nein, da hast du recht. Wahrscheinlich wäre sie sogar stolz auf uns.«

»Bestimmt.« Marie schlang die Arme um ihren Oberkörper. »Emily, hilfst du uns heute Nacht?«

Emily schaute erschrocken von einer zur anderen.

»Du musst nicht, wenn du Angst hast«, sagte Janna.

Emily schluckte den Kloß in ihrem Hals hinunter. »Nein. Schon gut. Ich helfe euch. Versprochen ist versprochen.«

»Bis zum Abend können wir sie aber nicht im Gemüsegarten liegen lassen«, meinte Marie und wandte sich um. »Ich hol die Schubkarre. Wir stellen sie hinter den Holzschuppen, da ist es schön kühl.«

»Du bist so blass, bist du krank?«
»Nein, mir geht's gut.«
»Habt ihr etwa geraucht?«
Emily verdrehte die Augen. »Nein, Mama!«
Frau Schütz grinste. »Du kannst es mir ruhig sagen. Als ich so alt war wie du, haben wir heimlich geraucht und meine Mutter hat es sofort gemerkt, weil ich leichenblass nach Hause gekommen bin. So wie du jetzt.«
Emily entwand sich dem prüfenden Blick ihrer Mutter und stellte sich vor den Spiegel im Flur. Tatsächlich, sie hatte schon gesünder ausgesehen. Leichenblass... die Leiche ... das Wäldchen ...
Rasch rubbelte sich Emily mit den Händen die Wangen rot, ehe sie wieder die Küche betrat und mit fester Stimme sagte: »Ich habe nicht geraucht. Rauchen ist dämlich. Die Zicken in unserer Klasse rauchen manchmal vor der Schule, aber Marie und ich finden das saublöd.«
»Dann ist es ja gut«, antwortete Emilys Mutter, offenbar einigermaßen überzeugt.
»Soll ich den Tisch decken?«
»Gerne.«
Emily holte Teller und Besteck aus dem Schrank. Dann faltete sie drei Servietten zu Schmetterlingen und legte sie auf die Teller.
»Sehr hübsch, wo hast du denn das gelernt?«, wunderte sich ihre Mutter über die bis dato unbekannten Fähigkeiten ihrer Tochter.

»Kann ich sonst noch was helfen?«, fragte Emily beflissen.

Frau Schütz stemmte die Arme in die Hüften, sah ihre Tochter an und fragte: »Was willst du?«

Es kostete Emily einiges an Überredungskunst, um die Erlaubnis zu bekommen, an einem ganz normalen Donnerstag bei Marie übernachten zu dürfen. Sie musste ihre Mutter sogar anlügen und behaupten, sie habe erst zur dritten Stunde Schule, also sei morgen früh noch genug Zeit, sich zu Hause umzuziehen und ihre Schulsachen zu holen. Ausgerechnet ihr Lieblingsfach würde sie schwänzen – den Kunstunterricht bei Frau Kramp.

Schließlich, nach langem Hin und Her, hatte Emily ihre Mutter endlich so weit und mit gemischten Gefühlen machte sie sich zum zweiten Mal an diesem Tag auf den Weg zum Bahnwärterhäuschen.

Auf keinen Fall sollte Moritz dabei sein, wenn seine Großmutter im Wald beerdigt wurde. Also konnten sie erst los, nachdem er eingeschlafen war. Er hatte nicht mehr nach seiner Oma gefragt und die Schwestern hatten sich gehütet, noch einmal davon anzufangen.

Vor einer halben Stunde war die Sonne hinter dem Wäldchen im Westen versunken, der Himmel wurde zusehends blasser, in einer halben Stunde würde es dunkel sein. Aber Moritz, der mit dem untrüglichen Instinkt kleiner Kinder spürte, dass er von etwas ausgeschlossen werden sollte, wollte nicht einschlafen. Marie, Janna und sogar Emily hatten ihm nacheinander drei Märchen vorgelesen, aber immer wieder sprang er wie ein Schachtelteufel aus dem Bett, verlangte nach kalten und warmen Getränken, nach seinem Schlafbären und schließlich auch nach seiner Oma. Emily erlebte hautnah, dass kleine Kinder ganz schön nervig und anstrengend sein konnten, und auch Janna und Marie, die das eigentlich gewohnt sein mussten, wurden immer unruhiger und aufgekratzter, was wiederum Moritz zu spüren schien.

»Und was ist, wenn der böse Mann kommt?«, quakte er putzmunter, als sich Marie eben aus dem Zimmer schleichen wollte, im Glauben, er wäre eingeschlafen.

»Das kommt vom vielen Fernsehen«, stöhnte Marie entnervt. »Was machen wir bloß mit dem?«

»Drogen«, sagte Janna.

»Häh?«

»Wir verpassen ihm ein Schlafmittel.«

»Was denn für ein Schlafmittel?«

»Ich schau mal, was sich so findet.« Janna machte sich daran, die Hausapotheke zu durchsuchen. Wilhelmine Holtkamp hatte tatsächlich eine Packung Schlafpillen besessen, allerdings war deren Haltbarkeitsdatum ungefähr um die Zeit der Mondlandung herum abgelaufen.

»Meinst du, die wirken noch?«, überlegte Janna.

»Ich möchte es nicht ausprobieren«, bekannte Marie. »Ich weiß nicht, wie viele Jahre es für Brudermord gibt.«

»Für dich gar keine, du bist dreizehn und noch nicht strafmündig«, meinte Janna trocken.

»Dann pass gut auf dich auf«, murmelte Marie. Statt einer Antwort warf Janna die Pillen in den Abfalleimer.

Emily kam die Treppe herunter. »Er schläft!«, flüsterte sie triumphierend.

»Wie hast du das hingekriegt?«, wollte Marie wissen.

»Ich habe ihm laut vorgeführt, wie gut ich kopfrechnen kann.«

»Kannst du das denn?«, fragte Janna.

»Nein. Aber er hat's nicht gemerkt.«

Dann wurden alle drei mit einem Mal sehr ernst.

»Ich denke, wir sollten dann mal los«, sagte Janna. »Oder?«

»Ja, es wird Zeit«, antwortete Marie und griff nach ihrer Taschenlampe. Emily bekam eine ausgediente Hose von Janna, damit sie am nächsten Tag zu Hause nicht wegen schmutziger Kleidung in Erklärungsnöte kommen würde. Die Schwestern schlüpften in ihre Gummistiefel und Emily, die in ihren Chucks gekommen war, bekam Lederstiefel, die Frau Holtkamp gehört hatten.

Emily verspürte einen inneren Widerwillen, in die Schuhe einer Toten zu schlüpfen, aber sie protestierte nicht. Janna und Marie sollten sie nicht für zimperlich halten und schließlich war Frau Holtkamp ja nicht in diesen Schuhen gestorben.

Sie traten vor das Haus, Janna schloss die Tür ab. Nach der Hitze des Tages war es angenehm kühl. Der Himmel war klar und sternenübersät, aber es stand kein Mond über dem kleinen Wald.

Donnerstag, dritter Juli.

Neumond, das hatte heute früh auf dem Abreißkalender in der Küche gestanden, erinnerte sich Emily. Es würde vollkommen dunkel sein.

Im Holzschuppen fanden sie zwei Spaten, einen mit langem und einen mit kurzem Stiel. »Die Schaufel müsste auch gehen«, meinte Marie und drückte Emily einen Stiel mit einem dreieckigen Schaufelblatt in die Hand. Dann bogen sie um den Schuppen, wo die Schubkarre stand, in der Frau Holtkamp lag. Vergeblich versuchte Emily, die Vorstellung zu verdrängen, wie Janna und Marie sie heute Nachmittag da hineingelegt hatten.

Obwohl die alte Frau nicht sehr groß gewesen war, passte sie dennoch nicht ganz in die Blechwanne der Karre. Ihre Beine ragten steif über den Rand, ebenso der Kopf.

Emily grauste bei dem Anblick. »Wieso hängt der Kopf nicht hinten runter?«, flüsterte sie Marie zu.

»Leichenstarre«, antwortete diese, ebenfalls flüsternd. Sie hatte eine Wolldecke mitgebracht, die sie nun über den Leichnam breitete. Janna nahm die Griffe der Schubkarre und setzte sich langsam in Bewegung.

»Pass bloß auf, dass sie nicht umkippt«, flehte Marie, als Janna mit der Karre über den holprigen Rasen rumpelte.

»Ich tu mein Bestes«, ächzte Janna und schob die Karre durch das Gartentor, das Marie ihr aufhielt.

Das erste Stück des Weges konnten sie noch auf dem Feldweg zurücklegen. Marie löste ihre Schwester beim Schieben ab. War die Karre erst einmal ins Rollen gekommen, ging es gar nicht so schwer. Emily lief mit der Taschenlampe vorneweg und räumte große Steine und Äste aus dem Weg. Um zum Wald zu kommen, mussten sie nach hundert Metern auf einen Trampelpfad abbiegen, der an einem Rapsfeld entlang bis zum Waldrand führte. Nun schob Janna wieder, während Emily und Marie die Seiten der Karre stützten, die ständig drohte umzukippen. Der Pfad war holprig. Eine bleiche Hand schaute unter der Decke hervor, es war, als würde sie fortwährend winken. Emily wagte nicht, den Arm anzufassen und ihn wieder in die Wanne zu legen. Ein süßlicher Geruch stieg ihr in die Nase. »Wie das riecht! Mir wird gleich übel«, jammerte sie.

»Hab dich nicht so, das ist doch nur der Raps«, sagte Marie. »Pass lieber auf, dass die Karre nicht umkippt!«

Emily konzentrierte sich wieder auf ihre Aufgabe, die Wanne in der Balance zu halten. Nicht auszudenken, sollte ihr die Leiche vor die Füße stürzen, dachte sie und kämpfte gegen einen Anflug von Panik. Die beiden Schwestern schwiegen, nur ab und zu hörte man eine von ihnen vor Anstrengung keuchen.

Was wohl in ihnen vorging, fragte sich Emily. Für Emily war Frau Holtkamp eine Fremde gewesen und inzwischen eigentlich nur noch eine Leiche, etwas, das ihr Angst machte, Ekelgefühle auslöste. Aber wie mussten sich Marie und Janna fühlen, jetzt, wo sie ihre Oma, die Frau, die für sie gesorgt hatte, tot in einer Schubkarre einen Feldweg entlangschoben?

Die Nacht war voller Geräusche. Immer wieder hörte man es im Rapsfeld rascheln und plötzlich glitt ein Schatten dicht über ihre Köpfe hinweg. Emily schrie leise auf.

»Das war eine Eule«, wisperte Marie. »Deswegen musst du nicht gleich losbrüllen.«

»Ich habe nicht gebrüllt«, widersprach Emily leise.

»Hört auf zu streiten und helft mir lieber«, zischte Janna. Sie waren vom befestigten Pfad abgekommen und das Rad der Schubkarre hatte sich in der Erde festgesetzt. Es ging weder vor noch zurück, so heftig sie auch schoben und zerrten.

»Hilft nichts, wir müssen sie rausheben«, sagte Janna nach einigen vergeblichen Versuchen.

»Nein!«

»Es geht nicht anders. Fass an, Marie.«

»Ich kann nicht! Ich kann nicht mehr!«, rief Marie. In ihrer Stimme schrillte Panik. Bis jetzt hatte Marie die Nerven behalten, viel mehr als ihre drei Jahre ältere Schwester. Umso schlimmer erschien es Emily, dass ihre Freundin nun die Beherrschung verlor.

Janna nahm sie bei den Schultern und schüttelte sie. »Marie! Reiß dich jetzt zusammen! Denk an Moritz! Wir schaffen das. Los, komm!«

Marie holte tief Luft und einen Moment später hatte sie sich wieder in der Gewalt. Die Schwestern hoben den steifen, zu einem Komma gekrümmten Leichnam aus der Wanne – ein Anblick, so grotesk und absurd, dass Emily gerade noch einen Aufschrei unterdrücken konnte. Froh, sich ablenken zu können, befreite sie die festgefahrene Karre. Die Tote wurde wieder hineingelegt. Langsam und vorsichtig ging es weiter.

»Gott sei Dank ist der Boden trocken«, flüsterte Janna. »Sonst kämen wir hier nicht vorwärts.« Sie ahnte noch nicht, dass sie den trockenen Boden in Kürze verfluchen würde.

»Warum flüstern wir eigentlich?«, fragte Marie. »Hier ist doch außer uns kein Mensch.«

»Hoffentlich«, brummte Janna.

»Wie tief denn noch?« Emilys Schultern und der Rücken schmerzten und ihre Finger waren ganz verkrampft, so lange hatten sie den Stiel der Schaufel umklammert.

»Six feet under«, antwortete Janna.

»Was?«, keuchte Emily verständnislos.

»Das ist ihre Lieblingsserie«, erklärte Marie. »Du weißt doch, diese Bestatter-Serie. Ein Fuß hat null komma drei Meter. Mal sechs macht einen Meter achtzig. So tief muss ein Grab schon sein. Sonst kommen Füchse oder Dachse da dran. Oder ein Hund buddelt . . .«

»Hör auf«, sagte Emily, die sich vor Ekel schüttelte.

Janna tauschte den langstieligen Spaten gegen den kurzen und stieg in die kleine Grube, die sie während der vergangenen zwei Stunden ausgehoben hatten. Zuvor hatten sie bereits eine Stunde vergeblich gearbeitet. Der Platz, den sie ursprünglich als letzte Ruhestätte für ihre Großmutter ausgewählt hatten, lag unter einer ausladenden Buche, jedoch viel zu nah am Stamm. Immer wieder waren ihnen Wurzeln in die Quere gekommen und schließlich hatten sie entnervt aufgegeben und ein paar Meter weiter von vorn angefangen. Hier gab es nur noch dünne

Wurzeln, die man mit dem Spaten abstechen konnte. Es hatte längere Zeit nicht geregnet. Immer wieder rieselte die trockene Erde von den Seiten zurück in das Loch. Dennoch waren die ersten sechzig, achtzig Zentimeter relativ rasch ausgehoben. Dann aber stießen sie auf eine harte Lehmschicht und von da an ging es nur noch zentimeterweise vorwärts. Trotz der Arbeitshandschuhe, die Marie zum Glück noch rasch eingepackt hatte, schmerzten Emilys Hände.

Das würde Blasen geben, dachte sie, und im nächsten Moment musste sie ein hysterisches Kichern unterdrücken. Was kümmerten sie Blasen? Es war mitten in der Nacht und sie waren gerade dabei, die Leiche von Jannas und Maries Großmutter im Wald zu vergraben!

»Dieser verdammte Lehm! Das schaffen wir nie«, fluchte Marie.

»Wir müssen«, meinte Janna und hackte verbissen weiter. Der harte Boden hatte wenigstens den Vorteil, dass die Wände der Grube senkrecht blieben und nicht immer wieder Erde zurückrieselte. Außer dem Knirschen der Spaten hörte man nur das Keuchen ihres Atems. Ab und zu schrie ein Waldkauz. Emily musste daran denken, wie Marie und sie noch vor wenigen Tagen geplant hatten, im Baumhaus zu übernachten. Sie hatten sich ausgemalt, was für ein Nervenkitzel es wohl wäre, eine Nacht im Wald zu verbringen.

Nervenkitzel! Den hatten sie ja jetzt im Übermaß.

Nach einer weiteren Stunde konzentrierten Arbeitens stand Janna bis zur Hüfte in der Grube. Sie wechselten sich nun ab, da nur eine Person in dem länglichen Loch Platz zum Schaufeln hatte. Sie redeten kaum noch. Nach jeder Pause wurde die ungewohnte Arbeit noch schwerer, doch beharrlich gruben sie sich Stück für Stück tiefer in den Waldboden. Dann, endlich, wurde der Lehm wieder weicher, und als sich der Himmel im

Osten violett zu färben begann, warf Janna ihr Werkzeug hin und sagte: »Ich glaube, es reicht.« Ihre Nase schaute gerade noch über den Rand.

»Wie groß bist du?«, fragte Emily.

»Eins fünfundsiebzig.«

»Fehlen noch fünf Zentimeter«, sagte Marie.

»Aber es wird bald hell.« Janna hatte recht. Die Taschenlampen brauchte man schon nicht mehr, der Wald begann zu erwachen, die ersten Vögel lärmten.

»Ja, es reicht«, meinte auch Emily.

Sie halfen Janna wieder nach oben. Dann standen sie nachdenklich am Grubenrand. »Wie kriegen wir sie da runter?«, sprach Marie die Frage aus, die quasi in der Luft hing.

Allein bei dem Gedanken sträubten sich Emily die Haare. »Vielleicht in der Decke«, schlug sie vor.

»Wir hätten ein Seil mitnehmen sollen«, seufzte Marie. »Wie wäre es, wenn Emily und ich je ein Ende der Decke nehmen und Janna geht runter und nimmt sie in Empfang?«

»Was? Und wie komm ich dann wieder raus? Soll ich auf sie draufsteigen?«, kreischte Janna mit einer Spur Hysterie in der Stimme.

»Reg dich ab«, sagte Marie. »Ich habe ja nur laut nachgedacht.«

»Jetzt holen wir sie erst mal raus«, beschloss Janna. Emily zog die Decke von der Schubkarre. Fahles Morgenlicht fiel auf das todbleiche Gesicht und ließ es weiß leuchten. Die Leichenstarre musste sich im Lauf der letzten paar Stunden verflüchtigt haben, denn nun hing der Kopf in einem merkwürdigen Winkel herab und auch die Beine gehorchten wieder der Schwerkraft. Die rechte Hand lag mit verkrümmten Fingern auf der Brust und erinnerte Emily an eine Vogelkralle.

Auch Marie wandte sich mit wachsbleichem Gesicht ab. Sie

schluckte, als müsse sie eine aufsteigende Übelkeit nieder-
kämpfen. »Das ist Wahnsinn!«, murmelte sie.

»Mag sein, aber jetzt bringen wir es zu Ende, mach nicht
schlapp, Marie«, flüsterte Janna wild entschlossen. »Los, nimm
du die Beine, ich nehme sie vorne.«

Die Schwestern hoben ihre Großmutter aus der Schubkarre
und legten sie auf die Decke, die Emily daneben ausgebreitet
hatte. Emily beobachtete intensiv den Himmel, an dem die
Sterne verblassten. Als sie sich wieder dem Geschehen zuwand-
te, hatten Marie und Janna den Körper in die Decke geschlagen
und ihn an den Rand der Grube geschleppt.

»Emily, fass hier oben mit an«, sagte Janna. Zu dritt hoben sie
die Decke an. Für einen Augenblick hing der Leichnam über der
Grabstätte. Sie knieten sich hin und beugten sich weit nach
vorne, um den Körper möglichst tief hinunterzulassen. Dennoch blieb immer noch mehr als ein Meter Luft zwischen dem
Körper und dem Grund des Grabes.

»Mir rutscht die Decke weg«, rief Marie am Fußende der Leiche panisch.

»Auf drei loslassen!«, befahl Janna. »Eins, zwei . . .«

Nie würde Emily das Geräusch vergessen, mit dem der Körper
auf der Erde aufschlug. Ihr war, als hätte die Tote dabei noch einen letzten Seufzer von sich gegeben – um nicht zu sagen: einen Furz. Auch Marie hatte das Geräusch gehört, sie brach in
unkontrolliertes Kichern aus. Dann schaltete sie ihre Taschenlampe an und leuchtete hinab. Emily wollte sich abwenden,
aber irgendetwas zwang sie, einen Blick nach unten zu werfen.
Die Tote lag auf dem Rücken in der engen Grube, wie sie es beabsichtigt hatten. Marie schaltete die Lampe aus.

»Das wäre geschafft«, stellte Janna fest. Die Worte klangen
nüchtern, doch etwas in ihrem Tonfall hatte sich geändert.

»Ja«, sagte Marie.

Emily trat in den Hintergrund und schwieg. Sie begriff, dass dies nach all der schweren Arbeit nun der schlimmste Moment für die beiden Geschwister war.

»Wir sollten ein Gebet sprechen«, sagte Janna.

»Aber sie ist doch nie zur Kirche gegangen«, flüsterte Marie.

»Trotzdem«, beharrte Janna.

»Was für ein Gebet?«, fragte Marie.

»Wir wär's mit dem Vaterunser?«, schlug Emily schüchtern vor.

»Das ist gut«, meinte Janna und dann standen alle drei mit gesenktem Blick und gefalteten Händen vor dem Grab und murmelten das Vaterunser.

Marie nahm eine Handvoll Erde und warf sie hinab. »Mach's gut, Oma«, sagte sie mit erstickter Stimme. »Hoffentlich gefällt es dir hier im Wald. Es tut mir leid, wenn wir dich manchmal geärgert haben. Ich weiß, du hast dir immer Mühe mit uns gegeben und . . . und hast uns . . .« Marie verstummte. Ein Schluchzen stieg ihr die Kehle hinauf, sie fuhr sich mit dem Ärmel über die Nase und schniefte. Emily reichte ihrer Freundin ein zerknülltes Papiertaschentuch.

Dann trat Janna an das Grab heran und sagte mit tränenerstickter Stimme: »Tschüss, Oma. Es war nicht immer leicht mit dir, aber mit uns wahrscheinlich auch nicht. Sei nicht böse, dass Moritz nicht dabei ist, aber der kapiert das noch nicht. Wir werden Mama zu dir bringen, wenn sie wieder gesund ist, das verspreche ich dir. Und wir werden dich nie vergessen.« Dann versagte auch ihr die Stimme und sie warf eine Handvoll Erde in das Dunkel hinab.

Ein paar Minuten lang standen die Schwestern da und hielten sich stumm an den Händen. Auch Emily liefen Tränen aus den

Augen. Sie weinte weniger um Frau Holtkamp, die sie kaum gekannt hatte, sondern weil sie daran denken musste, wie traurig es doch war, dass die Mädchen nun niemanden mehr hatten – außer einer offenbar verrückten Mutter. In diesem Moment verspürte Emily eine tiefe Dankbarkeit dafür, dass bei ihr zu Hause alles in Ordnung war.

Der Himmel zwischen den Bäumen war nun schon hellblau und über ihnen begann ein aufgescheuchter Vogel zu zetern.

»Wir sollten verschwinden«, mahnte Emily. »Nicht, dass noch ein Jäger auf die Idee kommt, hier im Morgengrauen rumzuballern.«

Sie griffen erneut nach Schaufel und Spaten. Das Zuschaufeln der Grube dauerte keine Viertelstunde. Als das Grab zur Hälfte mit der schweren, lehmigen Erde gefüllt war, stieg Janna sogar noch einmal hinab und trat den Lehm fest. Niemand machte dazu eine Bemerkung. Manche Dinge mussten einfach getan werden, erkannte Emily, ohne Rücksicht auf Pietät. Pietät – ein komisches Wort, was es wohl genau bedeutete?

Sie warfen ihre Werkzeuge in die Schubkarre und machten sich erschöpft und mit bleischweren Armen auf den Weg zurück. Die ersten Sonnenstrahlen kitzelten die taufeuchten Felder, und als sie beim Bahnwärterhäuschen ankamen, rauschte die erste S-Bahn lautstark vorbei. Jetzt ein Bett, konnte Emily nur noch denken. Sie beneidete den kleinen Moritz, der während der letzten Stunden selig geschlummert hatte, während sie geschuftet hatten wie noch nie zuvor in ihrem Leben.

Emily schenkte sich das Zähneputzen, sie wusch sich nur Erde und Staub von Armen und Gesicht, dann schnappte sie sich eine Decke und legte sich im Wohnzimmer auf die Couch. Marie hatte ihr angeboten, sie könne im Bett der Großmutter schlafen, aber das hätte Emily niemals fertiggebracht. Doch obwohl sie todmüde war und kaum noch ihre Glieder bewegen konnte, rasten ihre Gedanken. Sobald sie die Augen schloss, zogen grausige Bilder an ihr vorbei.

Plötzlich polterten Janna und Marie die Treppe hinunter.

»Moritz ist weg.«

Mühsam kam Emily wieder in die Höhe. »Was?«

»Moritz ist weg«, wiederholte Janna. »Er ist nicht in seinem Zimmer.«

Marie rief aus der Küche. »Hier ist er nicht. Und auf dem Klo auch nicht.«

»Und jetzt?«, fragte Emily ratlos.

»Emily, als du heute Abend aus dem Zimmer bist, hat er doch fest geschlafen, oder?«

»Ich glaube schon«, sagte Emily verunsichert.

»Bestimmt hat er dich gelinkt, die kleine Ratte«, knurrte Janna, die neben ihrer Besorgnis auch ziemlich verärgert war.

»Was machen wir jetzt?«, jammerte Marie, der man die Erschöpfung deutlich ansah. Ihr sonst blasses Gesicht wies unregelmäßige Flecken auf, die Augen waren rot vor Übermüdung.

»Scheiße, ich bin so fertig, ich kann nicht klar denken«, stöhnte Janna. Sie plumpste auf einen Sessel und verbarg ihr Gesicht hinter ihren noch immer leicht schmutzigen geröteten Händen. Ihr blondes Haar hing wirr und zerzaust herab, alles in allem bot sie einen verzweifelten Anblick.

Emily und Marie standen betreten vor ihr.

Was jetzt? Emily biss sich auf die Lippen. Wenn sie jetzt die Polizei holen mussten, um nach Moritz zu suchen, dann war alles aus, dann war die Schufterei im Wald umsonst gewesen, dann drohte den Weyer-Geschwistern das Heim. Womöglich wurden sie sogar noch für die Beerdigung von Frau Holtkamp bestraft. Emily wusste zwar nicht, wo so etwas geschrieben stand, aber sie war hundertprozentig sicher, dass es in Deutschland nicht erlaubt war, Großmütter in Wäldern zu verscharren – man durfte dort ja nicht einmal einen Dackel begraben.

»Komm, Marie, wir suchen im Garten«, sagte Emily und ging entschlossen zur Tür, obwohl sich jede Faser ihres Körpers sträubte.

»Und ich schau noch mal im Haus nach. Vielleicht will er uns nur ärgern und hat sich versteckt«, sagte Janna.

»Wenn er das gemacht hat, dann . . .« Marie ließ offen, was sie dann mit ihrem kleinen Bruder anstellen würde, und folgte Emily in den Garten. Gemeinsam durchstreiften sie das taunasse Gras und riefen immer wieder seinen Namen. Am Schluss inspizierten sie den Holzschuppen, in dem neben Brennholz für den Kamin auch Gartengeräte und Werkzeug gelagert wurden. »Das ist sein Lieblingsversteck«, sagte Marie.

Doch Moritz blieb verschwunden.

Nach einer Viertelstunde gingen sie zurück ins Haus, wo Janna ratlos in der Küche stand. Sie war den Tränen nahe. »Wir müssen noch mal zurück in den Wald. Vielleicht ist er doch aufgewacht, hat uns gesehen und ist uns nachgelaufen.«

Für Sekunden herrschte Schweigen. Keiner gefiel die Vorstellung, im Wald nach Moritz zu suchen. Aber die Angst war stärker als die Erschöpfung.

Sie waren schon an der Tür, als Janna sagte: »Stopp!«

Die anderen beiden blieben stehen.

»Da war was. Hört ihr das?«

Emily und Marie machten die Haustür wieder zu und lauschten. Es war still. Nur das Ticken der Uhr auf dem Sims des Kachelofens durchbrach die Stille. Dann hörten sie es auch. Ein Knurren, ein Keuchen . . .

»Das kommt von da unten.« Marie deutete auf die steile, hölzerne Treppe, die vom Wohnzimmer aus in den ersten Stock führte.

»Ich Trottel! Die Besenkammer!« Janna stürzte auf die kleine Tür zu, die in die Holzverkleidung unter der Treppe eingelassen war. Moritz hatte den staubigen Winkel gemieden, seit ihm Marie erzählt hatte, dass dort drinnen Riesenratten hausten, die noch nie das Tageslicht erblickt hatten und nur darauf warteten, dass so eine fette Beute wie Moritz vorbeikäme.

Janna riss die Tür auf. Barfüßig und im Schlafanzug hockte Moritz zwischen Staubsauger, Besen, Eimer und Putzmitteln. Sein Kopf lehnte an der Wand und aus einem Mund kamen leise Schnarchtöne.

»Oh, ich könnte ihn ...« Marie vollführte eine pantomimische Geste des Erwürgens.

»Wir legen ihn am besten auf das Sofa, damit er nicht wach wird«, sagte Janna und wischte sich erleichtert über die Stirn. »Emily kann ja sein Bett benutzen.«

Moritz bekam von seinem Transport nichts mit. Er hörte auf zu schnarchen und rollte sich in der Sofaecke zusammen wie eine Katze. Minuten später sanken auch die restlichen Bewohner des Hauses in einen tiefen, schweren Schlaf und nicht einmal die zwei Güterzüge, die kurz danach vorbeidonnerten, konnten sie aufwecken.

Erst kurz bevor der Wecker klingelte, kamen die Träume. Emily träumte von der Grabstelle im Wald. Sie war mit Laub bedeckt und es wuchsen Blumen darauf, Veilchen. Doch dann sah sie, wie sich aus der lockeren Erde heraus Frau Holtkamps gelbliche, knochige Hand nach oben wühlte und sich die Finger wie ein Blütenkelch öffneten. Marie sagte, es würde genügen, die Hand zu berühren, dann wäre ihre Großmutter wieder lebendig. Doch als Emily das tat, umklammerte die Hand ihre Finger wie eine eiserne Kralle und zog sie hinab, immer weiter hinunter in die dunkle Erde, aus der es kein Entrinnen gab.

»Kannst du mir sagen, warum du da reingekrochen bist?«, wollte Janna von Moritz wissen. Sie saßen in der Küche um den großen Tisch herum. Nach knapp vier Stunden Schlaf war keines der Mädchen wirklich frisch und ausgeruht. Das mit dem Kunstunterricht wäre heute ohnehin nichts geworden, dachte Emily. Sie hatte Blasen an den Händen, konnte kaum einen Löffel halten, geschweige einen Pinsel.

Auf dem Tisch standen Milch, Cornflakes, Müsli und etwas Brot, das aber schon ein wenig hart war.

»Weil der böse Mann da war.«

»Wo war der böse Mann?«

Moritz manschte in seinen Cornflakes herum, ehe er antwortete: »Überall.«

»Ein böser Mann war hier im Haus?«, setzte Janna die Befragung fort.

»M-hm«, nickte Moritz mit vollem Mund.

»Und vor dem hast du dich versteckt.«

»M-hm.«

»So, so«, sagte Janna mühsam beherrscht, aber dann wandte sie sich wütend an Marie. »Das kommt nur von deinen bescheuerten Gruselgeschichten. Davon träumt er schlecht.«

»Das ist ja mal wieder typisch! Jetzt bin ich schuld, nur weil der rumspinnt.«

»Der sagt man nicht«, krähte Moritz, wobei ihm Teile seines Frühstücks aus dem Mund fielen.

»Genau«, pflichtete ihm Janna bei.

»Iss anständig«, herrschte Marie ihren Bruder an. »Unter deinem Stuhl könnte man ja ein Huhn halten. Wenn du dich nicht benimmst, holen wir die Super-Nanny!«

Prompt begann Moritz zu weinen. »Wo ist Oma? Ich will zu Oma!«

»Das kann ja heiter werden«, seufzte Janna.

»Wir müssen einen Plan machen«, sagte Marie. »Zum Beispiel, wer Moritz morgens zur Schule bringt und ihn abholt. Ich weiß nicht, wie wir das hinkriegen sollen, ohne selbst jeden Tag zu spät zu kommen und Stunden zu schwänzen. Und wenn wir das tun, dann fallen wir mit der Zeit auf, dann wollen die Lehrer mit Oma reden . . .«

Emily verspürte plötzlich ein Gefühl der Resignation. Nein, das konnte auf die Dauer nicht gut gehen. Wie hatten sie nur so blind sein können! Was konnte alles passieren, was hatten sie vorher nicht bedacht?

»Ich hab keine Ahnung, wie wir das machen«, gestand Janna. »Für heute melde ich ihn jedenfalls mal krank und mich selbst gleich dazu. Wir können ihn ja nicht alleine hierlassen. In einer Woche sind Ferien, danach sehen wir weiter. Vielleicht können wir ein Kindermädchen für ihn anstellen, wenn ich einen Überblick habe, wie es mit der Kohle aussieht.«

Bisher war Emily der Meinung gewesen, die ältere Schwester ihrer Freundin sei eine eitle, arrogante Zicke. Von Marie wusste sie, dass Janna unbedingt Schauspielerin werden wollte und sich viel auf ihr Aussehen einbildete. Aber seit gestern musste Emily zugeben, dass sie sich geirrt hatte. Nun, in der Krise, hielt sich Janna gar nicht übel. Und ihre Geschwister machten ihr das Leben auch nicht gerade einfach.

»Ein Kindermädchen ist eine gute Idee.« Marie nickte. »Ich habe dazu nämlich keine Lust. Und am besten noch eine Putzfrau.«

»Klar! Und einen Butler, eine Köchin und einen Chauffeur«, ergänzte Janna.

Moritz hatte aufgehört zu weinen und schaute verständnislos von Janna zu Marie. »Ich will aber in die Schule«, protestierte er. Moritz besuchte seit dem letzten Herbst die Grundschule des nahen Dorfes und schien sich wohlzufühlen. Er traf dort seine Freunde und seine Lehrerin liebte er geradezu abgöttisch.

»Am Montag darfst du wieder hin«, versprach Janna.

Apropos Schule – Emily sah auf die Uhr über dem Herd. Halb neun. Sie stand auf. »Ich muss los. Wenn ich zu spät komme, meutert meine Mutter.«

»Man sieht sich«, sagte Marie.

»Denk an dein Versprechen«, mahnte Janna.

»Natürlich.«

»Und danke für – du weißt schon«, fügte Janna hinzu.

Emily erklomm stöhnend ihr Fahrrad. Nicht nur Schultern und Arme, jeder Muskel in ihrem Körper rebellierte gegen die Bewegung. Sie fühlte sich wie eingerostet. Als sie nach der Lenkstange griff, brachten sich die Blasen an ihren Händen in Erinnerung. Trotzdem fuhr sie so rasch wie möglich über den Feldweg nach Hause, tausend Gedanken im Kopf, die alle darum kreisten, was sie gestern Nacht getan hatten.

Immer wieder fragte sie sich, ob sie richtig gehandelt hatte, als sie sich dafür entschieden hatte, Marie und Janna zu helfen. Die Schwestern hatten definitiv unter Schock gestanden, taten es womöglich noch. Vielleicht wäre es ihre Aufgabe gewesen, die beiden zur Vernunft zu bringen?

Emily stöhnte und trat heftiger in die Pedale. Was, wenn Moritz in der Schule Probleme machte und die Lehrerin mit seiner Großmutter sprechen wollte? Wenn ein Elternabend anstand? Und vielleicht hatte Frau Holtkamp ja doch Bekannte, die sie eines Tages besuchen wollten? So viele unvorhersehbare Dinge konnten geschehen.

Aber dennoch – jetzt gab es kein Zurück mehr.

»Mama, kann ich dich mal sprechen?«

Frau Schütz legte das Buch hin, mit dem sie es sich auf der Terrasse bequem gemacht hatte. »Was willst du?«

»Es ist wegen der Ferien.«

»Ja?«

»Ich möchte nicht mitkommen auf diesen Segeltörn. Vier Wochen auf so einem Boot, das ist mir zu langweilig. Außerdem wird mir ab Windstärke vier immer schlecht.«

»Aber Emily! Was willst du denn dann machen? Du kannst nicht vier Wochen alleine hierbleiben. Oder möchtest du zu Oma nach Köln? Aber du hast doch erzählt, dass Svenja, Jennifer und die anderen verreist sind. Du würdest dich schrecklich langweilen.«

»Ich möchte bei Marie bleiben.«

»Bei Marie?«

»Ja. Marie, ihre Geschwister und die Großmutter bleiben über die Ferien zu Hause. Sie haben mich eingeladen.«

Emilys Mutter schüttelte den Kopf. »Ich kann dich doch nicht für so lange Zeit einer älteren Dame aufhalsen. Nein, Emily, vergiss es.«

»Was heißt hier ›aufhalsen‹? Ich kann mich dort nützlich machen.«

Das stimmte, es gab viel zu tun. Die Schwestern hatten beschlossen, das Häuschen innen gründlich zu renovieren. Durch den Wegfall von Frau Holtkamps Schlafzimmer hatten Janna und Marie endlich eigene Zimmer bekommen und wollten sie nun neu einrichten.

Während der letzten Tage war das Leben der drei Geschwister in Außerhalb 5 erstaunlich glatt verlaufen. Niemand hatte nach Frau Holtkamp gefragt, das Schulproblem hatten sie durch wechselseitiges Schwänzen und einige Unterrichtsausfälle elegant und unauffällig lösen können. Nur Moritz hatte ein paarmal nach seiner Oma gefragt, aber jedes Mal hatte er sich mit den ausweichenden Antworten von Janna und Marie zufriedengegeben.

Nun standen die Ferien vor der Tür.

»Ich habe letzte Woche im Garten geholfen, hier, schau, man sieht immer noch die Blasen.« Sie streckte ihrer Mutter die Hände hin.

»Kind, was hast du denn da gemacht?« Ihre Mutter sah fast ein bisschen erschrocken aus.

»Nur ein bisschen umgegraben.«

»Ach! Dort verrichtest du Schwerstarbeit und zu Hause muss man um jede Hilfe von dir betteln!« Emilys Mutter blickte sie spöttisch an. »Na, wenn du neuerdings so gerne Gartenarbeit machst, dann kannst du gleich mal die Hecke hinter unserem Haus stutzen. Aber bitte schön akkurat!«

Emily hatte das Gefühl, dass das Gespräch nun in eine ganz falsche Richtung lief.

»Meinetwegen.« Sie nickte flüchtig. »Aber nur, wenn ich nicht mit zum Segeln muss. Ich hasse Segeln, das ist euer Hobby, nicht meins.«

Frau Schütz zog die Augenbrauen zusammen. »Emily, was ist denn wirklich los? Wir haben dich doch gefragt und noch vor einer Woche warst du ganz begeistert. Du kannst nicht ständig deine Meinung ändern.«

Ohne es zu wollen, brach Emily in Tränen aus. Sie rannte die Treppe hinauf und knallte die Tür hinter sich zu, wohl wissend, dass ihre Mutter so ein Benehmen erst recht verärgerte. Sie verschloss die Tür und drehte ihre Musikanlage voll auf. Doch nach einer halben Stunde ging ihr die laute Musik selbst auf die Nerven. Sie drehte sie leiser und versuchte, weiter an ihrem Katzenbild zu arbeiten. Aber sie konnte sich nicht konzentrieren. Als ihre Mutter von unten zum Abendessen rief, brüllte sie zurück: »Ich will nichts essen!«, obwohl ihr Magen schon seit Stunden knurrte. Aber sie musste standhaft bleiben. Ein Hungerstreik! Das war die Idee. Sie hatte noch vier Tage Zeit bis zum Abflug am Freitag nach Sardinien. Wenn sie so lange durchhielt, würden ihre Eltern begreifen, dass sie es dieses Mal ernst meinte. Sie war vierzehn, verdammt noch mal, in zwei Monaten wurde sie fünfzehn, sie konnten sie nicht andauernd behandeln wie ein kleines Kind!

Zu ihrer Verwunderung klopften weder ihr Vater noch ihre Mutter an diesem Abend an ihre Tür. Sie würden mich kaltblütig verhungern lassen, dachte Emily, der schon ganz schwindelig war.

Gegen zwei Uhr am Morgen wurde sie wach, weil sich ihr Magen zusammenkrampfte. Ganz leise schloss sie ihre Tür auf und schlich nach unten zum Kühlschrank. Ob es wohl auffiel, wenn von diesem kalten Braten ein Stück fehlte?

Hm . . . wie gut der roch! Sie schnitt eine dicke Scheibe ab und stopfte sie sich gierig in den Mund.

»Warum isst du denn nicht mit uns?«

Erschrocken schlug Emily die Kühlschranktür zu. Mist! Ihr Vater. Das Licht ging an. Sie wusste keine Antwort auf seine Frage, hätte auch gar nicht antworten können, denn in ihrem Mund verklumpten sich gerade hundert Gramm Braten zu einem zähen Kloß.

»Können wir mal vernünftig miteinander reden?« Ihr Vater

schnitt sich ebenfalls eine Scheibe Braten ab und nahm in seinem Schlafanzug am Küchentisch Platz.

»Mhm«, machte Emily und deutete auf ihre dicke Backe. Endlich hatte sie den Riesenbissen hinuntergewürgt. Herr Schütz holte ein Stück Brot. »Hier, sonst wird dir noch schlecht.« Emily griff nach der Scheibe und setzte sich zu ihm an den Tisch.

»Was ist das für eine Idee, dass du nicht mit uns zum Segeln willst?«

»Ich will eben nicht. Ich möchte bei Marie bleiben.«

»Was ist denn so schön bei Marie?«

»Alles«, sagte Emily, wobei ihr klar war, dass das keine Antwort war, mit der man Erwachsene zufriedenstellen konnte. »Es ist so ruhig da, bis auf die Züge natürlich, und man wohnt mitten in der Natur.«

»Auf einem Segelboot ist man auch mitten in der Natur, mehr Natur geht gar nicht.«

»Aber bei Marie ist mehr Platz, niemand macht einem Vorschriften . . .« Halt, stopp, das war der falsche Weg. Er durfte auf keinen Fall den Eindruck bekommen, dass in Außerhalb 5 das Chaos regierte. Sie schwenkte rasch um: »Marie ist meine einzige Freundin seit diesem blöden Umzug.«

Ihr Vater schloss für eine Sekunde die Augen und atmete schwer. Emily witterte Morgenluft.

Wieso war sie da nicht schon viel früher draufgekommen? Schuldgefühle wegen des Umzugs, das war der wunde Punkt, dort musste sie den Hebel ansetzen. Und das war allemal nicht so mühsam wie ein Hungerstreik.

»Du meinst, wenn du vier Wochen nicht da bist, ist diese Marie nicht mehr deine Freundin?«, fragte ihr Vater.

Punkt für ihn, erkannte Emily, aber sie setzte gleich nach.

»Marie ist hier der einzige halbwegs intelligente Mensch, mit dem ich mich vernünftig unterhalten kann.«

»So, so.«

»Außer euch beiden natürlich«, fügte Emily rasch hinzu.

Na also, er lächelte.

»Zu zweit ist es nie langweilig, wir sind fast immer draußen, an der frischen Luft und wir beschäftigen uns nur sinnvoll!«

»Ach!«

Vorsicht, sie durfte nicht zu dick auftragen. »Letztes Mal auf dem Segelboot war mir sterbenslangweilig, weißt du nicht mehr?«

»Oh ja«, nickte ihr Vater und seufzte.

Tatsächlich hatte Emily während des letzten Törns gegen Ende so viel herumgenörgelt, dass sie mehr Häfen und Badebuchten angesteuert hatten, als geplant gewesen war.

»Du und Mama, ihr wollt doch sicher auch mal ungestört sein«, bohrte Emily weiter.

Ihr Vater begann schallend zu lachen. »Dass ich das erleben darf! Du machst dir Sorgen, dass wir ungestört sind?« Wieder lachte er.

Emily grinste. »Psst! Du weckst noch Mama!« Sie legte ihren Finger auf die Lippen. »Also, darf ich jetzt hierbleiben?«, hakte sie nach.

Ihr Vater stand auf. »Mäuschen, das kann ich nicht allein entscheiden.«

»Aber du würdest es erlauben.«

»Wenn, dann erlauben wir es – oder nicht«, antwortete ihr Vater, der das alte »Papa-hat's-erlaubt«-Spiel durchschaute.

»Außerdem könnte ich dann den Ferien-Malkurs bei Frau Kramp mitmachen. Frau Kramp sagt, ich hätte Talent.«

»Ist ja gut«, winkte ihr Vater ab und gähnte. »Jetzt schlafen wir erst mal drüber, ja? Und bevor . . . ich sage ausdrücklich: bevor wir irgendetwas erlauben, sprechen wir erst einmal mit Maries Großmutter.«

»Was ist los mit euch? Angst vorm Zeugnis?« Janna stand vor der Hollywoodschaukel, in der Marie und Emily jede in einer Ecke saßen und Trübsal bliesen. Die Mädchen waren allein, Moritz war bei einem Klassenkameraden im Dorf zum Kindergeburtstag eingeladen.

»Quatsch«, antwortete Marie mürrisch. Morgen waren der letzte Schultag und Zeugnisausgabe. Aber daran dachte nun wirklich keine der beiden.

»Warum hängt euch dann die Kinnlade auf Kniehöhe?«

»Emily kann in den Ferien nicht zu uns kommen«, antwortete Marie.

»Haben es deine Eltern verboten?«

»Nein. Aber meine Mutter will mit eurer Großmutter sprechen.«

»Nur sprechen oder will sie sie auch sehen?«, wollte Janna wissen.

»Wo ist da der Unterschied?«, fragte Emily.

»Vielleicht kann ich euch helfen«, sagte Janna. »Allerdings sollten wir uns zunächst über den Preis einig werden.«

»Den Preis?«, fragte Marie misstrauisch. »Welchen Preis?«

»Was tut ihr für mich, für den Fall, dass ich das hinkriege mit Emilys Eltern?«

Marie überlegte. »Wir helfen dir, dein neues Zimmer zu streichen.«

»Das macht schon Axel.«

»Axel? Der kommt hierher?« Marie fuhr verärgert in die Höhe, die rostigen Federn der Schaukel quietschten.

»Warum nicht?«

»Hast du ihm etwa erzählt . . .«

»Nein, natürlich nicht. Ich habe ihm gesagt, Oma sei im Krankenhaus. Aber irgendwie müssen wir schließlich die Farbe und das alles vom Baumarkt hierherkriegen, oder? Und Axel hat einen Führerschein. Er kann Omas Wagen fahren.«

»Das gefällt mir nicht«, sagte Marie. »Wie lange kennst du diesen Typen? Zwei Wochen, drei? Und wenn es aus ist – und das dauert bei dir doch höchstens vier Wochen –, dann lungert der nächste hier rum. Irgendwann kriegt einer was mit und verrät alles, spätestens dann, wenn du mit ihm Schluss gemacht hast, weil dir sein Kumpel doch besser gefällt.«

»Spiel dich nicht so auf«, fauchte Janna. »Du stellst mich hin, als wäre ich die größte Schlampe weit und breit!«

»Nicht weit und breit, das wäre zu viel der Ehre«, sagte Marie.

»Du glaubst wohl, nur du darfst Emily zu uns einladen, aber ich niemanden?«, entgegnete Janna giftig.

»Emily ist was anderes«, behauptete Marie. »Kerle sind unzuverlässig, dämlich und rachsüchtig.«

»Aber nützlich«, versetzte Janna. »Außerdem – was verstehst du schon davon?«

»Mehr als du. Weil ich im Unterschied zu dir bei klarem Verstand bin.«

»Janna, wie willst du denn meine Mutter rumkriegen?«, fragte Emily dazwischen. Sie fühlte sich unwohl, sie war Streit nicht gewohnt.

»Genau. Denkst du, sie vertraut dir ihr Töchterchen an?«, höhnte Marie.

Janna ging nicht auf Maries Frage ein. »Wenn Emily bleiben kann, dann passt ihr jeden Tag vom Frühstück bis zum Mittagessen auf Moritz auf. Das ist der Deal.«

Marie schien zu überlegen, dann fragte sie voller Argwohn: »Wieso vormittags? Am Nachmittag ist er doch viel anstrengender.«

»Weil er nachmittags bei den Kinder-Ferienspielen sein wird«, sagte Janna und grinste. »Zumindest während der ersten drei Wochen.«

»Gute Idee«, musste Marie zugeben. »Aber wieso sollen wir ihn dann den ganzen Vormittag nehmen?«

»Weil das der Preis ist«, sagte Janna.

»Das ist unfair!«, protestierte Marie.

»So ist das Leben.«

»Stimmt«, seufzte Marie. »Und wie willst du das jetzt anstellen?«

»Emily, wann soll der Segeltörn losgehen?«, fragte Janna.

»Am Freitag um acht geht das Flugzeug.«

»Ist deine Mutter im Moment zu Hause?«

Emily schaute auf ihre Armbanduhr. »Müsste schon. Sie arbeitet in der Bibliothek, aber die hat heute geschlossen.«

»Die Nummer?«

Emily nannte sie ihr und Janna ging ins Haus. Neugierig folgten ihr die beiden Freundinnen. Im engen Flur lagen ein paar Jacken auf dem Fußboden, Emily bückte sich automatisch und hängte sie an den Garderobenhaken. Janna war schon in der Küche verschwunden. Das Geschirr stapelte sich in der Spüle, aber ansonsten verriet nichts in dem weiß gestrichenen Raum mit den hellen Vorhängen, dass die Weyer-Geschwister hier ohne Erwachsenen lebten.

Janna schnappte sich das Telefon. »Ihr setzt euch hin und haltet die Klappe«, ordnete sie an.

Die beiden gehorchten. Janna wählte die Nummer, man hörte es tuten, dann meldete sich Frau Schütz.

»Guten Tag, Frau Schütz, hier spricht Frau Holtkamp. Ich bin die Großmutter von . . . ah, Sie wissen, wer ich bin. Schön. Dann wissen Sie ja auch, worum es geht.«

Emily traute ihren Ohren nicht. Es war geradezu unheimlich. Aus dem Mund dieses jungen Mädchens kam die knarzende, brüchige Stimme einer alten Frau. Es war nicht die Stimme von Frau Holtkamp, die hatte gar nicht so alt geklungen, aber da Emilys Mutter vorher noch nie mit der Frau gesprochen hatte, war das egal. Janna klang jedenfalls wie eine alte Frau, als sie Emilys Mutter nun erklärte: »Ich schlage vor, dass wir uns bei einer Tasse Kaffee darüber unterhalten. Ich bin noch bis Freitag bei meiner Schwester in Hamburg, sie hatte einen Bandscheibenvorfall, ich musste ihr etwas zur Hand gehen, aber am Freitagnachmittag würde ich Sie gerne zu einem Stück Kuchen . . . ach, das ist aber schade. Schon am Morgen, zu dumm . . . und ich habe einen Fahrschein mit Zugbindung, ich kann auch nicht früher hier weg.«

Emily und Marie sahen sich mit angehaltenem Atem an. Ob das gut gehen würde, fragte sich Emily. Aber sie musste zugeben, dass Janna, besonders wenn man die Augen schloss, sehr überzeugend klang. In den letzten Tagen überraschte Maries ältere Schwester sie immer wieder von Neuem.

»Nein, aber gar nicht. Ihre Tochter macht sich hier sehr nützlich. Sie spielt auch so gerne mit dem kleinen Moritz, und wenn sie da ist, dann beschäftigt sich Marie viel sinnvoller. Wissen Sie, Janna, die Große, die ist ja schon sehr vernünftig und erwachsen, die ist mir eine große Hilfe. Aber Marie – wenn die alleine ist, ist die den ganzen Tag nur am Chillen . . . äh, ich meine . . . am Faulenzen. Nicht wahr, man gewöhnt sich langsam selber diese schreckliche Sprache an, geht es Ihnen nicht auch so?«

Marie und Emily atmeten im Hintergrund synchron aus. Leider konnten sie nicht hören, was Emilys Mutter am anderen Ende der Leitung dazu sagte. Offenbar folgte ein längerer Sermon von Frau Schütz, ehe »Frau Holtkamp« in den Hörer krächzte: »Gut, meinetwegen, wenn Ihnen dann wohler ist, geben Sie ihr halt in Gottes Namen ein bisschen Kostgeld mit.«

Marie schüttelte empört den Kopf, Emily unterdrückte ein Kichern.

»Ja. Ja, natürlich können Sie jederzeit hier anrufen. Emily wird sich bei Ihnen auch regelmäßig melden, das muss sie mir versprechen. – Aber ja. – Nein, nichts zu danken. Auf Wiederhören, Frau Schütz! Und eine schöne Reise!«

Mit knallroten Wangen legte Janna den Hörer hin. Offenbar hatte das Gespräch ihre Stimmbänder strapaziert, sie musste husten und stürzte an den Wasserhahn.

»Es klappt?«, fragte Emily gespannt.

»Ja«, sagte Janna wieder mit ihrer normalen Stimme. Sie grinste. »Das war Mutter Courage, meine Rolle bei der letzten Schulaufführung. Gut, was?«

Statt einer Antwort führten Emily und Marie einen Freudentanz auf. Aber kaum hatten sie sich beruhigt, nörgelte Marie: »Das mit dem Geld finde ich unmöglich von dir!«

Aber Emily widersprach: »Das finde ich überhaupt nicht. Das hat Janna super gemacht.« Damit war das Thema erledigt und Emily verbrachte die folgenden Tage auf Wolke sieben.

»Ist deine Großmutter denn einverstanden damit, dass ich ihren Wagen fahre?«, fragte Axel.

»Klar«, versicherte Janna.

»Was hat sie eigentlich?«

»Ach, irgendwas mit dem Herzen«, antwortete Janna, wäh-

rend sich ihr neuer Freund hinter das Steuer von Frau Holtkamps betagtem Ford Fiesta klemmte. Sie wollten gemeinsam
in den Baumarkt fahren und anschließend Lebensmittel einkaufen.

Axel war ein hoch aufgeschossener, kräftiger Kerl mit Som-
mersprossen. Seine kurzen blonden Haare berührten die Decke
des Kleinwagens.

»Bring mir was Süßes mit!«, verlangte Moritz und dann sahen
Marie, Emily und Moritz zu, wie sich der Wagen in einer Staubwolke entfernte.

»Wenigstens kann dieser Lulatsch die Decke ohne Leiter streichen«, lautete Maries Kommentar zu Jannas Eroberung.

»Immerhin macht er sich Gedanken, ob das mit dem Wagen
in Ordnung geht«, meinte Emily zu seiner Verteidigung.

»Ja, und er wird sich mit der Zeit noch mehr Gedanken machen«, orakelte Marie düster.

Sie ließen Moritz im Garten, wo er sich selbstvergessen in den
Sandkasten setzte und seinen Gameboy hervorzog. Er würde
eine Weile beschäftigt sein.

Gemeinsam gingen sie ins Haus. Für heute hatten sie sich das
ehemalige Zimmer von Maries Großmutter vorgenommen.

Über die knarzende Holztreppe stiegen sie in den ersten
Stock. Die Räume hier oben waren klein und schmal geschnit-
ten, nur Jannas und Maries Zimmer war ein bisschen geräumi-
ger.

Emily sah sich in Frau Holtkamps Schlafzimmer um. Auch
hier stützten Holzbalken die niedrige Decke, die kleinen Fenster
gaben den Blick frei auf die leuchtenden Rapsfelder hinter der
Bahnlinie.

Genau wie das Wohnzimmer und die Küche war der Raum
schlicht, aber gemütlich eingerichtet. Ein bunter Webteppich

lag vor dem Bett – Emily hatte einen ganz ähnlichen zu Hause – und nur wenige Möbelstücke erinnerten daran, dass eine alte Frau hier gewohnt hatte. Auf der alten Kommode stand lediglich ein Bild von Janna, Marie und Moritz, ansonsten gab es keine Familienfotos – weder von Maries Mutter noch von ihrem Großvater.

»Wo fangen wir an?«

Marie blickte sich unschlüssig um. »Den Schrank will Janna behalten, der ist gerade erst zwei Jahre alt«, sagte sie. »Aber das Bett müssen wir demontieren, Janna ist es zu schmal.« Sie seufzte. »Am besten fange ich mit den Kleidern an.«

Emily nickte. »Was ist mit dem Nachtschränkchen?«, erkundigte sie sich.

»Das nehme ich«, entschied Marie.

Während Marie den Kleiderschrank öffnete, machte sich Emily daran, das Schränkchen auszuräumen, und stieß auf ein paar Tablettenschachteln. »Ich glaube, deine Großmutter hatte wirklich was mit dem Herzen.« Sie zeigte Marie den Inhalt der Schublade. »Diese Medikamente kenne ich von meinem Opa. Der ist auch an einem Herzinfarkt gestorben. Wo soll ich das hintun?«

»Ach, schmeiß sie weg«, sagte Marie.

Etwas in ihrer Stimme ließ Emily aufhorchen. Marie strich vorsichtig über den blauen Stoff des Kleides, das sie gerade in einen Koffer einpackte, den sie am Morgen vom Dachboden geholt hatten. »Schau mal, das war ihr Lieblingskleid. – Und das ihre Sommerjacke. – Den Mantel hat sie immer ›Übergangsmantel‹ genannt. – Das schwarze Kostüm hat sie nie gemocht, aber sie hat gesagt, es wäre zu schade zum Wegschmeißen. – Die Hose war schon so schäbig, aber die hat sie am liebsten getragen . . .« Fast jedes Kleidungsstück wurde von Marie liebevoll kommentiert, ehe es im Koffer verschwand.

»Denkst du oft an sie?«, fragte Emily.

Marie nickte. »Natürlich.«

»Hast du ein schlechtes Gewissen wegen . . . du weißt schon?«

»Nein, das nicht«, antwortete Marie traurig. »Das war schon okay. Nein, ich denke einfach so an sie. Irgendwie vermisse ich sie halt. Sie war so eine feste Größe, man konnte sich auf sie verlassen, auch wenn sie mich oft genervt hat. Nicht wie Mama, die . . .« Marie unterbrach sich und wischte sich eine Träne von der Wange. Emily tat, als hätte sie es nicht gesehen. Sie wagte nicht, Marie nach der Krankheit ihrer Mutter zu fragen, obwohl sie das Thema brennend interessierte. Aber instinktiv spürte sie, dass Marie noch nicht so weit war, mit ihr darüber zu sprechen. Dazu war ihre Freundschaft noch zu frisch.

»Was soll ich mit dem Foto da machen?«, fragte Emily. Es war ein einzelnes Foto, das ganz hinten in der Schublade in einem Briefumschlag gelegen hatte. Es war eine Farbaufnahme, die aber bereits einen Rotstich hatte. Es zeigte ein Gemälde, darauf war ein Mann in verschwommenen Blautönen zu sehen, von dem etwas Tristes ausging. Das Foto trug keinen Vermerk, auch die Rückseite war leer.

Marie würdigte das Foto eines kurzen Blicks und zuckte die Schultern. »Keine Ahnung.«

Emily ließ es in der Schublade liegen. Sie wollte Marie nicht noch weiter verstören. Was musste es für sie für ein Gefühl sein, die Besitztümer ihrer Oma zu sortieren? Sogar für Emily war es merkwürdig, die Maries Großmutter kaum gekannt hatte.

Endlich waren sie fertig. Ehe Janna Besitzansprüche auf das Möbel anmelden konnte, schleppten sie das Nachtschränkchen in das Nachbarzimmer, das nach der Renovierung nur noch Marie gehören sollte. Emily würde es die nächsten Wochen mit ihrer Freundin teilen.

»Ich bin froh, dass du da bist«, sagte Marie. »Ohne dich würde ich mich noch viel mehr mit Janna streiten.«

»Warum streitet ihr eigentlich dauernd?«

»Weil sie so grottendämlich ist.«

Emily, die von Jannas Telefonaktion nachhaltig beeindruckt war, widersprach: »Sie ist anders als du, aber nicht dämlich.«

»Du kennst sie nicht so gut wie ich«, erwiderte Marie und Emily verzichtete auf eine Antwort. Sie hatte keine Lust, sich wegen Janna mit Marie in die Haare zu bekommen. Um das Thema zu wechseln, fragte sie: »Hast du eigentlich deinen Großvater gekannt?«

»Nein. Der ist lange vor meiner Geburt gestorben. Er war ein ganzes Stück älter als meine Oma, ich glaube, er wäre jetzt schon über neunzig. Oma hat nie was von ihm erzählt.«

»Wirklich?«, wunderte sich Emily. Auch ihr Großvater war bereits tot, aber ihre Mutter und Großmutter sprachen oft von ihm.

»Ich kann mich jedenfalls nicht erinnern.« Marie ging in Frau Holtkamps Zimmer zurück, klappte den Koffer mit den Kleidern zu und ließ die Schlösser einschnappen.

»Und was ist mit eurem Vater?«

»Meine Eltern haben sich scheiden lassen, da war ich erst fünf. Er ist bei einem Autounfall ums Leben gekommen.«

»Mein Gott, wie furchtbar!«

»Ach, ich glaube, zu der Zeit hatte er uns schon so gut wie vergessen. Also, nicht gerade vergessen, aber die Besuche bei ihm wurden immer seltener, nur noch Weihnachten und mal in den Sommerferien. Angeblich hatte er immer so viel zu tun.«

»Das tut mir leid«, sagte Emily mitfühlend. Wie ungerecht doch das Schicksal mit manchen Menschen umging. Warum musste jetzt ausgerechnet auch noch Frau Holtkamp sterben?

»Und sonst habt ihr keine Verwandten?«

»Papa hat eine Schwester, aber die wohnt in der Schweiz. Die hat uns schon Jahre nicht mehr gesehen. Sonst ist da niemand, nein.« Marie hob ihre Schultern. »Ach, was soll's«, sagte sie trotzig. »Oma hat immer gesagt: Jammern hilft nicht. Man muss vorwärtsschauen.«

In diesem Moment begannen die Türen des Kleiderschranks zu beben, der gläserne Lampenschirm vibrierte in seinem Gestell und ein Rumpeln und Rauschen setzte ein, das rasch zu einer beachtlichen Lautstärke anschwoll.

»Ach, der Elfuhrzug.« Inzwischen war Emily schon abgebrüht. Beim ersten Güterzug, den sie hier erlebt hatte, hatte sie noch an ein Erdbeben geglaubt. Ohne sich durch den Lärm stören zu lassen, öffnete sie eine Kommode. Ein zarter Lavendelduft ging von den weißen, bestickten Wäschestücken aus, die in säuberlichen Stapeln darin lagen. »Die Bettwäsche bleibt da drin?«, fragte Emily, als der Zug vorbei war.

»Ja«, antwortete Marie. »Nimm nur die Nachthemden raus, die wird Janna nicht anziehen wollen.« Emily beugte sich vor, um nach den Nachthemden zu suchen. Plötzlich stieß sie einen Schrei aus.

»Was ist?«, fragte Marie.

Emily streckte Marie mit spitzen Fingern eine Schachtel entgegen.

»Iiih! Ein Gebiss!« Marie schüttelte sich wie ein nasser Hund. Dann überlegte sie laut: »Das muss noch von meinem Großvater sein. Meine Oma hatte ihre eigenen Zähne. Wieso hat sie so was aufgehoben?«

»Keine Ahnung. Vielleicht ein Andenken an seine Küsse«, kicherte Emily und Marie musste zum ersten Mal seit dem Tod ihrer Großmutter herzhaft lachen.

»Tu das eklige Ding weg«, bat sie. »Oder warte! Vielleicht kann ich damit mal Janna erschrecken und es ihr unter die Bettdecke legen!« Marie nahm Emily die Schachtel aus der Hand und brachte sie in ihr Zimmer.

In diesem Moment polterte Moritz die Treppe hinauf. Emily sah hoch. Sie hatte sich schon gewundert, wo der Knirps blieb. Normalerweise war ihm schon nach einer halben Stunde allein sterbenslangweilig.

Aber halt – irgendetwas stimmte nicht mit ihm. Er hatte einen knallroten Kopf und stotterte vor Aufregung, als er Marie zurief: »Da war ... da war ... der Mann. Der ... der böse schwarze Mann.«

»Was für ein Mann?«, fragte Marie.

»Der Mann halt!«, wiederholte Moritz und stampfte ungeduldig mit dem Fuß auf.

»Der Mann, der angeblich neulich in der Nacht auch da war?«, erkundigte sich Marie.

Die Augen von Moritz leuchteten auf. »Ja.«

»War's vielleicht der Kaminkehrer?«, fragte Marie ihren Bruder mit verhaltenem Spott, was Moritz jedoch entging. Er schüttelte heftig den Kopf.

»Wo war der Mann?«, fragte Emily.

»Am Zaun.«

»Hast du mit ihm gesprochen?«

Moritz sah verlegen von Emily zu Marie. Offenbar fiel ihm gerade ein, dass man nicht mit fremden Männern sprechen sollte.

»Du kannst es ruhig sagen«, meinte Marie. »Was wollte der?«

»Der wollte zu meiner Oma. Marie, wann kommt Oma wieder zurück?«

»Ach, Moritz ...«

»Hat er wörtlich gesagt: deine Oma?«, mischte sich Emily ein.

Moritz schien zu überlegen, dann sagte er: »Nein.«

»Hat er gesagt: Frau Holtkamp?«, versuchte es Emily.

Moritz nickte unsicher.

»Und was hast du geantwortet?«, fragte Marie.

»Ich bin weggelaufen«, gestand Moritz mit gesenktem Blick.

»Das war gut so«, lobte ihn Marie und seine Miene hellte sich wieder auf.

»Wenn der Mann wiederkommt, rufst du mich oder Janna oder Emily. Und das gilt auch für andere Leute, die hier herumlungern, klar?«

Moritz nickte. Für ihn gab es bereits Wichtigeres: »Ich hab Hunger!«, klagte er.

»Komm mit runter, ich mach dir ein Butterbrot. Wenn Janna zurückkommt, kochen wir was. Ich kann diese Konservendosen schon nicht mehr sehen. Möchte nur wissen, wo diese Tussi so lange bleibt!«

Emily folgte den beiden die Treppe hinunter. Auch sie war hungrig und freute sich auf ein vernünftiges Abendessen. Dafür würde sie sogar kochen. Aber noch klangen Moritz' Worte in ihren Ohren. »Findest du das nicht komisch?«, flüsterte sie Marie zu, als Moritz heißhungrig sein Brot verschlang.

»Ach, der erzählt viel«, winkte Marie ab. »Wahrscheinlich war es ein Bettler oder jemand von der GEZ. Meine Oma hat immer gesagt, für dieses miese Programm würde sie keinen Cent bezahlen und wir sollten ja nie mit irgendwelchen Männern an der Tür reden oder gar einen ins Haus lassen. ›Finstere Gestalten‹ hat sie sie immer genannt. Klar, dass Moritz jetzt überall böse schwarze Männer sieht.«

»Aber neulich nachts . . . Meinst du, das war auch die GEZ?«, zweifelte Emily.

»Ach, da war doch niemand hier. Moritz hat einfach nur schlecht geträumt. Kein Wunder, er hat das mit Oma ja voll mitgekriegt, auch wenn er's nicht kapiert hat.«

Draußen erhob sich erneut Lärm, dieses Mal kam er aus dem Autoradio des Fiesta, der gerade vor dem Haus anhielt. Er war vollgepackt mit Farbeimern und Lebensmitteln.

»Endlich«, seufzte Marie. »Man möchte es nicht glauben, aber manchmal bin ich sogar froh, meine Schwester zu sehen.«

Die kommenden zwei Tage verbrachten die Mädchen vorwiegend auf Leitern. Marie und Emily hatten sich die Küche vorgenommen, sie sollte sonnengelb gestrichen werden. Hin und wieder, wenn Emily an irgendeiner schwierigen Ecke herumpinselte, kam ihr der Gedanke, wie es wohl jetzt gerade auf dem Segelboot wäre. Sie würde an Deck liegen, ein spannendes Buch lesen und sich die Sonne auf den Rücken scheinen lassen . . .

Unsinn! Das hier ist besser, sagte sie sich. Zum Beispiel konnte man endlich fernsehen, so lange man wollte – und vor allen Dingen, was man wollte. Im Spätprogramm hatte es gestern *Das Schweigen der Lämmer* gegeben. Emily und Marie hatten sich auf dem Sofa unter der Decke zusammengekauert, wo sie die besonders nervenaufreibenden Szenen zitternd und mit den Händen vor den Augen durchgestanden hatten. An einigen Stellen wäre Emily am liebsten aus dem Zimmer gegangen, aber vor Janna hatte sie sich keine Blöße geben wollen. Danach hatte sie unruhig geschlafen. Aber das lag sicher nur an den Güterzügen, von denen einige auch in der Nacht an dem Häuschen vorbeirumpelten.

Am Sonntagnachmittag erstrahlte die Küche in frischem Gelb – ebenso wie Emily und Marie, stellenweise. Sie beschlossen, zum Baggersee zu radeln. Beim Schwimmen würde die

Farbe sicher aufweichen. Ehe ihnen Janna Moritz aufs Auge drücken konnte, rafften sie ihre Badesachen zusammen und fuhren davon.

Am See war es für einen Sonntag ruhig, die meisten waren in die Sommerferien gefahren. Marie und Emily trafen keine Klassenkameraden, dafür aber ihre Sport- und Kunstlehrerin, Frau Kramp, die von ihrem Buch aufsah und ihnen zuwinkte, als sie an ihr vorbei zum Wasser gingen. Im Bikini und mit den Haaren unter dem breitkrempigen Sonnenhut hätten Emily und Marie ihre Lehrerin beinahe nicht erkannt.

»Hallo, Emily. Toll, dass du doch noch den Ferien-Malkurs mitmachen kannst«, sagte Frau Kramp. »Wolltest du nicht ursprünglich mit deinen Eltern verreisen?«

»Sie wollten, ich nicht«, antwortete Emily. »Ich darf die Ferien bei Marie verbringen.«

»Oh, da habt ihr sicher eine Menge Spaß. Was ist, wäre der Kurs nicht auch etwas für dich, Marie? Es ist noch ein Platz frei.«

»Ich überlege es mir«, sagte Marie. Kunst gehörte nicht zu ihren Stärken, sie hatte im Zeugnis lediglich eine Zwei bekommen – was für Marie einer schlechten Note gleichkam.

»Dass die hier so allein am See rumliegt«, wunderte sich Marie, als sie und Emily nebeneinander über den kleinen See schwammen.

»Warum denn nicht?«, fragte Emily zurück.

»Hat sie keinen Mann oder einen Freund?«

»Anscheinend nicht«, sagte Emily. »Obwohl sie ja ganz passabel aussieht.«

»Bestimmt ist sie eigenartig und schwierig – eine Künstlerin eben.«

»Glaub ich nicht. Im Unterricht finde ich sie ganz gut.«

»Das stimmt«, sagte Marie. »Ganz im Gegensatz zu dem blöden Siebert . . .«

Und dann lästerten sie über sämtliche Lehrer und Lehrerinnen ihrer Schule, bis sie wieder am Ufer angelangt waren. Frau Kramp war inzwischen gegangen. Sie genehmigten sich ein dickes Eis am Kiosk, danach legten sie sich auf ihre Decke und sonnten sich. Es roch nach Sonnencreme und Gegrilltem, irgendwo tobten kleine Kinder, man hörte Musik aus einem tragbaren CD-Player und die Gesprächsfetzen der Vorübergehenden. Farbige Muster tanzten vor Emilys geschlossenen Augen, sie genoss die Wärme und wünschte sich, dass der Sommer niemals zu Ende gehen müsste.

Sie blieben bis zum späten Abend. Als sie ihre Decke zusammenlegten, hielt Marie inne und schaute über den See. Es war still geworden. »Was meinst du?«, fragte sie leise. »Sollen wir mal im Wäldchen vorbeischauen?«

Sie fanden die Stelle auf Anhieb wieder. Noch in der Nacht des Begräbnisses hatten sie die übrig gebliebene Erde großflächig über der Grabstätte verteilt, damit niemandem ein verdächtiger Erdhaufen auffallen konnte. Nun hatten sich schon ein paar trockene Blätter unter die Erde gemischt, es sah beinahe so aus, als hätten Wildschweine den Boden umgewühlt.

Im Herbst wird hier niemand mehr etwas erkennen, dachte Emily. Sie fühlte sich seltsamerweise kein bisschen unwohl, im Gegenteil, es war sehr friedlich hier – wie auf einem Friedhof. Die sinkende Sonne blitzte freundlich zwischen den Zweigen durch, die Luft roch würzig. Und schließlich fühlte sie sich auf Friedhöfen ja auch nicht unwohl – zumindest nicht bei Tag. Die Tatsache, dass hier lediglich die Erlaubnis einer Behörde fehlte, machte Frau Holtkamps Grabstätte noch lange nicht zu einem Ort des Schreckens.

»War sie eigentlich . . . na ja, so etwas wie eine Mutter für dich?«, fragte Emily.

Marie zuckte die Schultern. »Ich weiß nicht. Als wir klein waren, haben wir sie kaum gesehen, wir haben damals in Bremen gewohnt, sie hier. Aber ich glaube, das war nicht der Grund, sondern sie verstand sich nicht gut mit meiner Mutter. Als wir zu ihr gezogen sind, war sie für uns am Anfang wie eine Fremde. Du hast sie ja selbst kennengelernt – sie wirkte auf den ersten Blick nicht gerade sehr herzlich, oder?«

»Ging so.«

»Aber wenn man sie besser kennt, merkt man, dass sie nur immer so barsch tut und in Wirklichkeit eine ganz liebe Frau ist – war«, verbesserte sich Marie mit einem traurigen Lächeln.

Sie blieben im Wald, bis es dämmerte, dann radelten sie gemächlich am Bahndamm entlang nach Hause.

Schon von Weitem war die Musik zu hören. Auf dem Feldweg hinter der Schranke parkten außer dem Fiesta von Maries Großmutter noch ein Twingo und ein Uralt-Mercedes. Der Zaun war gespickt mit Fahrrädern, den Garten bevölkerten Leute mit Gläsern in den Händen, die Luft schwirrte von Musik, Stimmen und Gelächter. Auch im Wohnzimmer tummelten sich ein halbes Dutzend Jugendliche, ein Teil tanzte auf dem bunten Teppich, andere versuchten, ihre Körper und Zungen ineinander zu verknoten. In der Küche stank es nach Zigarettenrauch, überall standen Flaschen, schmutzige Gläser und Teller herum. Anscheinend war ein Malheur mit der Spaghettisoße geschehen: Die frisch gestrichene Wand um den Herd herum war rot besprenkelt. Drei Typen hielten qualmend Wache vor einem kleinen Bierfass. Moritz saß bei ihnen, er blickte fröhlich in die Runde und nuckelte an einer Flasche.

Wie eine Furie schoss Marie durch die Küche und entriss ihrem Bruder den Bier-Mix.

»Seid ihr bescheuert, dem Kleinen so ein Zeug zu geben?«, fuhr sie die Kerle an.

Blödes Grinsen war die Antwort, einer sagte: »Jetzt stress hier nicht rum!«

Marie rannte ins Wohnzimmer und baute sich vor ihrer Schwester auf, die gerade am Arm von Axel hängend die Treppe herunterkam.

»Kann ich dich mal sprechen?«

»Sprich dich ruhig aus«, sagte Janna mit leichtem Zungenschlag.

»Komm mit nach oben!«

»Da war ich gerade«, kicherte Janna und küsste Axel auf den Hals.

»Marie, ich glaube, das hat jetzt keinen Sinn.« Emily legte Marie eine Hand auf den Arm, aber sie beachtete sie nicht weiter, sondern fuhr zu Axel herum. »War das deine Scheißidee?«

»Was machst du mich an, wovon redest du überhaupt?«, blaffte Axel zurück.

»Lass sie los, ich hab mit ihr was zu besprechen. Oder kannst du alleine nicht mehr stehen?«

»Geh schon mal vor, ich komm gleich«, nuschelte Janna ihrem Liebsten ins Ohr.

Axel hob brummend die Arme, dann mischte er sich unter die Tanzenden, wobei er mit dem Kopf ruckelte wie ein Huhn. Marie bugsierte Janna die Treppe hinauf in deren Zimmer. Emily, etwas unschlüssig, folgte den beiden.

»Toll, Janna, großartig! Unsere Großmutter ist gerade mal eine Woche tot und du machst hier Party!«

»Soll ich in Schwarz gehen und mit niemandem mehr reden?«
Janna warf theatralisch die Arme in die Luft.

»Was ist, wenn die was merken?«, zischte Marie.

»Was sollen die merken? Ich hab gesagt, Oma ist im Krankenhaus. Wir feiern doch nur die Renovierung«, verteidigte sich Janna.

»Die Küche könnt ihr morgen gleich noch mal streichen!«, fauchte Marie.

»Jaja. Jetzt beruhig dich gefälligst wieder. Was passt dir eigentlich nicht?«

»Was mir nicht passt? Diese Arschlöcher da unten haben Moritz Bier zu trinken gegeben, das passt mir zum Beispiel nicht!«

»Davon stirbt er schon nicht.«

»Du bist doch so verdammt bescheuert!« Marie blitzte ihre Schwester wütend an, aber die setzte noch einen drauf: »Hast du Panik, dass er wegen einem Bier zum Alki wird, so wie Mama?«

Maries Augen wurden schmal. Sie ging einen Schritt auf Janna zu. »Nimm das zurück«, sagte sie und hob die Faust.

»Ich denk nicht dran.«

»Sie ist kein Alki. Sie ist krank«, ereiferte sich Marie unter Tränen.

»Krank vom Saufen. Das hat Oma auch gesagt: Einmal Säufer, immer Säufer . . .«

Marie wollte sich auf ihre Schwester stürzen, aber die lief die Treppe hinunter und Emily fiel Marie in den Arm. »Lass sie! Mit Betrunkenen streitet man nicht. Komm, wir gehen in dein Zimmer. Ich hole Moritz, damit er nicht noch mehr abkriegt.«

»Du blödes, besoffenes Miststück, schau dich doch an, du bist selbst schon ein Alki«, brüllte Marie ihrer Schwester hinterher, aber ihre Stimme ging in der Kakofonie aus House-Musik, Gelächter und Stimmen unter.

Emily holte den widerstrebenden Moritz aus dem Wohnzimmer. Er wollte in den Garten. Emily ließ ihn gehen, nicht ohne ihn zu ermahnen, die Finger vom Alkohol zu lassen. Ein Mädchen drückte ihr einen Drink in die Hand. »Hier, der ist gerade über.« Das Getränk war eiskalt, schmeckte erst süß und dann sauer.

»Lecker, was ist das?«

»Was das ist? Ein Caipi, was denn sonst?«, sagte die Unbekannte und war schon verschwunden.

Marie stand auf der Treppe und schaute finster auf die Tanzenden hinab. Emily fand die Musik gar nicht so schlecht und hätte gerne mitgetanzt. Aber sie wollte Marie nicht in den Rücken fallen, also nahm sie ihr Getränk mit und ging nach oben.

Auf dem Fußboden in Maries und Emilys Zimmer hockten zwei Jungs und zwei Mädchen in unterschiedlichen Stadien der Entkleidung. In der Mitte lagen Spielkarten und Chips, hinter ihnen verstreute Klamotten.

»Fullhouse«, rief ein rothaariges Mädchen, das in einem gelben BH und Jeans dasaß, und ihre Freundin in roter Unterwäsche quietschte: »So, Lennart, das kostet dich dein letztes, kostbares Kleidungsstück!«

»Ja, runter damit!«, grinste ein Junge mit nacktem Oberkörper.

Der Angesprochene saß splitternackt auf einem Haufen zusammengeknüllter Klamotten und jammerte: »Oh nein! Nicht meinen Hut! Nur nicht den Hut!«

Die anderen kicherten. Auch Emily musste grinsen.

»Was ist denn hier los?«, fragte Marie fassungslos.

»Strip-Poker«, erklärte die rote Unterwäsche. »Du kannst einsteigen, Lenni ist raus. Du kannst doch pokern?«

»Verschwindet, das ist mein Zimmer«, kreischte Marie.

»Nun hab dich nicht so«, sagte der halb angezogene Junge. Der Verlierer mit dem Hut stand auf. »Ach, ich finde, es reicht! Ich habe mal wieder verloren, ich gebe es zu.« Er nahm den eierschalenfarbenen Strohhut mit dem schwarzen Hutband von seinen wirren blonden Haaren und hielt ihn sich vor die Stelle, die Emily einem Reflex gehorchend gerade angestarrt hatte.

»Ich bin Lennart«, sagte er und lächelte Emily zu. »Und man schaut den Leuten in die Augen!«

Emily wurde rot wie ein Hummer, ehe sie sich auf ihre Manieren besann und stotterte: »Ich . . . äh, ich bin Emily und das ist Marie. Wir wollten hier . . . also, wir wussten ja nicht . . .«

Der Junge neigte in einer grazilen Geste den Kopf. »Angenehm. Ihr habt mich gerettet! Meinen Hut gebe ich nämlich nie her. Ohne den bin ich sozusagen nackt.« Mit diesen Worten setzte er seinen Hut wieder auf den Kopf, hob sein Kleiderbündel vom Boden auf und fragte förmlich: »Gibt es hier einen Ort, an dem ich mich unter Ausschluss der Öffentlichkeit ankleiden kann?«

Marie hatte es die Sprache verschlagen, deshalb schlug Emily vor: »Vielleicht im Bad?« Sie merkte, wie sie den Nackten noch immer anstarrte – dieses Mal in sein Gesicht. Er hatte klare blaue Augen, in denen es schelmisch blitzte. So etwas wie Hemmungen schien er nicht zu kennen. Er bedankte sich für die Auskunft, dann bot er den Mädchen noch den Anblick seiner Kehrseite, ehe er ohne Hast aus dem Zimmer schritt. Seine Mitspieler folgten ihm, die Mädchen hatten sich in Windeseile angezogen, der andere Junge schlüpfte im Gehen in sein T-Shirt und machte im Hinausgehen seinen Sorgen Luft: »Hoffentlich haben uns diese Sackgesichter jetzt nicht das ganze Bier weggesoffen!«

Die Tür schlug zu. Emily und Marie sahen sich sekundenlang

an. Dann stürzten sie auf Maries Bett, kringelten sich und prusteten vor Lachen.

Als sie sich halbwegs beruhigt hatten, meinte Emily: »Die Musik ist gar nicht so schlecht.«

»Geht so.«

»Kennst du die Leute?«

»Ein paar. Die meisten sind aus Jannas Klasse oder aus ihrer Theatergruppe. Das eben waren Stefan und Lennart, die zwei Tussen kenn ich nicht.«

Lennart, der Nackte mit dem Hut, ist sicher in der Theatergruppe, dachte Emily, aber sie fragte nicht nach, denn gerade hatte jemand die Anlage bis zum Anschlag aufgedreht – *Vayamos Companeros* von Marquess.

»Oh, ein Mädchenlied«, brüllte jemand.

»Was meinst du, wollen wir tanzen?«, fragte Emily vorsichtig und wippte dabei unwillkürlich mit den Hüften. »An der Party ändern wir eh nichts mehr, da können wir auch mitmachen.«

»Hast du gewusst, dass die Typen aus Hannover sind?«, grummelte Marie.

»Welche Typen?«

»Marquess.«

»Nö. Ist mir auch egal. Komm tanzen.«

»Von mir aus«, stöhnte Marie und dann rannten sie die Treppe hinunter und stürzten sich ins Getümmel.

Janna brachte den Vormittag mit Putzen und Aufräumen zu, während Marie demonstrativ im Garten auf einem Liegestuhl lag und las. Die Stimmung zwischen den Schwestern war noch immer angespannt. Emily wusste nicht so recht, wohin mit sich, außerdem hatten die zwei Caipirinhas auch bei ihr gewisse Nachwirkungen hinterlassen: Wenn sie den Kopf zu schnell bewegte oder zu rasch aufstand, fuhr ihr ein Messer durchs Gehirn und danach drehte sich die Welt um sie herum. Am wohlsten war ihr an der frischen Luft, also pflückte sie mit Moritz Johannisbeeren und machte mittags für alle Pfannkuchen.

Moritz hatte der Biergenuss offenbar nicht weiter geschadet, abgesehen von einem anhaltenden Schluckauf, mit dem er allen auf die Nerven ging, fühlte er sich gut. Was man von Janna nicht sagen konnte. Als sie heute Morgen in die Küche gekommen war, hatte Marie nur bemerkt: »Ich glaube, ein Sarg geht auf.« In der Tat war Janna mehr als blass um die Nase, und als sie nun die Pfannkuchen roch, floh sie auf die Toilette.

Das Telefon klingelte. Emilys Eltern auf hoher See.

»Hallo, Süße, wie geht es dir, ist bei euch alles in Ordnung?«

»Klar, Mama, alles bestens.«

Vom Klo her tönten Würgelaute.

»Was war denn das?«

»Ach nichts, Moritz macht Unsinn mit der Gießkanne. Marie und ich sind gerade bei der Gartenarbeit . . .«

»Ach, schon wieder? Zu Hause muss man dich immer dazu prügeln«, wunderte sich ihre Mutter und Emily musste kichern, als sie sich ihre Mutter vorstellte, die sie mit einem Prügel in der Hand durch den Garten jagte.

»Was ist daran so lustig?«, fragte ihre Mutter.

»Nichts«, sagte Emily rasch. Nur nicht übertreiben.

»Gib mir doch mal kurz Maries Großmutter«, bat Frau Schütz.

Da Janna im Augenblick wohl eher nicht in der Lage war, ihre Mutter Courage zu geben, sagte Emily: »Die ist einkaufen.«

»Ach, schade. Dann werde ich sie ein andermal fragen, ob du dich auch wirklich gut benimmst.«

»Was denkst du denn von mir?«, erwiderte Emily empört.

Ihre Mutter lachte, aber ihre üblichen Ermahnungen konnte

sie sich trotzdem nicht verkneifen. Schließlich kam ihr Vater ans Telefon. »Na, Mäuschen, fühlst du dich auch wohl? Bereust du es, dass du nicht mitgekommen bist?«

»Kein bisschen«, sagte Emily aus vollem Herzen und seltsamerweise musste sie dabei an diesen verrückten Nackten von gestern denken. Lennart. Sie hatte ihn weder beim Tanzen noch später in der Küche gesehen, er hatte sich wohl gleich nach seiner schmachvollen Niederlage beim Pokern verdrückt.

»Typisch. Nie sind die Kerle da, wenn man sie braucht«, maulte Janna kurze Zeit später mit einem sehnsüchtigen Blick auf das Auto ihrer Großmutter und einem resignierten auf das angefallene Leergut: zwei Körbe und zwei Tüten, prall mit Flaschen gefüllt, standen vor der Tür. »Wenn ich bloß schon den Führerschein hätte!«

»Ich fahre mit und helfe dir«, bot Emily an.

Zu dritt radelten sie los, Emily und Janna mit Flaschen beladen, in ihrer Mitte fuhr Moritz, dessen Ferienspiele heute begannen. Sie konnten die Gelegenheiten nutzen und ihn im Dorf absetzen.

Moritz war schon ganz aufgeregt, unentwegt plapperte er vor sich hin, während er mit seinen kurzen Beinen eifrig strampelte. Sein Schluckauf hatte nach den Pfannkuchen zum Glück endlich nachgelassen.

Im Dorf angekommen, warfen sie die Flaschen in den Container und lieferten Moritz bei der Grundschule ab, wo er sofort auf seine Freunde zustürmte.

»So, der wäre erst mal verräumt«, seufzte Janna erleichtert.

Emily lächelte ihr aufmunternd zu und schlug spontan vor: »Gehen wir noch ins Eiscafé? Ich lade dich ein.«

Janna war überrascht, stimmte dann aber zu. »Aber für mich

heute ohne Sahne«, meinte sie, als sie ihre Räder vor dem Café angeschlossen hatten und sich in den Schatten eines Sonnenschirms gleiten ließen. Sie rückte ihre schwarze Sonnenbrille zurecht.

»Coole Brille«, sagte Emily.

»Findest du?« Janna griff danach und reichte sie Emily über den Tisch. »Setz du mal auf.«

Die Welt, eben noch sonnig, wurde dämmrig.

»Steht dir«, meinte Janna. »So in ein, zwei Jährchen wird sich die Männerwelt vor dir ganz schön in Acht nehmen müssen.«

»Meinst du wirklich?«, fragte Emily.

»Wenn ich's dir doch sage.«

Emily gab die Brille zurück. Sie musste sich unbedingt so ein ähnliches Modell kaufen.

Der Kellner kam, Janna bestellte Latte Macchiato, Emily wählte den Früchtebecher. Danach fasste sie Mut und fragte Janna: »Was hast du gestern damit gemeint, als du gesagt hast, eure Mutter sei ein Alki?«

»Hab ich das gesagt?«

»Erfunden habe ich es nicht.«

»Was soll ich damit schon gemeint haben?«

Die Frage war ihr unangenehm, was man daran erkannte, dass sie in ihrer Handtasche nach einer Zigarette kramte. Sie fand aber keine und so spielten ihre Hände nervös an einem Stapel Bierdeckel herum, während sie erklärte: »Es fing an, nachdem mein Vater abgehauen war. Sicher war das nicht die feine Art, eine Frau mit drei Kindern sitzen zu lassen, aber da ist sie vermutlich nicht die Einzige, der das passiert. Jedenfalls ist das kein Grund, sich hemmungslos seinen Depris und dem Suff zu ergeben.«

»Depris?«, wiederholte Emily verständnislos.

»Depressionen, Launen, Wehwehchen – nenn es, wie du willst.«

Emily nickte. Sie wünschte, sie hätte nicht gefragt.

»Man kann doch die Verantwortung für drei Kinder nicht einfach auf andere abwälzen«, schimpfte Janna, nun in Fahrt gekommen. »Oma hat mal gesagt, die Mütter früherer Generationen hätten weit Schlimmeres durchmachen müssen und die hätten sich keine Depressionen erlauben können.«

Jannas Mund wurde zum Strich und Emily dachte, dass Janna ihrer Großmutter, wie Marie sie beschrieben hatte, wohl recht ähnlich war. Hinter der Fassade von Lockerheit und Leichtsinn steckten ein zäher Wille und eine Härte, die man ihr auf den ersten Blick gar nicht zutraute.

Vielleicht, überlegte Emily, weil Janna schon länger unter der Familientragödie litt. Sie erinnerte sich an Jannas Ausbruch im Garten, als sie überlegt hatten, was zu tun war. Vermutlich war sie es, die am längsten im Heim gewesen war. Und nun war die Verantwortung für ihre Geschwister von ihrer Großmutter auf sie übergegangen. Ganz schön viel für eine Sechzehnjährige, fand Emily.

»Marie sucht immer nach Entschuldigungen, was Mama angeht«, erklärte Janna. »Auch wenn sie so klug ist, sie ist einfach viel zu weich. Wenn sie durch die Stadt geht, würde sie am liebsten ihr ganzes Geld an die Penner verteilen, weil die ihr so leidtun. Nur ich tu ihr nie leid«, fügte Janna hinzu. Sie schnaubte abfällig.

Emily hatte keine Lust, sich anzuhören, wie Janna über Marie lästerte, es wäre ihr wie Verrat vorgekommen. Also wechselte sie lieber schnell das Thema.

»Meinst du wirklich, dass ihr euren Plan durchhalten könnt, bis du achtzehn wirst?«, fragte sie.

Janna zuckte die Schultern. »Was weiß ich? Wenn wir es nicht versuchen, erfahren wir es jedenfalls nie. Und für Moritz ist jeder Tag, den er nicht in einem Heim oder bei Pflegeeltern verbringt, ein gewonnener, Tag, so sehe ich das.«

»Das stimmt.« Emily nickte und warf Janna einen Blick zu. Ihre Augen waren hinter der dunklen Sonnenbrille verborgen. »Sag mal, willst du wirklich mal Schauspielerin werden?«, fragte sie.

»Ja, klar.«

»Die Schulen sollen ganz schön teuer sein. Und die nehmen auch nur ganz wenige auf, habe ich gehört.«

Janna nahm die Brille ab und schüttelte trotzig ihre blonde Mähne. »Ja, und? Soll ich deswegen jetzt schon meinen Traum aufgeben?«

»Nein, natürlich nicht.«

Der Kellner brachte ihre Bestellung.

»Was willst du mal werden?«, fragte Janna.

»Vielleicht Ärztin oder Tierärztin.«

»Oje. Tierärztin . . . Den ganzen Tag kranke Tiere um mich herum, das könnte ich nicht ertragen«, meinte Janna und Emily war irgendwie froh, doch noch eine weiche Seite an Janna entdeckt zu haben.

»Kranke Menschen schon?«, fragte sie.

»Die eher.« Janna winkte über Emilys Kopf hinweg. »Hi, was macht ihr denn hier?«

Emily wandte sich um. Ein breiter Mund grinste sie unter einem Strohhut hervor an. »Wir flanieren durch unser bezauberndes Örtchen.«

»Lennart und Stefan«, stellte Janna die beiden Jungs vor. »Das ist Emily. Eine Freundin.«

Dass Janna sie als Freundin vorstellte, schmeichelte Emily. Ob man sie wohl schon auf fünfzehn schätzte? War ja nicht so lange hin. Vergiss es, dachte Emily. Noch nie hat dich jemand älter geschätzt.

»Wir kennen uns – flüchtig«, erklärte Emily und verkniff sich ein Grinsen. Auch Lennart trug eine dunkle Sonnenbrille, was Emily schade fand, denn sie mochte seine Augen.

Mist! Warum hatte sie bloß vorhin nicht mehr geduscht? Ihr Haar war bestimmt total strähnig und ihrem T-Shirt hätte eine Wäsche auch nicht geschadet. Außerdem war es alt und so eng, dass ihre nicht vorhandene Oberweite besonders gut zur Geltung kam.

Mist, Mist, Mist!

Aber woher hätte sie ahnen sollen, dass der Nachmittag einen solchen Verlauf nehmen würde? Wer stylte sich schon für den Gang zum Glascontainer? Janna natürlich! Die trug Lippenstift und ein bauchfreies T-Shirt, das ihre spitzen Hüftknochen und ihr Bauchnabel-Piercing zur Schau stellte.

Die zwei Neuankömmlinge setzten sich zu ihnen.

»Du siehst aus wie Kate Moss«, sagte Stefan zu Janna.

»So dünn bin ich nun auch wieder nicht«, winkte Janna mit geschmeicheltem Blick über die Brille hinweg ab.

»Nein, aber so fertig«, sagte Lennart und die beiden kriegten sich fast nicht mehr ein vor Lachen.

»Blöde Ärsche«, konstatierte Janna.

»Wir lieben dich auch!«

»Du bist zu dürr«, sagte Lennart. »Deine Schenkel sehen aus wie abgenagt.«

»Möchte wissen, was dich meine Schenkel angehen!«

So ging es eine Weile hin und her. Emily mischte sich lieber nicht ein, sie gehörte nicht zur schlagfertigen Sorte, aber irgendwann nahm sie ihren ganzen Mut zusammen und sagte zu Lennart: »Schöner Hut.«

»Das ist ein echter Panama. Den hat mir mein Onkel aus Kuba mitgebracht«, erklärte Lennart und wandte sich wieder an Janna: »Sag mal, bist du jetzt mit diesem Bankmenschen zusammen?«

»Falls du Axel meinst, ja. Warum? Brauchst du einen Kredit?«

»Nein, ich frag ja nur so«, meinte Lennart. »Immerhin bist du nächstes Jahr meine Julia, da will man als Romeo ja schon wissen, mit wem die es so treibt.«

Emily spürte auf einmal ein Gewicht, das auf ihren Magen drückte. Klar, die beiden interessierten sich nur für Janna, sie, Emily, war für die zwei bestimmt noch ein Kind. Ihre Stimmung sank, die Unterhaltung plätscherte an ihr vorbei, sie nahm einen Bierdeckel und kritzelte mit dem winzigen Bleistift, den sie immer in der hinteren Tasche ihrer Jeans bei sich trug, darauf herum.

Plötzlich legte sich eine Hand auf ihre Schulter und der Schatten der Hutkrempe fiel auf den Bierdeckel. Emily wollte ihn rasch wegstecken, aber Lennart war schneller und hielt ihre Hand fest. »Was zeichnest du denn da?«

»Nichts.«

»He, das ist ja fett!« Lennart legte den Bierdeckel auf den Tisch. »Das bin ich! Super getroffen – vor allen Dingen meine edle römische Nase!« Er fuhr sich eitel über das Riechorgan, das Emily absichtlich ein ganz klein bisschen hakenförmiger gezeichnet hatte als das Original.

»Sieht dir tatsächlich ähnlich«, meinte nun auch Stefan. »Den Zinken muss man erst mal so hinkriegen. Und das kannst du einfach so, aus dem Stegreif?«, fragte er Emily mit bewunderndem Blick.

»Äh, ja«, sagte Emily verlegen. »Das ist nicht so schwer.«

»Quatsch«, mischte sich nun Janna ein. »So was kann nicht

jeder. Sie kann nämlich nicht nur zeichnen, sondern auch super malen!« Und setzte noch eins drauf: »Sie ist so gut, sie ist kurz davor, sich ein Ohr abzuschneiden.«

Alle lachten, bis auf Emily. Machte sich Janna über sie lustig? Sie wollte etwas erwidern, aber ihr fiel beim besten Willen nichts ein. Verunsichert starrte sie vor sich hin.

Janna boxte Emily freundschaftlich in die Seite. »Hey, nur keine falsche Bescheidenheit. Das ist typisch Frau, aber damit kommt man nicht weit. Schau dir doch mal die Kerle an: Die machen auch aus jedem Furz, den sie lassen, ein Riesending!«

Emily lächelte. Jannas Ausdrucksweise, schon immer etwas deftig, hatte sich während der letzten Tage nicht gerade gebessert.

»Wenn sie so klasse malt, dann könnte sie doch bei uns die Kulissen mitgestalten«, schlug Lennart vor.

»Mann, ich rede hier von Kunst, nicht von Kulissen pinseln«, entgegnete Janna empört. »Das wäre ja Perlen vor die Säue geworfen!«

»Quatsch! Ich hätte riesige Lust dazu«, versicherte Emily rasch.

»Jetzt sind ja erst mal Ferien«, sagte Janna, streckte sich faul in ihrem Stuhl aus und gähnte. »Bin ich heute fertig.«

»Es war wohl die Lerche, nicht die Nachtigall?«, erkundigte sich Stefan spöttisch. »Oder um welche Vögelei ging es da noch?«

Janna würdigte die Frage keiner Antwort.

»Darf ich das Porträt behalten?«, bat Lennart.

»Klar«, lächelte Emily.

Sie bestellten noch eine Runde Milchshakes, und als Janna und Emily endlich wieder in Außerhalb 5 ankamen, war es schon spät am Nachmittag. Emily war allerbester Laune. Denn zum Abschied hatte Lennart gesagt: »Pass auf deine Ohren auf. Es wäre schade um sie, sie sind ausgesprochen hübsch.«

Janna zog die Nase kraus, als sie die Tür öffneten. »Hmm. Hier riecht es nach Kuchen. Bestimmt hat Marie . . .« Die restlichen Worte blieben ihr im Hals stecken. Auf dem Tisch in der Küche stand tatsächlich ein angeschnittener Johannisbeerkuchen und davor saßen Marie und ein fremder Mann.

Er hatte ein gerötetes, aufgedunsenes Gesicht, halb bedeckt von ungepflegten Bartstoppeln. Seine Frisur ähnelte einem aufgeplatzten Polstersessel. Er trug ein Holzfällerhemd und eine zerknautschte Lederweste. Auf dem Boden neben seinem Stuhl lag ein Rucksack. Der Duft des frischen Kuchens wurde, je näher man dem Fremden kam, verdrängt von einem Geruch nach Schweiß und muffigen, verrauchten Kleidern.

Der Mann hatte eine Tasse Kaffee vor sich stehen und biss gerade in ein Stück Kuchen, das er der Einfachheit halber in die Hand genommen hatte.

»Was ist denn hier los?« In Jannas Stimme schwang unverhohlenes Misstrauen.

Da der Mann den Mund voll hatte, antwortete er nicht gleich, dafür erklärte Marie: »Er heißt Walter und ist obdachlos. Er hatte Hunger.«

Janna wandte sich nach Emily um und ihr Blick sagte: Siehst du! Das ist es, wovon ich gesprochen habe!

Emily gefiel der Mann nicht. Es mochte an seinen Augen liegen, die tief in den Höhlen lagen und deren Farbe kaum auszumachen war. Obwohl – jetzt war sie wirklich unfair! Man sollte Leute nicht einfach nur nach dem Äußeren beurteilen. Wahrscheinlich war er völlig harmlos.

»Tach, die jungen Damen«, sagte der Mann, nachdem er den Bissen hinuntergeschluckt hatte.

Er schaute sie freundlich an, aber auch sein Lächeln gefiel Emily nicht, es erinnerte an eine Muräne. Wie konnte Marie nur diesen Menschen ins Haus lassen? Janna schien da ganz ähnlich zu denken. »Essen Sie bitte Ihren Kuchen auf und dann möchte ich Sie bitten zu gehen«, sagte sie förmlich und warf ihrer Schwester einen eisigen Blick zu, ehe sie die Küche verließ.

»Selbstverständlich, gnädiges Fräulein«, antwortete der Mann übertrieben untertänig, was Emily nun endgültig widerwärtig fand. Am liebsten wäre sie auch gegangen, aber sie hatte das Gefühl, dass sie ihre Freundin nicht mit diesem Mann allein lassen sollte.

Marie war vielleicht weichherzig, aber nicht dumm. Bestimmt hatte sie den Typen nur hineingelassen, um sich an Janna wegen der Party zu rächen.

Der Mann hatte aufgegessen, aber er machte keine Anstalten zu gehen. Vielmehr zündete er sich eine Zigarette an und ignorierte Maries Einwand, hier herrsche Rauchverbot. Dann fragte er nach Bier. Ehe Marie antworten konnte, behauptete Emily: »Nein, wir haben kein Bier im Haus. Und es wäre uns wirklich lieber, wenn Sie jetzt gehen würden.«

Er erhob sich gemächlich. Er war nicht sehr groß, aber von kräftiger Statur. Ein Speckring wölbte sich über dem Gürtel seiner ausgeleierten Cordhose. Doch anstatt zur Tür, ging er zum Kühlschrank. »Hey, was haben wir denn da?«, rief er angesichts der Restbestände der Party hocherfreut. Er warf Emily einen Blick zu, bei dem sich ihr die Nackenhaare aufstellten. »Man soll doch nicht lügen, kleines Fräulein, nicht wahr?«

»Nehmen Sie so viel Bier mit, wie Sie wollen, aber gehen Sie jetzt bitte. Meine Schwester wird sonst sauer.« Jetzt wurde auch Marie sauer.

»Huh, da fürchte ich mich aber!«, höhnte er und öffnete die Bierflasche an der Kante der Arbeitsplatte. Er trank sie in einem

Zug zur Hälfte leer, rülpste, inspizierte den Inhalt des Kühlschranks und fragte: »Was gibt es denn zum Abendessen?«

»Wenn Sie jetzt nicht auf der Stelle verschwinden, dann rufe ich die Polizei!« Das war Jannas Stimme, vermutlich hatte sie die ganze Zeit vor der Tür gehorcht.

Der Mann nahm noch einen großzügigen Schluck Bier, dann grinste er Janna hämisch an: »Die Polizei? Ja, wirklich?«

Wütend stapfte Janna davon. Marie folgte ihr. Emily blieb in der Küchentür stehen, sie wollte den Fremden nicht aus den Augen lassen. Im Wohnzimmer zischte Marie: »Toll! Hat dir noch niemand gesagt, dass man nur androhen soll, was man auch wahr machen kann?«

Aber Janna war auf hundertachtzig. »Halt du bloß den Mund!«, fauchte sie zurück. »Wer hat uns denn diese Scheiße hier eingebrockt?«

»Denkst du, der weiß was?«, fragte Marie.

»Jedenfalls benimmt er sich so.«

»Und wenn wir die Polizei doch holen und denen auch erzählen, dass Oma im Krankenhaus liegt?«, schlug Marie vor. Sie war inzwischen recht kleinlaut geworden.

»Woraufhin sie Oma bestimmt sprechen wollen.«

»Wir sagen, sie liegt im Koma.«

»Sieh mal an, unsere Intelligenzbestie. Mit einer ach so brillanten Idee! Dann fragen die doch erst recht, wer sich um uns kümmert! Und schon ist die Kacke am Dampfen.« Janna schüttelte den Kopf.

Vor dem Fenster sirrten die roten Waggons einer S-Bahn vorbei. Janna sah gehetzt auf die Uhr. »Ich muss Moritz abholen. Seht zu, dass ihr den Kerl loswerdet, bis wir zurückkommen.«

Marie und Emily schlichen in die Küche. Der Obdachlose saß mit weit von sich gestreckten Beinen auf dem Küchenstuhl und schaute aus dem Fenster. Janna bog gerade mit ihrem Rad in den Feldweg Richtung Dorf ein.

»Wo fährt sie hin?«, wollte er wissen.

»Sie holt Hilfe, da Sie ja wohl freiwillig nicht gehen wollen«, behauptete Emily, aber der Besucher fiel nicht darauf herein.

»Na, da bin ich mal gespannt«, sagte er und in diesem Moment war sich Emily sicher, dass der Mann Bescheid wusste. Oder zumindest irgendetwas ahnte.

Marie schien denselben Gedanken zu haben, in ihrem Gesicht stand der Schrecken deutlich geschrieben.

»Was wollen Sie?«, fragte Emily unumwunden.

»Nur ein Bett für heute Nacht.« Er neigte in einer theatralischen Geste der Bescheidenheit den Kopf.

»Was? Auf keinen Fall!«, wehrte Marie ab. »Wir haben kein Bett frei, wir sind keine Pension.«

»Im Radio haben sie Regen gemeldet. Gewitter. Da könnt ihr doch einen armen alten Mann nicht vor die Tür jagen wie einen Hund.«

»So alt kommen Sie mir gar nicht vor. Und es gibt doch Unterkünfte für . . . für Leute wie Sie«, wandte Emily ein. Beinahe hätte sie »Landstreicher« gesagt. So nannte jedenfalls ihre Großmutter solche Leute. Vermutlich war das Wort heutzutage nicht mehr politisch korrekt. Dabei fand Emily, dass sich Landstreicher nach Freiheit, Unabhängigkeit und Abenteuer anhörte, während Obdachloser nur auf etwas Fehlendes hinwies. Ähnlich wie Arbeitsloser.

Wie absurd, Menschen durch ihre Mängel zu klassifizieren. Nach dieser Logik müsste man mich als Busenlose bezeichnen.

Sie gab sich einen Ruck. Wie konnte sie nur an so etwas denken? Sie hatten schließlich im Moment ganz andere Probleme!

»Kinder, nun seid mal nicht so herzlos!«, meinte der Mann

leutselig und nahm sich eine zweite Flasche Bier aus dem Kühlschrank. »Ich tu doch nichts.«

Er öffnete die Flasche auf die gleiche Weise wie vorhin und begab sich dann ins Wohnzimmer, wo er sich auf das Sofa fläzte. Seinen Rucksack nahm er mit.

Marie und Emily blieben in der Küche und überlegten verzweifelt, wie sie ihn wieder loswerden konnten. Aber ihnen fiel nichts wirklich Vernünftiges ein.

Janna kam zurück, allein. Sie trat ins Haus, warf einen Blick durch die geöffnete Tür aufs Sofa, wo der Fremde gerade ein Nickerchen hielt, und stellte fest: »Der ist ja immer noch da.« Besonders überrascht klang sie nicht.

»Der Typ will über Nacht bleiben«, platzte Emily heraus. »Und er weiß Bescheid. Oder er ahnt etwas.«

»Verdammter Mist!«

»Wo ist Moritz?«, fragte Marie.

»Sein Freund Paul wollte unbedingt, dass er bei ihm übernachtet, und Pauls Mutter hatte nichts dagegen, also habe ich es ihm erlaubt. Zum Glück.« Janna sah wieder zum Wohnzimmer hinüber.

»Kannst du nicht Axel anrufen?«, schlug Marie vor. Den Freund ihrer Schwester in ihr Geheimnis einzuweihen, schien ihr im Moment das kleinere Übel zu sein.

»Der ist auf einer Fortbildung in Frankfurt«, antwortete Janna und bemerkte zum zweiten Mal an diesem Tag: »Männer sind nie da, wenn man sie braucht. Merkt euch das schon mal.«

». . . sprach die weise Alte«, murmelte Marie.

Ganz kurz dachte Emily an Lennart. Vielleicht konnte sie ihn um Hilfe bitten. Er hatte etwas an sich, das ihr Vertrauen einflößte, obwohl Janna ihn auf dem Rückweg vom Eiscafé einen »ziemlichen Spinner« genannt hatte. Allerdings mit einer gewissen Anerkennung im Tonfall. Aber Lennart in die Sache hineinzuziehen, das würde auch bedeuten, ihm alles erklären zu müssen. Und außerdem – Lennart war auch erst sechzehn. Vor ihm hätte der Mann sicher genauso wenig Respekt wie vor Janna.

Fieberhaft überlegten die drei, wen sie noch um Hilfe bitten könnten, aber wie sie es drehten und wendeten, jeder würde Fragen stellen. Fragen, die sie nicht gebrauchen konnten.

»Passt auf«, flüsterte Janna. »Wir kommen wohl nicht drum herum, ihn hier übernachten zu lassen. Am besten im Wohnzimmer, auf dem Sofa. Wir werden Wachen einteilen. Jede von uns muss einen Teil der Nacht oben auf der Treppe verbringen. Von dort kann sie den Typen beobachten und die anderen wecken, falls er einen Mucks macht. Marie übernimmt die erste Schicht bis ein Uhr. Emily von eins bis vier und ich mach den Rest. Um sieben steht ihr beide wieder auf, klar?«

»Klar«, nickten Emily und Marie.

»Ich koche uns jetzt was. Uns«, betonte Emily. »Für den da drüben machen wir extra was. Ich habe nämlich keine Lust, mich mit diesem blöden Arsch an einen Tisch zu setzen.«

»Deine Ausdrucksweise hat auch schon gelitten in den paar Tagen«, stellte Janna fest.

»Woher das wohl kommt?«, fragte Marie.

Sie hatten den Plan ohne den Fremden gemacht. Der Duft der Bratwürste weckte den Eindringling und er verschlang den größten Teil ihres Essens – Würstchen mit Kartoffelpüree aus der Tüte. Aber seine Anwesenheit verdarb den dreien ohnehin den Appetit. Den Bohneneintopf aus der Dose, den sie für ihn vorgesehen und in den alle drei mit Wonne hineingespuckt hatten, ließ der Mann stehen, sodass sie ihn nur noch im Klo hinunterspülen konnten.

Nach dem Essen machte sich ihr Gast im Wohnzimmer breit, trank Bier, rauchte und sah fern, wobei er ständig zwischen Actionfilmen, Auswandererserien und Kochshows hin- und herzappte.

Die Mädchen saßen in der Küche und spielten Rommé, aber keine von ihnen passte richtig auf. Durch die geöffnete Tür, die von der Küche direkt ins Wohnzimmer führte, behielten sie den Mann auf dem Sofa im Auge. Gegen elf Uhr vernahm man Schnarchtöne. Janna schlich sich ins Wohnzimmer und schaltete den Fernseher aus.

Wie verabredet gingen die Mädchen zu Bett, nur Marie nahm sich einen Stuhl, den sie oben neben das Treppengeländer stellte. Sie hatten im Wohnzimmer die Leselampe angelassen, sodass man den Schlafenden sehen konnte.

Emily lag auf der schmalen Schlafcouch in Maries Zimmer, aber sie konnte nicht einschlafen. Je mehr sie sich dazu zwingen wollte, desto weniger klappte es. Zu viele Gedanken kreisten ihr im Kopf herum. Dennoch war sie völlig überrumpelt, als Marie sie an der Schulter rüttelte. Es brauchte eine ganze Weile, bis sie aus dem Tiefschlaf, in den sie unmerklich gefallen war, wieder auftauchte, und noch einige Sekunden länger, bis sie sich erinnerte, wo sie war und welche Aufgabe auf sie wartete.

»Los, wach endlich auf! Ich will ins Bett«, quengelte Marie. Sie war bleich wie ein Gespenst und konnte kaum noch die Augen offen halten.

»War was?«

»Nein, der pennt«, sagte Marie, ließ sich ins Bett fallen und war im nächsten Augenblick nicht mehr ansprechbar. Emily bezog ihren Wachposten auf dem Stuhl neben der Treppe. Jetzt, wo sie wach bleiben sollte, war das Schlafbedürfnis übermächtig und das rhythmische Schnarchen, das vom Wohnzimmer nach oben drang, hatte etwas Hypnotisches.

Sie schrak zusammen, als sie fast vom Stuhl glitt und ihr Kopf dabei gegen das Geländer schlug.

Draußen ertönte ohrenbetäubender Lärm, ein Kreischen und Brausen, das Haus bebte, in der Anrichte klirrten die Weingläser.

Ein Güterzug. Hatte sie geschlafen?

Emily warf einen Blick nach unten ins Wohnzimmer. Alles war dunkel.

Dunkel? Was war mit der Leselampe?

Schlagartig war sie hellwach. Der Zug war vorbei, aber nun hörte man draußen Donner grollen. Wenigstens das war nicht gelogen, der Mann hatte ja behauptet, es würde Gewitter geben. War er doch nur ein widerwärtiger, aber im Grunde harmloser Schnorrer? Hatte er die Lampe ausgeknipst, weil sie ihn beim Schlafen gestört hatte?

Es blieb keine Wahl, sie musste nachsehen. Leise stand sie auf und suchte nach dem Lichtschalter, aber als sie ihn gefunden hatte, überlegte sie es sich anders. Womöglich wurde der Kerl durch das grelle Licht geweckt und auf eine nächtliche Unterhaltung mit ihm konnte sie nun wirklich verzichten.

Schritt für Schritt tastete sie sich die knarrende Treppe hinunter. Das Haus war stockdunkel. Draußen tobte das Unwetter, kein Licht fiel durch die Fenster.

Emily überkam plötzlich die beklemmende Vorstellung, sie könnte in der Dunkelheit mit dem Mann zusammenstoßen. Was, wenn er genau wie sie im Haus herumschlich?

Fast glaubte sie, seine Atemzüge vor sich zu hören, seine Körperausdünstung zu riechen, seine widerlich schwammige Hand auf ihrem Arm . . .

Ein Blitz zuckte auf, gleißendes Weiß erhellte das Wohnzimmer für Sekundenbruchteile. Die genügten Emily.

Das Sofa war leer!

Ihr Herz begann zu rasen. Sie stolperte die letzten Stufen hinab, suchte panisch nach einem Lichtschalter. Die Deckenstrahler flammten auf.

Der Mann war weg, aber sein Rucksack lag unter dem Couchtisch. Am Schreibtisch von Frau Holtkamp standen Türen und Schubladen offen, auch im Bücherregal herrschte nicht die gewohnte Ordnung.

Pech gehabt, dachte Emily unwillkürlich. In weiser Voraussicht hatte Janna sämtliche Bargeldbestände und auch die Schatulle mit dem wenigen Schmuck ihrer Großmutter mit ins Bett genommen.

Aber wo war der Kerl? Er musste noch irgendwo im Haus sein, denn dass er sich bei dem Gewitter aus dem Staub gemacht hatte, konnte sich Emily nun wirklich nicht vorstellen. Noch dazu ohne sein Gepäck.

Emily ging zum Kamin und ergriff den Schürhaken. So bewaffnet fühlte sie sich sicherer. Sie kontrollierte die Küche, das Bad, die Toilette. Niemand. Auf dem Schuhschrank im Flur fand sie eine Taschenlampe. Sie machte das Deckenlicht wieder aus und knipste die Taschenlampe an.

Ein leises Poltern ließ sie zusammenfahren. War das von oben gekommen? Emily schlich die Treppe hinauf und horchte. Alles war ruhig. Vielleicht nur ein Donner.

Janna hatte die Tür zu ihrem Zimmer einen Spalt offen gelassen und Emily lenkte den Lichtstrahl darauf.

Janna schlief tief und fest, ebenso Marie nebenan. Doch dann sah Emily, dass die Tür zu Moritz' Zimmer offen stand. Sie war sich sicher, dass sie vorhin noch fest verschlossen gewesen war.

Vorsichtig schlich sie sich näher. Das Zimmer von Moritz war das kleinste und lag am Ende des Flurs. In der Decke befand sich eine Luke mit einer ausklappbaren Stufenleiter, über die man auf den Dachboden gelangte.

Emily blieb stehen.

Jemand hatte die Leiter heruntergelassen!

Wieder das leise Rumpeln.

Natürlich! Er war auf dem Dachboden! Der Mann musste direkt an ihr vorbeigegangen sein! Sie hatte also doch geschlafen. Bei diesem Gedanken lief es ihr eiskalt den Rücken hinunter. Rasch knipste sie die Taschenlampe aus, damit ihr Schein nicht durch die Luke nach oben drang. Was jetzt? Sollte sie die anderen wecken? Oder erst mal abwarten? Was suchte er dort oben? Wertgegenstände? Oder war er ein Brandstifter und legte gerade Feuer?

Noch während Emily fieberhaft überlegte, hörte sie Schritte direkt über sich. Unwillkürlich wich sie zurück auf den Flur. Der Mann kletterte die Stufenleiter herunter. Er machte sich nicht die Mühe, leise zu sein oder die Stufenleiter wieder hochzuklappen. Sie hörte ihn sogar fluchen, als er gegen ein Spielzeugauto trat.

Hastig schlüpfte sie in Maries Zimmer und beobachtete durch den Türspalt, wie der Kegel einer Taschenlampe über den Flur huschte. Vor ihrem Zimmer blieb er stehen. Lautlos wie eine Katze glitt Emily hinter die Tür, wo sie sich gegen die Wand presste, als wollte sie darin verschwinden.

Knarrend, Zentimeter für Zentimeter, öffnete sich die Tür. Marie gab im Schlaf ein leises Schmatzen von sich.

Emily hob den Schürhaken. Sollte der Mann Marie anrühren, würde sie ihm, ohne zu zögern, das Eisen über den Schädel ziehen!

Der Lichtkegel seiner Lampe durchschnitt das Zimmer. Emily

hielt den Atem an. Der helle Kreis verweilte kurz auf der unruhig schlafenden Marie und tastete dann über Wände, Poster, Regale und sogar unter das Bett. Suchte der Mann nach ihr, nachdem er den leeren Stuhl neben der Treppe gesehen hatte? Schließlich zog er sich wieder zurück. Die Schritte machten noch kurz vor Jannas Zimmer halt, dann stapfte er die Treppe hinunter.

Emily wagte, endlich wieder zu atmen, als sie hörte, wie das Sofa unter seinem Gewicht ächzte. Dann war alles still, bis auf ein fernes Donnergrollen. Das Gewitter hatte sich verzogen, nun setzte ein leiser, flüsternder Regen ein.

Emily schlüpfte hinaus auf den Flur. Kein Laut war zu hören. Sie wartete einige Minuten, dann ließ sie kurz die Taschenlampe aufleuchten und schickte den Strahl nach unten. Der Mann schlief tief und fest.

Kurz entschlossen schlich sie in das Zimmer von Moritz zurück und klappte die Leiter wieder hoch. Noch saß ihr der Schreck so in den Gliedern, dass ihre Hände zitterten. Aber trotzdem wollte sie nicht, dass Janna und Marie erfuhren, dass sie eingeschlafen war.

Emily weckte Janna erst gegen halb fünf. Sie war die ganze Zeit hellwach geblieben, denn das Herzklopfen wollte und wollte nicht nachlassen. Endlich ging die Sonne auf und die Vögel wurden munter. Soweit Emily es beurteilen konnte, waren es weder Lerchen noch Nachtigallen, sondern Spatzen, die um die Wette krakeelten.

»Was ist, wenn er nachher immer noch nicht abhaut? Wenn der sich hier einnisten will?«, fragte Marie. Sie saßen am Frühstückstisch. Der ungebetene Gast war offenbar kein Frühaufsteher, er lag noch immer auf dem Sofa.

»Dann müssen wir Maßnahmen ergreifen«, sagte Janna und lächelte dabei wie eine Sphinx. Es hörte sich an, als hätte sie einen Plan, was Marie und Emily nur zu gerne glauben wollten.

»Vielleicht ist er ein entlaufener Häftling«, überlegte Emily. Ein normaler Obdachloser würde sich doch nicht so unmöglich benehmen, oder?

»Keine Ahnung«, bekannte Janna. »Ich hab da wenig Erfahrung.«

Drüben räkelte sich der Schläfer laut gähnend und wenig später erschien er in der Tür, wünschte einen guten Morgen, was unbeantwortet blieb, und schlurfte an ihnen vorbei zum Kühlschrank. Nachdem er eine Flasche Bier gefrühstückt hatte, zog es ihn eine Tür weiter, und während der nächsten fünf Minuten wurden die Mädchen akustische Zeuginnen einer regen Verdauung.

»Das Klo machst du nachher sauber, zur Strafe«, sagte Janna zu Marie, die angewidert die Nase rümpfte, aber nicht widersprach.

Emily war nun endgültig der Appetit vergangen. »Ich hole mal die Zeitung rein«, sagte sie.

»Vielleicht finden wir schon sein Foto auf der Titelseite«, unkte Marie.

Emily zog die Zeitung aus der Röhre neben der Gartenpforte und blätterte sie durch. Nein, nichts von einem entlaufenen Häftling.

Plötzlich hörte sie hinter sich ein Hecheln und etwas Kaltes, Feuchtes berührte ihre Kniekehlen. Erschrocken fuhr sie herum. Vor ihr stand ein riesiger schwarzer Hund. Eine Frau keuchte auf einem Fahrrad heran.

»Hat er dich erschreckt? Das tut mir leid. Komm her, Ringo, bei Fuß! Guten Morgen, erst einmal!« Die Radfahrerin hatte neben Emily angehalten und nahm ihren Höllenhund an die Leine.

»Frau Kramp?« Emily riss die Augen auf. »Was machen Sie denn hier, so früh?«

»Da staunst du, was?«, lachte die Lehrerin. »Ich bin umgezogen, ich wohne seit drei Tagen drüben im Dorf.« Sie wies mit dem Daumen über ihre Schulter. »Und Ringo ist es gewohnt, um diese Zeit rauszugehen, auch in den Ferien.«

Emily kraulte den Hund hinter den Ohren, was dem Tier ein wohliges Brummen entlockte. »Der ist ja süß!«, entfuhr es ihr unwillkürlich, obwohl »süß« wohl nicht ganz der Ausdruck war, mit dem man diesen Koloss von Hund am besten beschreiben würde.

»Und warum bist du schon so früh auf?«, wunderte sich nun Frau Kramp.

»Weil . . . weil . . .« Emily zögerte und starrte Ringo an. Ihr war ein Einfall gekommen. Würden die anderen einverstanden sein? Es blieb keine Zeit, sie zu fragen. Nein, das hier war ihre Chance!

Sie holte tief Luft. »Wir haben ein kleines Problem«, sagte sie. »Marie hat gestern Abend einem Obdachlosen erlaubt, hier zu übernachten. Leider werden wir ihn jetzt nicht mehr los. Er nimmt uns einfach nicht ernst.«

Frau Kramp runzelte die Stirn. »Aber was ist denn mit Maries Großmutter?«

»Die ist für ein paar Tage zu ihrer Schwester nach Hamburg gefahren, weil die sich ein Bein gebrochen hat. Wir haben ihr versprochen, dass wir schon klarkommen, und das tun wir ja auch. Wenn sie erfährt, dass Marie diesen Mann ins Haus gelassen hat, dann regt sie sich fürchterlich auf.« Sie räusperte sich. »Deswegen konnten wir auch nicht die Polizei holen. Sonst kriegt Marie richtig Ärger.«

»Ich verstehe.« Frau Kramp schüttelte den Kopf. »Auch wenn das ziemlich dumm von euch war, vor allem von Marie. Das hätte ich ihr gar nicht zugetraut.«

»Wem sagen Sie das?«, seufzte Emily und war erstaunt, wie leicht ihr die Lügen über die Lippen gekommen waren.

»Nun, ich kann gegen so einen Kerl wohl auch nicht allzu viel ausrichten«, sagte Frau Kramp und Emily wurde vor Enttäuschung ganz flau. »Aber ich denke, Ringo wird das Problem lösen, nicht wahr?« Maja Kramp beugte sich zu ihrem Hund und flüsterte: »Ringo, da drin ist ein Gauner!«

Bei diesem Wort wurde der Riesenschnauzer gleich noch ein Stückchen riesiger und sein Nackenfell verwandelte sich in eine Bürste. Frau Kramp stellte ihr Fahrrad ab und folgte Emily ins Haus, wobei sie von Ringo durch den Garten gezogen wurde.

Der Fremde thronte am Frühstückstisch und biss gerade herzhaft in ein Wurstbrot, als Frau Kramp ihn mit einem so kalten Ton, wie ihn die Mädchen noch nie an ihr gehört hatten, ansprach: »Ihr Aufenthalt hier ist nicht mehr erwünscht. Bitte verlassen Sie auf der Stelle das Haus!«

Der Mann drehte sich um und blickte mitten in ein schwarzes, haariges Gesicht. Ringo hatte die Lefzen hochgezogen und stellte seine kräftigen Eckzähne eindrucksvoll zur Schau. Dazu ließ er ein dumpfes, kehliges Knurren hören.

»Der will sicher nur spielen«, bemerkte Marie. Auch Emily musste zugeben, dass sie eine aufrichtige Schadenfreude empfand, als sie nun zusah, wie der Mann mit sparsamen, ängstlichen Bewegungen aufstand. Ringos Knurren wurde aggressiver, es sah aus, als würde er ihm nur allzu gerne an die Kehle springen, falls man ihn nur endlich von der Leine lassen würde . . . Eskortiert von Maja Kramp, Ringo und Janna trat der Eindringling den Rückzug an.

»Mein . . . mein Rucksack«, stotterte er unter der Tür.

»Hol ihn«, sagte Janna zu Emily.

Emily holte das Gepäckstück, warf aber vorher noch kurz einen Blick hinein: Kleidung, ein Klappmesser, ein Handy. Demnach hatte er wohl nichts gestohlen. Besaßen Obdachlose Handys?, fragte sich Emily, aber nun, da er endlich ging, war das ja auch egal.

Der kleine Trupp war schon an der Gartenpforte, Emily warf dem Fremden den Rucksack hinterher. Der hob ihn auf und stolperte fluchend davon.

»Beeilen Sie sich«, rief Janna. »In zwei Minuten lassen wir den Hund los!«

Das veranlasste den Mann, seine Gangart zu beschleunigen, er rannte über die Gleise, den Feldweg entlang, als sei Ringo schon hinter ihm her. Dann war er hinter dem mannshohen Mais verschwunden.

Marie holte tief Luft und strich sich ihre Locken zurück. »Vielen Dank«, sagte sie und es klang ganz zerknirscht. »Da habe ich wirklich Mist gebaut.«

Frau Kramp blickte sie von der Seite an, aber statt der Ermahnungen und Vorwürfe, die alle erwartet hatten, kam nur ein herzliches »Bedanken müsst ihr euch nicht bei mir, sondern bei Ringo. Er hat schließlich ganze Arbeit geleistet.« Sie kniete sich nieder, um ihren Hund zu kraulen.

»Moment!« Emily rannte ins Haus und kam mit ein paar Scheiben Salami wieder. »Darf er die haben? Zur Belohnung?«

Frau Kramp nickte und die Salamischeiben verschwanden im riesigen Schlund von Ringo, der nun wieder ein ganz freundlicher Hund war und sich von den Mädchen streicheln ließ.

»Seid ihr sicher, dass ihr klarkommen werdet?«, erkundigte sich Frau Kramp.

»Ja, bestimmt. – Absolut«, versicherten Janna und Marie. Und Janna fügte hinzu: »Wir rufen nachher Oma an, ob sie wie geplant am Freitag zurückkommt. Sie hat ja schon den Zug gebucht.«

»Soll ich morgen noch mal nach euch sehen?«, fragte Frau Kramp. »Ich mach das gerne.«

»Das ist wirklich nicht notwendig. Marie hat ihre Lektion gelernt.«

»Ja, es ist alles okay. Sie müssen sich bestimmt keine Sorgen machen.«

»Wenn was ist, ruft mich an. Ich stehe im Telefonbuch«, sagte Frau Kramp, offenbar noch nicht so ganz überzeugt. »Jetzt muss ich aber weiter. Ringo muss noch sein Geschäft machen.« Frau Kramp stieg auf ihr Rad und trat energisch in die Pedale. Die Mädchen winkten ihr und dem Hund nach.

Janna runzelte die Stirn. »Ob sie was gemerkt hat?«

»Ich glaube nicht«, sagte Emily und fragte: »Was hast du vorhin gemeint, als du gesagt hast, wenn er nicht geht, müssten wir Maßnahmen ergreifen?«

»Ach, nichts.«

Aber Marie kannte ihre Schwester besser. »Los, rück schon raus damit.«

Janna seufzte. »Also gut. Kommt mit.«

Sie folgten Janna, die durch das hohe Gras stapfte, wobei sie sagte: »Wir müssen unbedingt den Rasen mähen, Marie. Es darf hier nicht so verwahrlost aussehen, das fällt sonst auf.«

»Wieso sagst du das mir, seh ich aus wie der Gärtner?«

»Irgendjemand muss es schließlich machen«, antwortete Janna und übersah, wie Marie hinter ihr den Mittelfinger reckte. Sie öffnete die Tür zum Holzschuppen und räumte eine Zinkwanne, einen Eimer, einen Hackstock und den Gartenschlauch beiseite. An der Wand über einer Werkbank hingen ordentlich aufgereiht Schraubenschlüssel, Schraubenzieher, eine kleine Säge und noch etliche Gerätschaften, deren Bezeichnung und Zweck Emily nicht kannte. Janna nahm einen Hammer und den größten Schraubenzieher. Sie kniete sich auf den Boden, setzte den Schraubenzieher an die Kante einer Diele und schlug mit dem Hammer sanft auf den Griff. Das Brett löste sich. Zum Vorschein kam ein länglicher Hohlraum, in dem etwas lag, das in ein altes Handtuch eingewickelt war. Janna packte es aus. Ein Gewehr. Genauer: eine doppelläufige Schrotflinte.

Emily und Marie starrten erst die Flinte an, dann Janna, die aufstand und sich den Staub von den Jeans klopfte. »Die stammt noch vom alten Holtkamp«, erklärte sie, die Waffe in der Hand.

»Von wem?«, fragte Emily begriffsstutzig.

»Von Omas Mann, unserem Großvater. Sie hat ihn immer nur den alten Holtkamp genannt. Ich glaube, er hieß Franz.«

»Und damit wolltest du den Kerl erschießen?«, fragte Marie.

»Quatsch. Ihn bedrohen. Leider ist mir das erst heute Morgen eingefallen. Oma hat mir das Versteck mal gezeigt. ›Für alle Fälle‹, hat sie gesagt und ich musste ihr versprechen, dir nichts zu sagen und natürlich erst recht nicht Moritz«, erklärte Janna. »Ich schlage vor, wir nehmen das Ding ins Haus. Nur für den Fall . . .«

Es kam kein Widerspruch. Der Besuch des Fremden hatte bei allen ein schales Gefühl der Unsicherheit und Verwundbarkeit hinterlassen. Auch wenn sie es nicht aussprachen, so spürten sie instinktiv, dass mit diesem Mann etwas nicht gestimmt hatte. Was hatte er wohl auf dem Dachboden gesucht, grübelte Emily. Jetzt, wo sie sich das Bild des Fremden noch einmal ins Gedächtnis rief, fielen ihr ein paar Dinge auf: seine Zähne. Leute, die auf der Straße lebten, hatten für gewöhnlich kein Geld für den Zahnarzt und entsprechend schlechte Zähne. Die des Fremden waren aber ziemlich in Ordnung gewesen, nur etwas gelb, vom Rauchen. Emily hatte sein Grinsen noch deutlich vor Augen. Dann die Hände: Sie waren schmutzig gewesen, vor allem unter den Fingernägeln, aber da waren keine Schwielen, keine Schrammen, die Haut war nicht aufgeraut ... und das bei einem Menschen, der angeblich draußen lebte?

»Gibt's auch Munition?«, erkundigte sich Marie.

Janna ging zu der Werkbank, griff nach einem Schlüssel, der dort auf der Hinterseite an einem Haken hing, und öffnete damit eine der vier Schubladen, die seitlich unter der Platte der Werkbank angebracht waren. Darin lagen vier Kisten mit Schrotpatronen in verschiedenen Farben.

»Mann!«, sagte Marie. »Damit können wir ja einen kleinen Krieg anzetteln.«

Emily fuhr zögernd mit der Hand über das kühle, glatte Holz des Schaftes. Noch nie hatte sie eine Schusswaffe aus nächster Nähe gesehen. Es ging eine gewisse Faszination davon aus, wie sie zu ihrem Erstaunen feststellen musste, auch wenn ihr die Waffe Angst machte.

»Könnt ihr denn damit umgehen?«, fragte Emily.

»Nein«, antworteten Janna und Marie. »Aber es wird schon nicht so schwierig sein«, fügte Marie hinzu. »Gib mal her.«

Janna reichte ihrer Schwester die Waffe, Emily wich unwillkürlich ein paar Schritte zurück. Marie betätigte einen Hebel, die Flinte klappte in der Mitte auseinander. Marie studierte eine Weile die Mechanik.

Emily kannte das schon von Marie: Sie brachte sich die Dinge selbst bei, durch Beobachtung, durch Ausprobieren und vor allen Dingen durch logisches Denken: Wofür könnte dieser oder jener Hebel wohl gut sein? Was passiert, wenn ich hier schiebe, ziehe, drücke? In Maries Zimmer hingen anstatt Tokio-Hotel-Poster Drucke der Konstruktionszeichnungen von Leonardo da Vinci. Für Emily waren die Skizzen wirr und rätselhaft, aber Marie konnte erklären, wie das Flugboot, der Fallschirm, das federgetriebene Auto und auch der Panzer, den das Genie entworfen hatte, funktionierten.

Nachdem sie sich ein paar Minuten lang mit dem Gewehr beschäftigt hatte, sagte sie: »Es ist ganz simpel. Hier macht man es auf, die Patronen kommen da rein, dann klappt man es zu und kann schießen. Vorher muss man natürlich noch die Sicherung lösen. Schaut her: So ist sie offen, so geschlossen. Das dürfte alles sein. Wir sollten ein bisschen damit üben«, fügte sie ernst hinzu.

Emily erschrak und fragte: »Was denn, schießen?«

»Nein, in der Nase bohren«, versetzte Marie. »Klar schießen, was denn sonst? Man kann nie wissen, wann man's braucht. Genügend Patronen haben wir ja.«

»Wir können in den Steinbruch gehen«, sagte Janna, der die Idee offensichtlich gefiel. Sie sah auf die Uhr. »Verdammt, Moritz! Ich muss ihn abholen, die Mutter von diesem Paul wartet sicher schon. Marie, schaff die Flinte irgendwohin, wo sie der kleine Satansbraten nicht findet.«

Am Abend dieses Tages war Moritz völlig aufgedreht und verlangte, dass sein Freund Paul bei ihm übernachten dürfe. Janna sollte Pauls Mutter deswegen anrufen.

»Heute nicht. Ein anderes Mal«, sagte Janna, die mit ihm an der Spüle stand und versuchte, mit Handtuch und Seife die Kriegsbemalung der Irokesen aus seinem Gesicht zu entfernen.

»Das sagst du immer!«, protestierte Moritz. »Ich will aber, dass Paul heute kommt.«

›Ich will‹ gibt's schon gar nicht«, sagte Marie, die am Küchentisch lümmelte. Die Mädchen waren müde, die vergangene Nacht steckte allen noch in den Knochen.

»Aua!«, schrie Moritz, als Janna zu heftig an seiner Wange rubbelte.

»Das Zeug muss runter! Warum malt ihr euch auch so blödsinnig an?«

»Das ist nicht blöd, wir sind Indianer, du bist blöd«, heulte Moritz und trat nach Jannas Schienbein. Die wich ihm aus und packte ihn am Kragen. »Mach das nicht noch mal!«

»Oma! Wo ist Oma? Ich will zu Oma!«, brüllte Moritz und schlug wild um sich.

»Hör auf damit«, sagte Marie ruhig und ohne den Kopf vom Ellbogen zu heben. »Du kannst nicht zu Oma. Oma ist tot.«

Moritz unterbrach seinen Tobsuchtsanfall und riss die Augen auf. Janna zog scharf die Luft ein. Bis jetzt waren sie Moritz' Fragen immer ausgewichen, hatten ihm erzählt, dass Oma im Garten gestürzt und nun eine Weile nicht da sei.

»Du erinnerst dich an dein Meerschweinchen letztes Jahr?«, fragte Marie. »Als das tot war?«

Moritz nickte.

»So ist das mit Oma. Sie ist gestorben, sie kommt nicht wieder.«

Nun fing Moritz an zu weinen. Trotz und Zorn waren binnen Sekunden einer tiefen Verzweiflung gewichen. Emily, der der Kleine eben noch schrecklich auf die Nerven gegangen war, weinte beinahe mit.

Sie warf Marie einen wütenden Seitenblick zu. Sie konnte ihre Freundin ja verstehen. Irgendwann musste Moritz die Wahrheit erfahren. Aber etwas schonender hätte sie es ihm doch beibringen können.

Andererseits erinnerte sie sich an die Zeit, als ihr Opa gestorben war. Sie war fünf oder sechs gewesen und ihre Eltern hatten ihr erzählt, er sei nun im Himmel und würde auf sie hinuntersehen. Von da an hatte sich Emily irgendwie beobachtet gefühlt, anfangs war sie sogar mit einem aufgespannten Regenschirm als Sichtschutz zur Toilette gegangen.

»War das nötig?«, zischte Janna über den schluchzenden Moritz hinweg ihrer Schwester zu. »Was, wenn er das rumerzählt?«

»Er muss es doch kapieren. Sonst begreift er nicht, warum ab sofort manche Sachen nicht gehen.«

Emily stand auf und kochte Kakao für Moritz. Das hatte ihre Mutter immer getan, als sie klein war. Heißer Kakao mit viel Zucker. Auch dieses Mal schien das Rezept zu helfen. Moritz beruhigte sich und schlürfte das Getränk. Dabei versuchten seine Schwestern, ihm die Situation zu erklären.

»Hör zu, Moritz«, sagte Janna. »Bis jetzt hat Oma für uns gesorgt, weil Mama sehr krank ist. Jetzt ist Oma tot . . .«

»Warum?«, unterbrach Moritz und sah schon wieder aus, als ob er in Tränen ausbrechen würde.

»Warum . . .«, überlegte Janna.

»Weil sie schon alt war und alte Leute sterben halt mal«, sagte Marie. »Du hast sie doch gesehen, wie sie im Garten gelegen hat. Ihr Herz hat aufgehört zu schlagen. Das passiert, wenn man alt ist.«

Als Moritz erneut sein Gesicht verzog, fuhr Janna so sachlich wie möglich fort. »Also: Laut Gesetz dürfen Kinder nicht ohne Erwachsene leben. Frag mich jetzt nicht, warum, das ist eben so. Aber wir haben keinen Erwachsenen mehr, der für uns sorgt . . .«

In so einfachen Worten wie irgendwie möglich erklärten sie Moritz, was sie vorhatten, und konnten doch nur hoffen, dass der Kleine den Ernst der Lage verstand.

Er sah mit großen Augen von einem zum anderen und Emily dachte wieder einmal, dass es Wahnsinn war, was sie hier taten. Moritz war nur der Anfang, sie würden auch andere einweihen müssen – so viel war klar.

Unwillkürlich musste sie an Lennart denken, wie er sie im Eiscafé zum Abschied angelächelt hatte. Das war erst zwei Tage her, aber es erschien ihr wie eine Ewigkeit. Was er wohl sagen würde, wenn er wüsste, was sie getan hatten?

Sie rief sich zur Ordnung. Warum dachte sie jetzt ausgerechnet an Lennart? Sie kannte ihn doch gar nicht.

»Aber Paul . . .«, jammerte Moritz jetzt gerade wieder.

»Wenn nun Paul hier übernachten soll, dann wird Pauls Mutter mit Oma sprechen wollen . . .«, sagte Janna geduldig.

»Warum?«

»Weil Mütter so sind. Sie wollen immer genau wissen, wen ihre Kinder besuchen, besonders über Nacht. Wenn nun Oma nicht da ist, dann wird Pauls Mutter fragen, wo sie ist. Dann wird alles rauskommen und dann kommt die Polizei und holt uns ab. Dich auch.«

»So wie Mama?«

Marie und Janna tauschten einen Blick über die Tischplatte hinweg. »Scheiße«, flüsterte Janna. »Ich dachte, das hätte er gar nicht mitgekriegt. Er war doch erst vier.«

»Ja«, sagte Marie zu ihrem Bruder. »Und du kommst in ein Heim und Janna und ich auch und wir sehen uns nie wieder. Deshalb darfst du niemandem erzählen, dass Oma tot ist. Hast du das jetzt verstanden?«

Moritz nickte.

»Was sollst du tun?«

»Ich soll nicht sagen, dass Oma tot ist«, wiederholte Moritz seine Lektion.

»Sehr gut«, lobte Janna. »Auch nicht Paul, auch nicht deiner Lehrerin – keinem Menschen, klar?«

»Und wenn der Mann wiederkommt?«

»Welcher Mann?«

»Der böse Mann.«

»Dann holst du mich oder Marie«, sagte Janna, nun ebenfalls leicht genervt.

»Okay. Und wann darf Paul übernachten?«

Die drei Mädchen sahen sich an. Es war eindeutig: Moritz war die Schwachstelle des ganzen Plans.

Der Steinbruch befand sich etwa fünf Kilometer hinter dem Dorf, mitten in einem Wald. Er wurde seit den Fünfzigerjahren nicht mehr benutzt und bildete einen nach Osten geöffneten Halbkreis, wie ein kleines Amphitheater. Bis dicht vor dem Abgrund wurde er von hohen Fichten gesäumt, am Fuß der bröseligen Felswand befand sich eine ebene Fläche, halb so groß wie ein Fußballfeld, sandig und mit Unkraut bewachsen.

Verstreuter Müll und Reste von Lagerfeuern zeugten von diversen Feierlichkeiten. Aber nun, am hellen Nachmittag, war alles ruhig und niemand war zu sehen.

Sie stellten die Räder ab. Janna hatte die Flinte in eine Decke gewickelt und in einem großen Rucksack transportiert. Emily war überzeugt gewesen, dass jeder Mensch sofort erkennen würde, dass da ein Gewehr aus dem Rucksack ragte. Aber den wenigen Spaziergängern und Radfahrern, denen sie unterwegs begegnet waren, schien nichts aufgefallen zu sein. Marie hatte ebenfalls einen Rucksack dabei, in dem sich Munition und ein paar leere Konservendosen befanden.

»Wir können die Dosen da drüben auf den Stein stellen und versuchen, sie von hier aus zu treffen.« Janna wies auf einen etwa dreißig Meter entfernten Felsbrocken, der mit Gräsern und Moos bewachsen war.

»Okay, es geht los.« Marie stellte eine Dose Ravioli auf den Stein. »Wer will zuerst?«

Alle drei sahen sich an.

»Nur nicht so drängeln«, grinste Janna.

»Ich glaube, ich will gar nicht«, sagte Emily. Ihre Hände waren feucht.

»Mach du.« Ausnahmsweise ließ Janna ihrer Schwester den Vortritt. Marie griff nach der Waffe und steckte eine Patrone in den oberen Lauf.

»Stellt euch hinter mich!«, sagte sie, doch Emily und Janna waren bereits zurückgewichen. Marie entsicherte und hob das Gewehr. »Ist das Ding schwer«, keuchte sie. Der Lauf der Flinte ruckelte ein paarmal hin und her, dann drückte sie ab. Es krachte ohrenbetäubend und zwischen den Knall des Schusses, dessen Echo von der Felswand zurückprallte, mischte sich ein Schrei.

Marie!

»Was ist passiert?« Janna eilte zu ihrer Schwester. Marie saß auf dem Boden, das Gewehr noch in den Händen. Sie legte es weg und hielt sich mit der rechten Hand die Wange. »Au, verdammt!«

»Das war der Rückstoß«, diagnostizierte Janna fachmännisch.

»Was du nicht sagst!« Marie rappelte sich wieder auf. Die Dose stand völlig unversehrt auf dem Felsen.

»Lass sehen«, sagte Emily. Maries Wange war ganz rot und auch ihr Schlüsselbein hatte etwas abbekommen.

»Das zeigen sie nie in den Filmen«, maulte Marie.

»Ich weiß, was du falsch gemacht hast«, sagte Janna.

»Ach ja?«

»Du musst den Schaft fest an Wange und Schulter drücken, damit er keinen Platz hat für den Rückschlag. Das habe ich mal im Fernsehen gesehen, beim Tontaubenschießen.«

»Das hättest du mir auch vorher sagen können!«

»Warum? Du bist doch sonst auch immer so schlau! Und aus Schaden wird man bekanntlich klug.«

»Dann zeig mal, was du draufhast, Frau Klugscheißerin!«

Janna nahm das Gewehr und lud zwei Patronen. »Wennschon, dennschon«, meinte sie.

»Rette sich, wer kann«, lästerte Marie und stellte sich neben Emily. Janna trat mit dem Gewehr vor. Sie presste den Schaft fest gegen die Wange und die rechte Schulter, entsicherte und drückte ab. Es krachte zwei Mal hintereinander. Wieder hallten die Schüsse nach, im Hintergrund rieselten Steine die Felswand herab und ein scharfer Geruch breitete sich aus. Sowohl Janna als auch die Dose standen beide noch aufrecht da. Janna klappte das Gewehr auf, die leeren Patronenhülsen sprangen heraus. Sie wandte sich um, grinste und rieb sich die Schulter. »So funktioniert es. Haut aber trotzdem ganz schön rein. Jetzt weiß ich, wozu Tontaubenschützen immer diese gepolsterte Schießweste anhaben.«

»Getroffen hast du aber auch nicht«, mäkelte Marie.

»Normalerweise schießt man mit einer Flinte ja nicht auf Dosen, sondern auf bewegliche Ziele«, verteidigte sich Janna und rieb sich die Ohren. »Gott, ist das laut. Alle Jäger müssen taub sein. Wir hätten Ohrenschützer mitnehmen sollen.« Sie wandte sich um. »Was ist mit dir, Emily, möchtest du mal?«

Emily zögerte, sie war hin und her gerissen. Wie würde sie dastehen, wenn sie jetzt kniff? Wann würde sie je wieder die Gelegenheit haben, mit einer echten Waffe zu schießen? Das Angebot war verlockend und beängstigend zugleich. Lieber

Himmel, wenn ihre Eltern auch nur ahnen würden, was sie hier trieb! Sie verspürte eine ähnliche Angst wie im letzten Sommer, als sie zum ersten Mal vom Zehnmeterbrett gesprungen war. Doch da hatte sie den ganzen Sommer Zeit gehabt, sich die Sache anzusehen, mal probehalber raufzugehen und irgendwann einfach zu springen, ohne weiter zu überlegen. Nie würde sie dieses Gefühl vergessen, das Gefühl des freien Falls, das andere großartig finden mochten. Für Emily waren es die schrecklichsten Augenblicke ihres Lebens gewesen, vom Aufprall ganz zu schweigen. Wasser konnte ja so unglaublich hart sein! Aber da war auch dieses Gefühl des Triumphes gewesen, als sie mit wackeligen Beinen und brennender Haut aus dem Becken gestiegen war.

Heldin für einen Nachmittag . . .

»Also, was ist jetzt?«, fragte Marie ungeduldig.

»Gib her!« Emily griff nach der Waffe. Marie reichte ihr zwei Patronen, dann brachten sich die beiden Schwestern hinter ihr in Sicherheit.

Emily beschloss, gar nicht erst zu versuchen, die Dose zu treffen. Sie würde einfach nur schießen, basta. Mit zitternden Fingern schob sie die zwei schweren Plastikzylinder, die die bleiernen Schrotkörner enthielten, in die Läufe.

Waffe schließen, zielen, entsichern, Schuss. Schaft dicht heranziehen, dachte sie noch, als der Schuss krachte. Der Rückstoß war immens und warf sie tatsächlich beinahe um.

»Getroffen! Treffer!«, jubelte es hinter ihr, allerdings hörte sie die Stimmen nur gedämpft. Es rauschte und summte in ihrem rechten Ohr, bestimmt war sie schwerhörig geworden.

»Tatsächlich?«, fragte Emily und rieb sich das Schlüsselbein. Die Dose war fort. Sie grinste und wandte sich um. »Das hätte ich gar nicht . . .«

»SICHERN!«, brüllte Marie und warf sich in den Staub.

Zutiefst erschrocken ließ Emily das Gewehr sinken und schob den Sicherungshebel herum. Ihr Magen schlug einen Purzelbaum.

»Kannst du nicht bis zwei zählen?«, fuhr Marie sie an. »Du hättest uns fast erschossen!«

Emily wurde leichenblass, gleichzeitig ärgerte sie sich über Maries rüden Ton. Schließlich war diese blöde Schießübung nicht ihre Idee gewesen. Sie legte die Flinte auf den Boden und verkündete: »Mir reicht's. Ich fass das Ding nie wieder an.«

»Entschuldige«, sagte Marie. »Ich bin nur total erschrocken.«

»Ich auch. Tut mir leid.« Emily zitterten noch immer die Knie und auch Janna stand der Schrecken ins Gesicht geschrieben.

Sie griff nach dem Rucksack. »Ehe wir uns noch gegenseitig umbringen, fahren wir lieber nach Hause.«

»Wir brauchen einen Hund«, sagte Marie, nachdem sie Moritz abends ins Bett gebracht hatten.

»Wieso?«, fragte Janna.

»Du hast doch gesehen, wie nützlich der Hund von Frau Kramp gewesen ist.«

»So ein Riesenvieh? Der frisst uns arm.«

»Dann eben einen kleineren.«

»Solange du keine wildfremden Männer ins Haus lässt, nur weil sie dir irgendwas vorjammern, brauchen wir auch keinen Hund.«

»Aber wir wollten doch schon immer einen«, erwiderte Marie trotzig. »Nur Mama hat es verboten und Oma auch, aber jetzt . . .«

Janna seufzte tief: »Was ist, wenn wir wieder zur Schule gehen? Dann ist er stundenlang allein.«

»Er kann ja in den Garten. Wir bauen ihm eine schöne Hütte.«

»Ein Hund wird zehn, zwölf Jahre alt. Was ist, wenn wir auffliegen? Dann kommt er ins Tierheim, willst du das? Ein Hund ist kein Spielzeug, das man zurückgibt, wenn man's nicht mehr gebrauchen kann. Das ist ein Lebewesen, das fühlen und leiden kann, dafür trägt man Verantwortung.«

»Du redest genau wie Oma!«

»Ja und?«, entgegnete Janna ärgerlich. »Dann rede ich halt wie Oma. Sie hatte schließlich recht.«

»Schwachsinn. Du hast nur Schiss vor Hunden!«

»Das ist nicht wahr! Ich mag nur manche nicht. So Kläffer oder Kampfhunde. Den von Frau Kramp fand ich gut, nur ein bisschen groß. Leih dir doch den ab und zu aus, wenn du unbedingt einen Hund haben musst. Wir brauchen keinen Wachhund, wir haben das Gewehr.«

Seit der Schießübung lag es oben auf dem Kleiderschrank in Maries Zimmer – außer Sicht- und Reichweite von Moritz. So hofften sie jedenfalls. Die Munition war in Jannas Schreibtisch eingeschlossen.

Emily verfolgte schweigend den Streit der Schwestern. Hörte denn das nie auf? Sie war es langsam leid. Dieses Mal war es der Hund, ein andermal waren es Hausarbeiten, dann die Designerjeans, die Janna sich gekauft hatte, während Marie keine Puma-Sportschuhe haben durfte, angeblich, weil man sich nicht dem Marken-Terror unterwerfen müsse.

Das Telefon klingelte. Vielleicht ist es für mich, dachte Emily. Lennart. Und gleich darauf: Quatsch. Wieso sollte er sie anrufen, nur weil sie ihm eine Skizze auf einem Bierdeckel geschenkt hatte?

»Soll ich rangehen oder ist das wieder Axel?«, fragte Marie.

»Der ruft mich auf dem Handy an.«

Es klingelte wieder.

»Das werden meine Eltern sein«, vermutete Emily. »Sie wollen schon seit Tagen Frau Holtkamp sprechen. Janna, meinst du, du kriegst das wieder so hin?«

»Mal sehen.« Janna stand auf, räusperte sich ein paarmal und nahm dann den Hörer ab.

»Holtkamp.« Es klang wie das Krächzen eines Kolkraben.

Janna grinste Marie und Emily zu und hob dabei den Daumen. »Ja, Ihrer Tochter geht es ausgezeichnet.« – »Nein, es gibt keine Probleme mit dem Essen.« – »Heikel? Davon habe ich nichts gemerkt.« – »Ach, wissen Sie, sie wollen gar nicht fernsehen, sie sind am Abend todmüde. Sie sind ja so viel draußen an der frischen Luft.« – »Ich bitte Sie, nein, es ist mir nicht zu viel. Im Gegenteil, Ihre Emily ist eine große Hilfe im Haushalt. Und im Garten.« – »Nun, zu Hause ist es immer etwas anderes.« – »Ja, ich werde es ihr ausrichten. Oder möchten Sie sie sprechen?« – » Gut, dann bis die nächsten Tage. Ich wünsche Ihnen noch schöne Ferien.« – »Ja, richte ich aus.«

Janna legte auf, Emily und Marie kicherten.

»Danke«, sagte Emily. »Das müsste für die nächsten paar Tage reichen.«

»Bist du zu Hause wirklich stinkfaul und mäkelig beim Essen?«

»Blödsinn! Meine Mutter ist nun mal nicht die tollste Köchin. Ihre Steaks sehen immer aus wie Unfallopfer. Aber wehe, man sagt was«, verteidigte sich Emily. »Mein Vater kocht viel besser, aber leider nur am Wochenende.«

Das Telefon klingelte erneut.

»Jetzt hat sie bestimmt was vergessen. Das ist so typisch«, stöhnte Emily.

Janna meldete sich noch einmal mit ihrer Wilhelmine-Holtkamp-Stimme. Doch an ihrem Gesichtsausdruck konnten Marie und Emily sofort erkennen, dass es dieses Mal nicht Frau Schütz war. Das Telefonat war kurz und Janna erwiderte nichts, aber als sie auflegte, waren ihre Wangen rot vor Aufregung und ihre Stimme – ihre eigene – zitterte etwas, als sie sagte: »Da war ein Kerl dran, der sagte, das Ultimatum sei nun abgelaufen. Seine Auftraggeber verstünden keinen Spaß. Morgen sei der letzte Termin für die Übergabe.«

»Übergabe? Ultimatum?«, fragte Marie. »Das wird ja wohl kaum für ein Buch aus der Leihbücherei gelten, oder?«

»Nein, so klang das nicht«, sagte Janna. Sie war ganz blass.

»Und wer war es?«, fragte Emily.

»Das hat er nicht gesagt. Er hat ja wohl auch gedacht, ich bin Oma – die muss wohl gewusst haben, worum es geht.«

»Moskau Inkasso?« Offenbar nahm Marie den Anruf nicht so ernst wie Janna.

»Hör schon auf, das ist nicht witzig«, zischte Janna. »Oma hatte keine Schulden, bei niemandem.«

»Kann es der Kerl gewesen sein, der neulich hier war?«, fragte Emily.

Janna zuckte die Schultern. »Ich weiß es wirklich nicht! Es war ein Mann, mehr kann ich nicht sagen.«

»Besonders gut scheint er Oma aber nicht gekannt zu haben, sonst hätte gemerkt, dass das nicht ihre Stimme ist«, bemerkte Marie.

»Seine Stimme hat gepresst geklungen, fast geflüstert. Erst dachte ich, es sei Axel oder einer seiner Kumpel, die sich einen Scherz erlauben. Aber dann sagte er noch . . .« Janna zögerte.

»Was?«, drängte Marie.

». . . dass ich gut auf meine Enkel aufpassen soll.«

Emily wurde abwechselnd heiß und kalt. »Ich muss euch was

sagen«, begann sie. »Der Kerl von neulich . . . der ist nachts auf dem Dachboden gewesen. Ich muss wohl einen Moment eingeschlafen sein. Als ich aufgewacht bin, hat er da oben rumgekramt. Er hat aber nichts gestohlen, ich habe seinen Rucksack kontrolliert.«

»Was, zum Teufel, hat er da gesucht?«, fragte Janna und Marie meinte: »Da oben ist nur Gerümpel und Mäusekacke. Ich habe da schon oft rumgestöbert, wenn mir langweilig war.«

»Und was machen wir jetzt?«, fragte Emily.

»Nichts. Abwarten. Was immer der Kerl von uns will, er wird sich schon wieder melden«, antwortete Janna.

»Aber wenn er euch was tut? Oder Moritz?«

»Wir müssen eben die Augen offen halten«, sagte Janna. »Oder hat jemand einen besseren Vorschlag?«

Emily lag hellwach im Dunkeln und horchte auf jedes Geräusch. Marie hatte vorhin das Gewehr vom Schrank genommen und unter ihr Bett gelegt. »Das beruhigt«, hatte sie behauptet. Aber so ganz schien das nicht zu stimmen, denn auch Marie wälzte sich alle paar Minuten hin und her. Als Emilys Augen gerade zufielen, donnerte ein Güterzug vorbei und sie war wieder hellwach. Als der Lärm verklungen war, flüsterte Emily: »Marie, bist du wach?«

»Nein, ich schlafe.«

»Gut. Ich auch.«

»Ach, Mist!« Marie knipste ihre Nachttischlampe an. »Das war der Einuhrzug. Komm, wir machen uns eine heiße Milch.«

Sie gingen leise nach unten in die Küche. Emily goss Milch in einen Topf und füllte sie, als sie dampfte, in zwei Becher. Beide gaben ordentlich Honig hinein. Dann saßen sie mit angezogenen Beinen auf den Küchenstühlen, die Hände um das warme

Getränk gelegt, als herrsche tiefer Winter. Das Haus war still. Ab und zu knackte oder knarrte etwas.

»Ich finde, jedes Haus hat seine Nachtgeräusche«, sagte Marie.

»Stimmt.«

»Dieses hier knarzt immer so. Das kommt von dem vielen Holz. In unserem früheren Haus haben immer irgendwelche Wasserleitungen gerauscht und die Heizung im Keller hat fauchende Geräusche gemacht. Ich habe Moritz erzählt, dass das die Geister sind, die miteinander flüstern.«

»Du bist gemein, der arme Kerl!«

»Ach, der hat das damals doch noch gar nicht kapiert«, winkte Marie ab. In diesem Moment begann es hinter ihnen dumpf zu brummen. Die Mädchen erstarrten vor Schreck. Dann fingen beide an zu lachen.

»Der Kühlschrank knurrt wie ein Rottweiler«, stellte Marie fest.

»Wie war das denn so, früher?«, fragte Emily.

Marie sah sie nachdenklich an.

»Es war alles in Ordnung, so ungefähr bis ich sieben war und Janna zehn. Moritz fing gerade an zu laufen. Ich glaube, Moritz war für meine Eltern einfach zu viel. Ich habe mal gehört, wie sie deswegen gestritten haben. Meine Mutter war sauer, weil sie wegen ihm ihre Arbeit aufgeben musste. Sie hatte wieder angefangen, nachdem ich in die Schule gekommen war. Seit Moritz' Geburt war sie fast immer schlecht gelaunt. Dann ist mein Vater häufiger spät nach Hause gekommen, manchmal war er über Nacht weg. Als ich neun war, ist er ausgezogen, zu seiner neuen Freundin. Von da an ging es mit meiner Mutter bergab, sie hat sich oft stundenlang in ihrem Schlafzimmer eingeschlossen und behauptet, sie habe Kopfschmerzen. Eines Tages wartete vor der Schule eine Frau vom Jugendamt auf uns. Sie sagte, Mama sei in einer Art Krankenhaus. Wir durften ein paar Tage zu meinem Vater. Das fanden wir erst gar nicht so schlecht. Aber seine Freundin mochte uns nicht, das hat man gemerkt, obwohl sie in seiner Gegenwart immer zuckersüß getan hat. Zum Glück war Mama nach zwei Wochen wieder zurück. Von da an hat uns öfter mal eine Frau vom Jugendamt besucht und es ging so einigermaßen. Nur manchmal, wenn ich von der Schule kam, hat Mama immer noch geschlafen. Dann haben halt Janna und ich was gekocht, war auch kein Problem. Kurz vor Weihnachten ist dann mein Vater mit dem Auto tödlich verunglückt. Das hat meine Mutter völlig mitgenommen, obwohl sie so getan hat, als würde ihr das nichts ausmachen.« Marie hielt inne, blinzelte und fuhr sich mit dem Zipfel ihres Nachthemds verlegen über die Nase. Emily schwieg.

»Einmal, ich war zehn, kam ich von der Schule heim und da war die Polizei da. Hinterher erzählten mir die Nachbarskinder, meine Mutter hätte im Nachthemd auf der Fensterbank herumgeturnt. Wir haben damals schon nicht mehr in unserem Haus gewohnt, sondern in einer Wohnung, im vierten Stock. Mama kam dann wieder in diese Nervenklinik und wir mussten in eine Pflegefamilie. Die Leute waren total fremd für uns, das war am Anfang schon blöd.«

Was Marie da erzählte, war für Emily nahezu unvorstellbar, obwohl man solche Dinge oft im Fernsehen sah.

»Die Pflegeeltern waren eigentlich ganz nett. Aber sie hatten noch drei andere Pflegekinder und die waren wirklich schräg drauf. Mit einem Mädchen habe ich mich gleich am ersten Tag geprügelt, weil sie schlecht über meine Mutter gesprochen hat, das weiß ich noch. Dann kam meine Mutter zurück und es ging wieder eine Weile gut. Aber dann sind immer wieder solche Sachen passiert . . . Wir kamen dann in Heime, zu Pflegefamilien, manchmal wurden wir sogar getrennt. Janna wäre um ein Haar in eine Anstalt für schwer erziehbare Jugendliche gekommen, weil sie damals ziemlich viel geklaut hat. Wir hatten halt nie Geld für Klamotten und so was und du kennst sie ja – Klamotten und Haare sind ihr furchtbar wichtig.« Marie trank von ihrer Milch und fuhr fort: »Vor zwei Jahren hat Oma dann gesagt, es reicht jetzt mit dem ewigen Hin und Her, wir sollen zu ihr ziehen. Sie hat meine Mutter überredet, ihr das Sorgerecht zu übertragen. Anfangs mochte ich sie gar nicht so besonders. Sie war manchmal so streng.« Marie lächelte etwas wehmütig. »Es war sicher auch für sie nicht einfach: über siebzig und dann auf einmal drei Kinder an der Backe. Und Janna ist ja auch wirklich schwierig – ganz zu schweigen von Moritz.«

Emily nickte.

»Aber weißt du, es war auch ein gutes Gefühl, wenn man aus der Schule kam und keine Angst haben musste, dass die Polizei oder der Notarzt oder eine Tussi vom Jugendamt auf einen wartet.« Maries Blick verlor sich ins Leere, sie nickte ein paarmal. »Ja, das war gut, das muss ich sagen. Und mit der Zeit habe ich mich an Omas Art gewöhnt. Ich glaube, sie hat es im Leben auch nicht leicht gehabt. Mama hat mal gesagt, dass ihr Mann, also mein Opa, ein rechtes Arschloch gewesen sei.«

»So was hat sie gesagt? Über ihren eigenen Vater?«, staunte Emily.

»Krass, oder?«

»Ziemlich«, meinte Emily. »Warum?«

»Keine Ahnung. Mehr hat sie nicht erzählt, Oma auch nicht.«

»Besucht ihr eure Mutter ab und zu?«

Marie schüttelte den Kopf. »Das letzte Mal war vor einem halben Jahr. Da war sie irgendwie seltsam. So künstlich aufgekratzt, gar nicht wie sonst. Ich glaube, sie hatten ihr jede Menge Medikamente gegeben. Es war unheimlich, sie kam mir vor wie ein Zombie. Janna fand das auch und Oma meinte dann, es sei besser, wenn wir erst mal nicht mehr hingingen. Es gab deswegen ein bisschen Zoff mit Oma, aber ehrlich gesagt – so viel Lust, Mama zu besuchen, hatte ich dann gar nicht mehr und Janna wohl auch nicht.«

Es herrschte eine Weile Schweigen zwischen den beiden, dann fragte Emily: »Kannst du dir vorstellen, dass deine Oma in irgendetwas verwickelt war? Vielleicht . . . ein Verbrechen?«

»Das habe ich mich heute nach dem komischen Anruf auch schon gefragt.«

»Und?«

»Ich weiß es nicht. Sie war ziemlich eigenwillig. Wenn sie etwas nicht eingesehen hat, dann waren ihr Gesetze und Vorschriften egal. Da vorne, an der Kreuzung vor dem Dorf, ist doch diese Ampel. Und wenn da weit und breit kein Auto zu sehen war, dann ist sie einfach bei Rot durchgebrettert.« Marie musste lächeln. »Sie sagte dann immer: ›Rot bedeutet nur, dass man die Augen aufmachen soll.‹«

Emily schüttelte den Kopf. »Aber reden wir hier wirklich von roten Ampeln? Überleg doch mal, der Mann hat von einem Ultimatum gesprochen.«

Marie überlegte und sagte dann: »Sie hat uns mal einen Zeitungsartikel gezeigt. Es ging um Einbrecher, die ein Spielkasino ausgeraubt haben. Sie haben einen Tunnel gesprengt und die Alarmsysteme manipuliert, es wurde niemand erschreckt oder verletzt.« Sie nahm noch einen Schluck Milch. »Diesen Raub fand Oma richtig klasse. Aber wenn sie auf der Straße einen Geldbeutel liegen sah, dann hat sie ihn abgegeben, mitsamt dem Geld.«

»Meinst du, sie könnte . . . sagen wir mal . . . an einem Bankraub beteiligt gewesen sein?«, spekulierte Emily.

»Und der Kerl von neulich ist ein Komplize und sucht nun nach der Beute?« Die beiden sahen sich an, dann schüttelte Marie den Kopf und meinte: »Nein, das ist totaler Schwachsinn!«

Auch Emily konnte sich Frau Holtkamp beim besten Willen nicht als Bankräuberin vorstellen. »Aber sie muss etwas besitzen, weswegen jemand ein Ultimatum für eine Übergabe stellt. Nur, was?«

»Es muss ja kein Gegenstand sein«, sagte Marie. »Es kann auch eine Information sein.«

»Du meinst, sie weiß, wo ein Schatz liegt?«

»Schätze gibt es nur im Märchen und das hier ist keins.«

»Stimmt. Nirgends ist ein Prinz oder eine gute Fee in Sicht«, seufzte Emily.

Marie gähnte. Auch Emily war inzwischen todmüde. In stillem Einvernehmen gingen die Mädchen in ihr Zimmer, schlüpften in die Betten und schliefen ziemlich rasch ein.

Trotz der nächtlichen Küchengespräche waren am Morgen alle früh auf den Beinen. Etwas lag in der Luft, ihnen allen steckte die gestrige Drohung in den Knochen. Als während des Frühstücks das Telefon klingelte, schraken die drei Mädchen zusammen und tauschten ängstliche Blicke. Nach dem vierten Läuten nahm Marie schließlich den Hörer ab. Es war die Buchhandlung in der nächsten Kleinstadt, bei der Frau Holtkamp eine Bestellung liegen hatte.

»Ich habe sie schon länger nicht mehr gesehen, ist sie krank?«, erkundigte sich die Buchhändlerin.

»Äh, ja. Nein. Sie war verreist. Und . . . und dann war sie auch ein bisschen krank. Also, wir werden die Bücher abholen, vielen Dank«, sagte Marie und legte rasch auf.

»Was war das denn für ein Gestotter?«, nörgelte Janna.

»Entschuldige bitte! Mir fiel gerade nichts ein.«

Janna schüttelte energisch den Kopf. »Das geht so nicht. Wir müssen uns genau absprechen, was wir den Leuten erzählen. Mich hat neulich auch schon der Typ vom Gemüseladen gefragt, was mit Oma sei, er würde sie schon vermissen.«

»Welcher Gemüseladen?«

»Der von dem Türken, neben dem Eiscafé.«

»Da hat Oma eingekauft? Das hat sie nie erzählt.«

»Warum sollte sie auch, das ist ja wohl nichts Besonderes.«

»Aber sie hat sich mit dem Inhaber unterhalten, das wundert mich«, beharrte Marie. »Sie war überhaupt nicht der Typ, der sich durch das ganze Dorf quatscht.«

»Sie wohnte schon eine Ewigkeit hier«, widersprach Janna. »Da kann man noch so zurückhaltend sein, irgendwann kommt man doch mit den Leuten ins Gespräch. Wir müssen die Geschäfte im Dorf in Zukunft meiden. Wenn die Leute uns nicht sehen, dann denken sie auch nicht weiter über Oma nach.«

»Und wo wollt ihr dann einkaufen?«, meldete sich Emily zu Wort. Während sie der Unterhaltung der Schwestern zugehört hatte, hatte sie erst ein bisschen gezeichnet und dann Moritz beobachtet, der mit lautem Schlürfen sein Müsli aß. Jemand muss dem Kleinen dringend Essmanieren beibringen, dachte sie, fühlte aber keinerlei Drang dazu, diese Aufgabe zu übernehmen.

»Wenn wir Axel einweihen würden, dann könnte der einmal die Woche mit uns ins Einkaufszentrum fahren«, schlug Janna vor.

Marie schüttelte den Kopf. »Bin dagegen.«

»Vielleicht solltet ihr selbst Gemüse anbauen«, meinte Emily.

Janna schnippte mit den Fingern. »Genau! Das ist die Lösung! Und wir stellen eine Kuh in den Schuppen und züchten Hühner und Kaninchen. Und Marie schlägt dann jeden Sonntag eines tot, damit wir einen Braten haben.«

»Man darf kein Tier totmachen!«, protestierte Moritz und warf vor Empörung den verschmierten Löffel nach Janna.

»He, verdammt! Das war doch nur ein Witz!«, schrie Janna ihren Bruder an. »Jetzt schau dir mein T-Shirt an, das war frisch gewaschen, du Schwein!«

»Selber Schwein!«, rief Moritz und machte Anstalten, auf seine Schwester loszugehen. Emily hielt ihn am Ärmel fest und flüsterte ihm zu: »He, Moritz! Schau mal, was ich gemalt habe.«

»Mir doch egal!«

Aber dann siegte doch die Neugier. »Hihi, das ist Janna! Sieht die doof aus!«

»Lass sehen!«, forderte Janna.

»Janna ist eine Hexe!«, quietschte Moritz vergnügt.

Emily hatte ihre Nase und das Kinn ein klein wenig spitzer und die Lippen ein bisschen schmaler dargestellt als in der Realität. Außerdem hatte sie den Schwung ihrer Augenbrauen noch etwas kühner angesetzt.

»Das ist Cruella aus 101 Dalmatiner«, grinste Marie. »Gut getroffen!«

»Macht nur weiter so«, grollte Janna, »dann taucht hier bald die Super-Nanny auf!«

Aber immerhin war Moritz nun wieder guter Dinge. »Ich geh raus.« Er rannte zur Tür.

»Halt!«, riefen Janna und Marie im Chor. Moritz drehte sich verwundert um. »Ich geh raus, spielen«, ließ er seine Schwestern erneut wissen.

»Nein!«

»Du bleibst hier!«

Moritz verstand die Welt nicht mehr. Sonst waren sie doch immer heilfroh, wenn er sich draußen beschäftigte. »Ich will aber raus!«, protestierte er und stampfte mit dem Fuß auf. Aber Janna war schon aufgestanden und hatte sich vor die Haustür gestellt.

Emily sagte rasch: »Ich weiß was Besseres. Wir spielen heute mal auf dem Dachboden!«

Ein Strahlen breitete sich über Moritz' Gesicht aus. Normalerweise war der Dachboden tabu.

»Arschkopf«, sagte er zu Janna, ehe er kehrtmachte und die Treppe hinaufrannte. Emily folgte ihm.

»Gut«, sagte Janna und musste sich das Lachen verbeißen, »und ich sehe mir mal Omas Schreibtisch näher an. Vielleicht findet sich ja irgendein Hinweis.«

Staub tanzte in den Sonnenstrahlen, die durch die vier kleinen Luken im Dach fielen. Einige Bodenbretter waren lose oder gar morsch, es knirschte verdächtig, wenn man darauf trat. Sehr viel gab es nicht zu untersuchen. Das Interessanteste war ein alter Webstuhl, Marie erklärte Emily, wie das Ding funktionierte.

»Wer hat darauf gewebt?«, fragte Emily.

Marie wusste es nicht.

Ein alter Schrank beherbergte zwei Pelzmäntel, vier Hüte, darunter ein Zylinder, und etliche Kleider, die allesamt nach Mottenkugeln rochen. Die Mädchen probierten die Kleider und die Hüte an, während Moritz unter einer alten Gardine verschwand. Emily machte ihm die Freude, sich jedes Mal fürchterlich zu erschrecken, wenn er hinter ihr auftauchte und »buh« machte.

»Iiih, Pfui Teufel«, schrie Emily plötzlich auf.

»Was ist?«

Emily deutete auf eine Mausefalle mit einer mumifizierten Maus darin.

»Die arme Maus«, heulte Moritz.

»Du kannst sie ja im Garten beerdigen.«

»Aber nicht jetzt!«, sagte Marie.

Sie fanden einen Koffer mit alten Puppen und abgegriffenen Stofftieren, die Moritz inspizierte, nachdem er genug davon hatte, die anderen zu erschrecken. »Die haben sicher mal Mama gehört«, vermutete Marie und drohte Moritz. »Wenn du eines davon kaputt machst, kannst du was erleben!«

Es gab eine Modelleisenbahn, sorgsam verpackt in beschriftete Kartons: Loks, Waggons, Gleise, Häuser, Steuerung . . .

Emily wischte sich eine Spinnwebe aus dem Gesicht. »Sammler zahlen einen Haufen Geld für so alte Eisenbahnen.«

»Du meinst, ein fanatischer Sammler von Modelleisenbahnen hat Oma bedroht, weil sie das Ding nicht verkaufen wollte?«

Emily kicherte. »Nein. Aber ihr könnt sie verkaufen, wenn ihr mal knapp bei Kasse seid.«

»Hier hab ich was!«, rief Marie und zog zwei Bilder hervor, die, von einem Laken verhüllt, hinter einem Stapel Badezimmerfliesen gestanden hatten. Es waren Ölbilder in dicken, verschnörkelten Rahmen. Marie hielt sie ins Licht. Das eine zeigte eine Winterlandschaft: An einem verschneiten See stand ein Rudel Rotwild, der Leithirsch, erkennbar am prächtigen Geweih, reckte den Kopf in die Höhe und röhrte wohl gerade, während die Damen des Rudels zierlich ästen oder die Lauscher in den Wind stellten. Das andere Bild zeigte ein ähnliches Motiv, nur ohne Hirsche und im Sommer bei Sonnenuntergang – oder Sonnenaufgang, so genau ließ sich das nicht feststellen.

»Ob die wertvoll sind?«, fragte Marie.

»Keine Ahnung«, gestand Emily. »Komm, wir zeigen sie Janna. Vielleicht hat die ja auch was gefunden.«

Janna saß an Frau Holtkamps Schreibtisch inmitten von Papieren.

»Achtung, hier kommt Kunst«, rief Marie schon auf der Treppe. Janna unterbrach ihre Arbeit für die Betrachtung der Gemälde.

»Also, wenn ihr mich fragt, dann ist das grandioser Kitsch«, urteilte sie.

»Hast du wenigstens was Interessantes gefunden?«, wollte Marie wissen.

»Kontoauszüge, Briefe von Behörden und Versicherungen und jede Menge Rechnungen. Bezahlt«, fügte sie hinzu.

»Kein Schlüssel zu einem Schließfach, in dem eine Handvoll Diamanten liegen?«

»Nur eine Handvoll alter Schlüssel zu Fahrradschlössern oder Ähnlichem und zu Autos, die es schon seit Jahrzehnten nicht mehr gibt.«

»Kann es nicht sein, dass einer davon zu einem Bankschließfach gehört?«, fragte Emily.

»Ein Schließfachschlüssel hat einen doppelten, mehrfach gezackten Bart und eine eingravierte Nummer«, entgegnete Janna. Niemand fragte, woher sie das wusste. Vielleicht von Axel.

»Mich hat viel mehr verwundert, was ich nicht gefunden habe«, verkündete Janna geheimnisvoll.

»Wie meinst du das?«, fragte Marie.

»Man sollte doch meinen, in einem so langen Leben sammelt sich so einiges an Persönlichem an. Briefe, Souvenirs, Postkarten, Krimskrams eben, an dem Erinnerungen hängen. Und Fotos. Aber davon war kaum etwas im Schreibtisch. Nur das hier.«

Sie wies auf ein Fotoalbum mit rotem Ledereinband, das sie auf den Couchtisch gelegt hatte. »Schaut mal rein.«

Marie und Emily setzten sich auf das Sofa. Auch Moritz wollte das Album sehen und drängelte sich zwischen sie.

Es war das Kinderalbum der Mutter der Weyer-Geschwister, Anneke Weyer, geborene Holtkamp. Das erste Foto war kurz nach ihrer Geburt aufgenommen worden, 1967, noch in Schwarz-Weiß. Es zeigte ein rundliches Baby, das aussah wie alle Babys. Danach folgten langsam farbige Bilder: Anneke auf dem Arm ihrer Mutter – Frau Holtkamp war wunderschön gewesen, fand Emily –, Anneke im Krabbelalter, beim Schwimmen, bei der Einschulung, in einem rosa Ballettdress . . . Das dünne, transparente Seidenpapier zwischen den Seiten raschelte bei jedem Umblättern. Emily sah sich gern alte Bilderalben an, sie studierte dann die Mode der jeweiligen Epoche, die Frisuren, die Art, wie die Leute posierten. Sie fand Bilder auf Papier schöner als die Diashow am PC ihres Vaters.

Das letzte Bild war das Hochzeitsfoto. Eine schlichte Braut, schmal und mit großen Augen, in einem weißen Kostüm neben einem sympathischen blonden Mann, der Jannas Gesichtszüge hatte. Marie ähnelte mehr ihrer Mutter, vor allem das dunkle, lockige Haar und die ausdrucksvollen braunen Augen hatte sie von ihr.

»Von uns Kindern gibt es auch ein Album«, rief Janna, die in die Küche gegangen war und gerade zwei Packungen Fischstäbchen aufriss.

Aber Marie und Emily achteten nicht darauf, denn ihre Aufmerksamkeit wurde von etwas anderem gefesselt: dem, was nicht da war: Das Album wies Lücken auf. Etliche Fotos waren nachträglich daraus entfernt worden, es hingen sogar noch Reste des Klebstoffs am Papier. Ein Foto war zur Hälfte abgeschnitten und wieder eingeklebt worden, der Rest zeigte Frau Holtkamp mit ihrer Tochter vor einer blühenden Hecke.

»Ihr Mann fehlt«, stellte Emily fest. »Euer Großvater.«

»Es gibt auch sonst nirgends ein Bild von ihm«, sagte Janna, die wieder ins Zimmer gekommen war, und Emily erkundigte sich: »Wann ist er eigentlich gestorben?«

Janna rechnete: »Mama war neunzehn, als er starb. Demnach war das . . . 1986. Er hatte einen guten Job bei der Bahn. Viel mehr weiß ich nicht von ihm.«

»Er war viel älter als Oma«, sagte Marie. »Mama sagte mal, man hätte ihn oft für ihren Großvater gehalten. Wir haben übrigens auf dem Dachboden einen Zylinder und eine uralte Eisenbahn von ihm gefunden.«

Janna schüttelte den Kopf. »Nein, die Sachen sind nicht von ihrem Mann. Sondern von Omas Vater, das hat sie mir mal erzählt. Auch die Werkbank im Gartenhaus stammt noch von ihm.«

»Dann hat sie also von ihrem Mann nur das Gewehr behalten«, sagte Marie.

Emily fiel etwas ein. »Was ist mit dem Gebiss?«

»Dem – was?«, fragte Janna.

»In ihrer Wäschekommode haben wir ein Gebiss gefunden.«

»Ein Gebiss?«, wiederholte Janna ungläubig. »Wo ist das jetzt?«

»Ich habe es.« Marie sah Emily grimmig von der Seite an.

»Wozu in aller Welt hebst du ein Gebiss auf? Das ist ja eklig.« Janna zog eine Grimasse.

»Wozu hat Oma es aufgehoben?«, fragte Marie zurück.

»Ist doch jetzt egal«, wehrte Emily ab.

Janna wies auf den Wust an Papier: »Hier sind Unterlagen über den Hauskauf. Sie hat es ein paar Monate nach seinem Tod gekauft, als ob sie ein neues Leben anfangen wollte, einen dicken Schlussstrich unter ihr altes ziehen.«

»Sieht ganz so aus«, sagte Emily und sah sich dabei um.

Erst jetzt fiel ihr auf, dass auch hier im Wohnzimmer keine Fotos aufgestellt waren, weder auf dem Kaminsims noch auf den niedrigen Bücherregalen. Emily zog die Nase kraus. »Hier riecht was.«

»Die Fischstäbchen!« Janna rannte in die Küche, wobei sie rief: »Stellt mal Teller auf den Tisch. Moritz, wasch dir die Hände, bitte.«

Wundersamerweise gehorchte Moritz ohne Widerrede.

»Gibt's hier Ketchup?«, wollte Emily wissen.

»Im Kühlschrank«, sagte Janna. »Wozu?«

»Angebrannte Fischstäbchen kriege ich nur mit Ketchup runter«, erklärte Emily, während sie vorsichtig auf den Flaschenboden klopfte. »Scheiße!« Ein Schwall roter Soße hatte sich explosionsartig über die Fischstäbchen ergossen.

»Scheiße sagt man nicht«, quakte Moritz.

»Dann hör nicht hin«, entgegnete Emily muffig.

»Das sieht sehr nach moderner Kunst aus auf deinem Teller«, bemerkte Janna.

»Wo wir gerade von Kunst sprechen: Heute um drei Uhr fängt der Ferienmalkurs an«, erinnerte Emily Marie. »Kommst du mit?«

»Och, nee, ich mag nicht in die Schule, ich hab Ferien«, maulte Marie, ehe sich ihre Miene aufhellte: »Obwohl . . . ich habe da vielleicht eine Idee . . .«

Die Malstunde war eine willkommene Abwechslung für Emily, die in den letzten Tagen kaum zum Zeichnen gekommen war. Frau Kramp hatte kein Thema vorgegeben, man durfte malen oder zeichnen, was man wollte.

Emily versuchte sich an einem Selbstporträt und Marie zeichnete einen Hund. Als Frau Kramp durch die Reihen ging, blieb sie an Maries Tisch stehen und rief erfreut: »Der sieht ja aus wie mein Ringo!«

»Das soll er auch sein.«

»Dann mach die Schnauze etwas länger«, riet die Lehrerin. »Er ist ja kein Mops.«

Nach der Stunde trödelten Marie und Emily absichtlich so lange herum, bis die anderen zwölf Schüler gegangen waren.

»Du kannst wirklich gut zeichnen, Marie«, lobte Frau Kramp. »Man merkt, dass du deine Umwelt genau beobachtest.«

»Äh, danke«, sagte Marie verlegen. »Aber nicht so gut wie Emily.«

»Man kann nicht überall die Beste sein. Was sind denn deine Lieblingsfächer?«

»Mathe und Physik.«

»Endlich mal ein Mädchen, das sich für Naturwissenschaften begeistert.« Frau Kramp verzog das Gesicht und lachte. »Muss ich jetzt sagen – obwohl ich selbst darin eine Niete war.«

»Frau Kramp, wir wollten Sie mal was fragen . . .«

»Nur zu.«

»Unsere Oma ist aus Hamburg zurück und wir haben gemeinsam am Wochenende unseren Dachboden ausgemistet. Dabei sind zwei Bilder aufgetaucht. Meinen Sie, Sie könnten sich die anschauen, was die so wert sind? Wir haben überlegt, ob wir damit zum Flohmarkt gehen könnten.«

»Also, ich bin zwar Kunstlehrerin, aber das macht mich noch nicht zur Schätzexpertin . . .«, wich die Lehrerin aus.

»Aber Sie verstehen mehr davon als wir.«

»Marie, weiß denn deine Oma nicht, was die Bilder wert sind?«, wunderte sich Frau Kramp.

Marie und Emily tauschten einen nervösen Blick, dann schüttelte Marie den Kopf. »Nein. Sie sagt, mein Großvater hätte die schon immer besessen, aber ihr haben sie nicht gefallen, deswegen waren sie die ganze Zeit auf dem Dachboden.«

»Ich verstehe.« Frau Kramp nickte und ihre Ohrringe klimperten. »Na, dann komm ich beim nächsten Hundespaziergang einfach mal vorbei und sehe mir die Kunstwerke an. Ist das eurer Großmutter denn auch recht?«

»Äh, ja, klar«, sagte Marie und klang plötzlich gar nicht mehr begeistert. »Aber Sie müssen nicht extra vorbeikommen. Wir können auch mit den Bildern zu Ihnen kommen.«

»Das wäre viel zu umständlich«, meinte Frau Kramp. »Passt auf, ich drehe heute Abend sowieso meine Runde mit Ringo, dann klingle ich kurz bei euch, einverstanden?«

Marie nickte. »Danke schön«, presste sie hervor.

»Da hat uns meine liebe Schwester ja wieder was Schönes eingebrockt«, schnaubte Janna ärgerlich, während sie die Dielen im Wohnzimmer mit dem Schrubber bearbeitete. »Jetzt können wir die ganze Bude auf Hochglanz bringen, damit die Kramp keinen Verdacht schöpft.«

Emily, die sich mit dem Küchenfenster abmühte, fand, dass das ohnehin längst fällig war, aber sie verkniff sich den Kommentar. Putzen wirkte sich auf Jannas Laune nicht gerade erhellend aus. Im Garten schnurrte der Rasenmäher. Marie arbeitete sich durch das wuchernde Grün, Moritz fegte das liegen gebliebene Gras mit dem Laubrechen zusammen.

»Mist, diese verdammten Streifen gehen einfach nicht weg«, jammerte Emily. »In der Werbung geht das immer ganz leicht. Und diese Fliegenkacke, die zeigen sie da auch nie!«

»Jetzt lass doch die doofen Fenster. Das sieht jetzt nur so

schlimm aus, weil die Sonne draufscheint. Schließlich soll die Kramp die Bilder anschauen, nicht die Fenster kontrollieren. Hoffentlich verquatscht sich Moritz nicht.«

Draußen verstummte der Rasenmäher. Marie stürzte zur Tür herein. »Achtung!«

Janna packte den Putzeimer weg und Emily zog die Gardine vor die Fensterscheibe. Das Zimmer sah gut aus, der Fußboden hatte seine Patina verloren und war um ein paar Nuancen heller geworden. In die Küche durfte man dagegen nicht gehen, dort stapelte sich das schmutzige Geschirr der letzten drei Tage, weil zwischen Marie und Janna ein Machtkampf um das Ausräumen der Spülmaschine tobte.

Janna stellte die Bilder nebeneinander auf das Sofa. Von draußen hörte man Stimmen.

Marie und Moritz spielten mit Ringo Stöckchenwerfen. Frau Kramp lachte dazu.

»Diese Frau hat ein sonniges Gemüt, die findet immer was zu lachen«, sagte Janna und es klang, als würde sie sie darum beneiden.

»Kennst du sie?«

»Ich hatte sie in der Mittelstufe in Sport und in Kunst. In Kunst hat sie mir netterweise noch eine Drei gegeben, obwohl ich wirklich ein völlig hoffnungsloser Fall bin.«

Draußen wurde Ringo neben dem Gartentor im Schatten eines Holunderstrauchs angebunden und Marie führte Frau Kramp ins Wohnzimmer.

»Meine Großmutter lässt sich entschuldigen, sie hat heute ihren Bridgeabend und den versäumt sie nie«, sagte Janna, nachdem sie und Emily die Lehrerin begrüßt hatten.

»War es nicht Rommé?«, fragte Maja Kramp und sah Marie dabei fragend an.

»Nein, Bridge«, sagten Janna und Marie im Chor. Sie hatten sich dieses Mal abgesprochen.

»Bist du die Super-Nanny?«, fragte Moritz, der ungewohnt schüchtern zwischen Tür und Treppe stand und Frau Kramp ansah. Sie hatte ihr Haar heute unter einem türkisfarbenen Tuch versteckt und darunter baumelten große Ohrgehänge mit weißen Steinen.

Frau Kramp lächelte. »Nein, ich bin nicht die Super-Nanny, ich bin die Hunde-Nanny.«

Marie war rot geworden. »Wir drohen ihm manchmal mit der Super-Nanny, wenn er frech ist«, erklärte sie.

»Aha, ich verstehe. Mir hat man mit dem Nikolaus gedroht.« Sie grinste. »Was mir ehrlich gesagt lieber war.« Sie sah sich um. »Warum habt ihr denn die Vorhänge zugezogen? So kann ich schlecht eure Bilder beurteilen.«

Emily schob leise seufzend die Gardine zur Seite. Der Raum badete im Licht der untergehenden Sonne, die Putzstreifen schillerten in allen Farben des Regenbogens. Frau Kramp schaute sich interessiert im Zimmer um. Die Mädchen beobachteten sie nervös. Bis auf den kleinen Makel mit der Fensterscheibe sah der Raum tadellos aus, fand Emily. Sogar als Frau Holtkamp noch gelebt hatte, hatte hier mehr Unordnung geherrscht.

»Dieser alte Sekretär ist sehr schön«, bemerkte Frau Kramp. »Ich habe auch so einen, von meinem Großvater geerbt. Meiner hat sogar ein Geheimfach. Ah, das also sind die Schinken, die ich mir ansehen soll . . .« Sie stand eine Weile mit verschränkten Armen vor dem Sofa und betrachtete lächelnd die Kunstwerke. Schließlich warf sie noch einen Blick auf die Rückseite.

»Und?«, fragte Janna, die es vor Neugier nicht mehr aushielt.

»Ich schätze, die sind so in den Dreißiger-, Vierzigerjahren entstanden.«

»Sind die wertvoll?«

Frau Kramp schüttelte den Kopf und meinte: »Also, ich müsste mich schon schwer täuschen – aber da hat sich ein Amateur versucht. Seht mal, hier . . .« Sie wies auf das Bild mit dem Sonnenaufgang oder -untergang. »Wenn die Sonne von da kommt, müsste der Schatten so fallen. Hat man schon mal einen Schatten gesehen, der um die Ecke fällt? Und da . . .« Sie nahm sich das andere Bild vor. »Dieser Hirsch . . . die Perspektive und die Proportionen stimmen nicht, der ist zu groß im Vergleich zu den Tieren dorthinten. Ich glaube nicht, dass das beabsichtigt war. Aber für die Rahmen könntet ihr durchaus noch fünfzig oder hundert Euro bekommen.«

»Danke«, sagte Marie.

»Tja, das ist die traurige Wahrheit«, meinte Frau Kramp und lachte schon wieder. »Kein Reichtum in Sicht!«

»Wir wollten nur sichergehen, dass wir nicht ein wertvolles Kunstwerk unter Wert verscherbeln«, erklärte Janna und schaute sich suchend um. Ihr Blick flackerte ängstlich auf. »Hey, wo ist Moritz?«

Emily und Marie sahen sich um. Eben war er doch noch im Zimmer gewesen!

»Moritz?«, rief Janna und in ihrer Stimme schwang Panik mit. Keine Antwort. Marie rannte hinaus, Janna hinterher. Moritz kniete im Gras, Nase an Nase mit Ringo und schnitt Grimassen, die den schwarzen Riesen jedoch nur mäßig beeindruckten. Er hechelte und wedelte amüsiert mit dem Schwanz.

»Keine Angst, der tut ihm nichts.« Frau Kramp hatte Jannas erschrockenes Gesicht falsch gedeutet. »Der ist Kinder gewohnt.«

»Haben Sie eigentlich auch welche?«, platzte es aus Emily heraus. Sie hatte ganz vergessen, dass sie mit einer Lehrerin redete. Sie hielt sich die Hand vor den Mund. »Äh, entschuldigen Sie ...«

Frau Kramp schüttelte den Kopf, ihre Miene war ernst geworden. »Du musst dich nicht entschuldigen. Nein, ich ... ich habe keine Kinder.« Für einen Moment sah es so aus, als wollte sie noch etwas sagen, aber dann besann wohl auch sie sich darauf, dass sie ihre Schülerinnen vor sich hatte, und schwieg.

»Es tut mir leid, ich wollte nicht neugierig sein«, sagte Emily.

»Das ist schon in Ordnung«, sagte Frau Kramp und lächelte schon wieder.

Die Woche ging zu Ende und auch das Wochenende verstrich ohne besondere Vorkommnisse. Das Wetter war anhaltend schön, es stellte sich allmählich eine Art Ferienroutine ein. Manchmal vergaß Emily sogar für Stunden, was geschehen war und dass das Leben, das sie zurzeit führten, im Grunde ein Tanz auf einem dünnen Seil war. Vormittags erledigten sie Arbeiten in Haus und Garten und beschäftigten Moritz. Nachmittags, wenn der Junge bei den Ferienspielen war, besuchten Marie und Emily ihren Malkurs und an den freien Tagen gingen sie zum Schwimmen oder lagen im Garten und lasen. Zweimal ging Emily mit Marie joggen, nicht weil ihr das gefiel, sondern damit Marie nicht allein durch die Gegend rennen musste. Aber Marie lief schnell, als wolle sie vor etwas davonlaufen, Emily hatte größte Mühe, mit ihr Schritt zu halten. Deshalb blieb sie beim dritten Mal zu Hause. Marie war nicht enttäuscht. Ganz im Gegenteil, sie blieb fast eine Stunde weg und kam mit einem zufriedenen Ausdruck auf dem Gesicht zurück, auch wenn sie schweißgebadet war.

Am Freitag fuhr Janna mit Axel in die Stadt und kehrte mit

einem Armvoll neuer Klamotten zurück, was einen heftigen Disput zwischen Marie und Janna über die gerechte Aufteilung des Geldes zur Folge hatte. Aber dieses Mal vertrugen sie sich rasch wieder, denn Janna versprach ihrer Schwester, noch vor Schulbeginn mit ihr einkaufen zu fahren. Auch Moritz würde wohl einige Dinge brauchen, wenn die Schule wieder anfing. Aber bis dahin war ja noch viel Zeit.

Den seltsamen Anruf und das Ultimatum hatten die Mädchen zwar nicht vergessen, aber sie maßen ihm inzwischen nicht mehr so viel Bedeutung zu. Auch ihr penetranter Übernachtungsgast erschien ihnen im Nachhinein zwar unverschämt, aber nicht mehr bedrohlich. Dennoch achteten sie darauf, dass immer jemand zu Hause blieb. »Ich habe keine Lust, hier alles durchwühlt vorzufinden«, meinte Janna.

Am Sonntagnachmittag gingen Marie und Emily zum Schwimmen an den Baggersee. Marie wies auf eine Gruppe Jugendlicher: »Hey, da drüben ist der Nackte mit dem Hut, weißt du noch?«

Emily hatte Lennart längst erspäht. »Kann schon sein«, sagte sie und breitete ihre Decke aus.

»Gehen wir ins Wasser?«, fragte Marie.

»Nö, vielleicht später.« Emily nahm ihr Buch aus der Tasche, aber sie konnte sich nicht konzentrieren. Immer wieder musste sie zu ihm hinüberschauen. Lennart war mit einer größeren Clique zusammen, einige davon kannte Emily von Jannas Party. Sie hatten einen Gettoblaster dabei, aus dem *Culche Candela* dröhnte.

»Denk daran: Jungs sind doof und stinken«, sagte Marie, ohne von ihrem Buch aufzusehen.

Emily antwortete nicht. Manchmal war Marie noch ein richtiges Kind!

»Was 'ne Scheißmusik«, knurrte Marie gereizt.

»Hmm«, machte Emily, die die Musik gar nicht wahrgenommen hatte. Minuten verstrichen. Schließlich seufzte Marie genervt auf: »Geh schon rüber, bevor du ihm noch ein Loch in den Hintern starrst!«

Einfach rübergehen? Wie stellte sich Marie das vor? Was sollte sie sagen? »Hallo, Lennart!« Schön. Und dann? Was, wenn er sie lästig fand oder gar peinlich, was, wenn er sie abblitzen ließ vor all den anderen? Noch dazu, wenn sie sich die Mädchen in der Gruppe ansah: Sie waren alle älter als sie, trugen knappe Bikinis, Sonnenbrillen im Haar, flirteten, lachten, rauchten . . .

Nein, nie im Leben würde sie sich vor denen blamieren!

Jetzt, dachte sie eine knappe Viertelstunde später. Das ist deine Chance.

Lennart ging ins Wasser! Allein! Ohne weiter zu überlegen, schnappte sie sich ihr Handtuch und lief zum Ufer.

Ein hohes Kichern hinter ihr ließ sie zusammenschrecken. Drei Mädchen aus Lennarts Clique rannten an ihr vorbei in den See. Sie bespritzten Lennart, der wiederum zurückspritzte und den kreischenden Mädchen nachsetzte, um sie unterzutauchen.

Emily stand verkrampft am Ufer, ehe sie sich einen Ruck gab.

Scheiß auf Lennart, dachte sie und versuchte ihre Enttäuschung herunterzuschlucken. Mit schnellen Schritten lief sie ins Wasser und tauchte tief unter. Das grüne dunkle Nass umfing sie und für einen Moment fühlte sie sich ganz schwerelos.

Mit einem tiefen Luftzug kam sie an die Oberfläche.

»Hallo, van Gogh!«

»Ach, hallo, Lennart. Was machst du denn hier?«

Eine wahnsinnig intelligente Frage, Emily!

»Ich geh schwimmen«, grinste Lennart und ihr war, als hätte er gerade ein »Was denn sonst?« hinuntergeschluckt. Doch immerhin achtete er nicht mehr auf die Blödeleien der Mädchen, die hinter ihm kreischten und winkten.

»Ich wollte gerade zum Floß schwimmen«, sagte Emily schüchtern.

»Wer zuerst da ist!« Er blinzelte ihr zu und tauchte unter.

Seine Züge waren kräftig, aber Emily hatte keine Mühe, ihm zu folgen. Sie konnte ihr Glück noch gar nicht fassen. Er hatte diese Mädels tatsächlich links liegen lassen, nur für sie!

Am Floß legten sie sich auf die warmen Planken und unterhielten sich. Eigentlich redete die meiste Zeit Lennart, aber das war Emily ganz recht.

Sein Leben erschien ihr ohnehin interessanter zu sein als ihres, er hatte jedenfalls viel zu erzählen. Von seinem bevorstehenden Urlaub in Schweden mit seinen Eltern, von der Theatergruppe, von seiner Band. Er spielte Schlagzeug. »Du kannst ja mal kommen, wenn wir auftreten«, sagte er und Emily war froh, dass er dabei auf dem Rücken lag und nicht sah, wie sie vor Freude rot wurde.

»Habt ihr oft Auftritte?«, fragte Emily. Sie sah ihn schon im Scheinwerferlicht auf einer Bühne, unter ihm wogte ein Meer kreischender Groupies . . .

»Geht so. Wir stehen noch am Anfang unserer grandiosen Karriere«, verkündete er. Er setzte sich auf und fuhr sich durch sein nasses Haar. »Sag mal, was ist eigentlich mit Jannas Großmutter los?«, fragte er.

Emily erschrak. »Wieso, was soll mit ihr sein?«

»Es gibt so Gerüchte . . .«

»Was für Gerüchte?«

»Zum Beispiel wundert man sich über Jannas neues Zimmer«, sagte Lennart.

Man? Axel, dachte Emily. Das konnte nur von Axel kommen.

Manche Jungs konnten eben doch bis drei zählen, auch wenn Marie das stets bezweifelte. Drei Kinder – drei Zimmer im ersten Stock. Wo schlief die Großmutter, wenn sie wieder aus dem Krankenhaus kam? Verdammt, es hätte Janna doch klar sein müssen, dass ihre Renovierungsaktion Fragen aufwarf! Und jetzt? Sollte sie Lennart ins Vertrauen ziehen? Er erschien ihr verlässlich und vielleicht hatte er sie mit seiner Andeutung ja warnen wollen. Möglicherweise würden sie einen Verbündeten noch gut gebrauchen können. Aber sie hatte einen Schwur geleistet. Nein, gerade sie konnte nicht mit der Wahrheit herausrücken. Sie würde niemanden verpetzen.

Emily stützte sich auf ihren Ellenbogen und sah Lennart in die Augen. Sie waren hellgrau und meistens lag ein schelmisches Blitzen in ihnen.

»Glaub mir, es ist alles in Ordnung«, sagte sie mit fester Stimme.

»Okay«, sagte Lennart nur und glitt lautlos wie ein Krokodil ins Wasser.

»Das hat aber lang gedauert«, meinte Marie, als Emily mit hochroten Ohren wieder zu ihrem Platz zurückkam.

»Findest du?« Emily war die Zeit überhaupt nicht lang vorgekommen.

»Und? Was ist passiert?«

»Nichts. Man wird sich doch noch mal mit jemandem unterhalten dürfen«, wehrte Emily ab. Sie legte sich auf den Rücken und machte die Augen zu, damit sie Maries spöttisches Grinsen nicht sehen musste.

Lennart . . . Was für ein hübscher Name, was für ein gut aussehender Typ . . . Schlagzeuger, wow! Ach, wenn ich doch wenigstens schon fünfzehn wäre! Fünfzehn klang doch schon fast erwachsen, dachte Emily, während bunte Muster vor ihren geschlossenen Augen tanzten. Zu blöd, dass Lennart morgen mit seinen Eltern nach Schweden fuhr! Es hatte ihr einen richtigen Stich versetzt.

»Halt die Ohren steif«, hatte er vorhin zum Abschied gesagt und sie dabei zart am Ohrläppchen gezogen. Immerhin hatte er ihre Handynummer haben wollen. Sogar auf seine Hand hatte er sie geschrieben.

Vielleicht schickte er eine SMS aus Schweden. Allerdings: Bis er wieder da war, würde auch ihre Zeit bei Marie vorbei sein. Dann war es aus mit dem süßen Leben, dann würde alles wieder komplizierter werden. Sie hörte schon im Geist die tausend Fragen und Einwände ihrer Eltern: Wer ist das? Wie alt ist er? Wo wollt ihr hin . . .? Im Grunde waren Janna und Marie doch zu beneiden um ihr Leben ohne lästige Erwachsene. Emily seufzte. Sie fühlte die Sonnenstrahlen auf ihrem Gesicht, und obwohl sie eben noch ihren fünfzehnten Geburtstag herbeigesehnt hatte, wünschte sie sich nun, die Zeit würde stillstehen.

Auf dem Heimweg schlug Marie vor, an ihrem Baumhaus vorbeizufahren. Emily war einverstanden, obwohl ihr das Baumhaus inzwischen ziemlich egal war. Noch vor drei Wochen hatten sie mit Eifer daran gebaut, aber nun erschien es ihr plötzlich wie ein Relikt aus jener längst vergangenen Zeit.

»Hier war jemand«, sagte Marie kurz darauf und deutete auf eine Zigarettenkippe. Auch eine Bierflasche lag auf den Brettern.

»Meinst du, der Penner von neulich war hier und hat das Haus beobachtet?«, sprach Emily den Gedanken aus, den sie beide hatten.

Vom Baumhaus aus hatte man einen guten Blick über die Felder auf das Häuschen am Bahndamm. Mit einem Fernglas konnte man die Nord- und die Ostseite mit dem Eingang gut einsehen.

»Es können auch andere gewesen sein. Spaziergänger, Jugendliche . . .«, sagte Marie, aber es klang nicht sehr überzeugend.

»Ein Obdachloser würde keine Bierflasche liegen lassen«, kombinierte Emily. »3Da ist Pfand drauf.«

»Falls der Kerl ein Obdachloser war«, sagte Marie und mit einem Mal war dieses ungute Gefühl wieder da, das sie während der letzten Tage so erfolgreich verdrängt hatte.

Ohne sich abzusprechen, kletterten sie die Leiter herunter und machten sich auf den Weg durch den Wald bis zu Frau Holtkamps Grabstätte. Hier war alles in Ordnung, sogar mehr als das: Die Mädchen hatten inzwischen selbst Mühe, den Platz, an dem der Leichnam lag, auf den Meter genau zu bestimmen.

»Schade, dass man nicht einen Stein mit einer Inschrift hinlegen kann«, bedauerte Marie.

In der Nacht von Sonntag auf Montag träumte Emily von Lennart. Sie war mit ihm und seinen Eltern – die Mutter erinnerte an ihre Mathematiklehrerin, der Vater an den Weihnachtsmann – nach Schweden gefahren. Schweden bestand aus Wald und Strand. Aber Lennart beachtete sie gar nicht. Stattdessen stellte seine Mutter Emily vor eine Tafel und gab ihr eine Gleichung mit zwei Unbekannten zu lösen, die sie einfach nicht schaffte. Dabei wusste sie im Traum, dass dies ihre Prüfung war. Ohne das Lösen der Gleichung würde sie nach Hause geschickt werden. Als Lennart gerade am prasselnden Lagerfeuer eine schwedische Blondine abknutschte, erwachte Emily und setzte sich ruckartig auf. Das war ein Fehler, denn Emilys provisorisches Gästebett stand unter der Dachschräge.

Es rumste, als ihr Kopf gegen die Holzverkleidung stieß, und ohne es zu wollen, stöhnte Emily laut: »Aua, verdammt!«

»Was ist denn los?«, tönte es verschlafen aus Maries Ecke.

»Ich hab schlecht geträumt und mir den Kopf gestoßen«, flüsterte Emily.

Marie nahm einen Schluck aus der Wasserflasche, die auf dem Nachtschränkchen stand, und fragte: »Was hast du denn geträumt?«

»Irgendwas von Mathe.«

»Du Ärmste«, kicherte Marie. Dann war es still, die Mädchen versuchten, wieder einzuschlafen. Im Haus knackte es und irgendwo schepperte ein Fensterladen. Draußen musste Wind aufgekommen sein.

»Was war das?«, fragte Marie in das Dunkel.

»Was?«

»Da hat was geknirscht.«

»Hier knirscht doch immer irgendwas«, antwortete Emily.

»Sei doch mal ruhig!«, zischte Marie, aber nun wurde es Emily zu bunt: »Ich bin ruhig. Du redest die ganze Zeit!«

»Pscht!«

Emily schwieg beleidigt, aber dann hörte sie es auch: Das Ächzen der Bodendielen im Erdgeschoss. Kein Zweifel: Dort unten ging jemand.

»Das sind Schritte«, hauchte Marie kaum hörbar und glitt aus ihrem Bett. Emily tastete nach der Taschenlampe, knipste sie kurz an und leuchtete in Maries erschrockenes Gesicht.

Sie rappelte sich auf. »Ich geh mal nachsehen. Bestimmt ist es nur Janna.« Es kam öfter vor, dass Janna tagsüber Diät hielt und nachts über den Kühlschrank herfiel. Emily machte die Lampe wieder aus, ging zur Tür und öffnete sie leise. Sie hätte sich die Mühe sparen können, denn gerade kündigte sich das

Grollen und Rumpeln eines Güterzuges an. Der Lärm schwoll rasch an, der Boden bebte, und obwohl es keinen Sinn machte, wartete Emily den Zug ab, ehe sie sich weiter über den Flur tastete. Sie war im Begriff, den Lichtschalter zu betätigen, als unten das Licht anging. Was Emily sah, ließ ihr Herz aussetzen.

Ein schwarz gekleideter Mann mit einer Kapuze über dem Kopf stand im Wohnzimmer und hielt eine Pistole in der Hand. Der Lauf zeigte auf Janna, die im Schlafanzug und mit einer Tüte Gummibärchen in der Hand vor ihm stand und ihn panisch anstarrte. Jetzt wandte der Mann den Kopf in Emilys Richtung. Sie wich zurück, aber er hatte sie schon entdeckt. »Du da, komm da runter!«

Emily sah nun, dass er keine Kapuze, sondern eine Sturmhaube trug, die nur einen Schlitz für die Augen freiließ.

»Komm da runter, sag ich! Los!«

Emily hatte das Gefühl, vor Angst zu zerspringen. Sie zitterte am ganzen Körper und ihre Knie fühlten sich an, als könnten sie jeden Moment unter ihr einknicken wie Strohhalme. War das die Stimme des Landstreichers, fragte sie sich, während sie widerstrebend und langsam die Treppe hinunterstolperte. Sie war so verstört, sie vermochte es nicht zu sagen. Verängstigt stellte sie sich neben Janna vor das Bücherregal.

Der Mann richtete seinen Augenschlitz wieder auf Janna. »So, Madame, jetzt ist Schluss mit lustig«, kündigte er an. »Her mit dem Bild!«

»Was für ein Bild?« Jannas Stimme klang gehetzt.

»Du willst mich wohl verarschen, was?« Er ging auf sie zu und packte sie am Arm.

»Aua! Loslassen, verdammt!«

Im selben Moment hörte man ein Geräusch. Ein helles Wimmern. Es kam von der Treppe. Der Mann ging mit raschen

Schritten zu der Besenkammer unter der Treppe, deren Tür einen Spalt offen stand. Er bückte sich und zog den jammernden Moritz zwischen den Putzeimern hervor.

»Na, wen haben wir denn da?« Er hielt Moritz mit der freien Hand fest. Der begann sich zu winden und wild zu zappeln, wobei er versuchte, dem Angreifer gegen das Schienbein zu treten.

»Lass das!«, herrschte der Mann ihn an. Er hielt ihn vor seinem Körper, presste ihm seinen linken Unterarm gegen den Hals und den Lauf der Pistole gegen die Schläfe des Jungen. Der wagte vor lauter Angst nicht mehr, sich zu bewegen.

»Lassen Sie ihn los!«, kreischte Janna.

»Ich werde ihm den Kopf wegpusten, wenn du mir nicht auf der Stelle sagst, wo das Bild ist.«

»Welches Bild denn?«, rief Janna verzweifelt.

Moritz gab einen erstickten Laut von sich und zerrte am Unterarm des Mannes, der ihm offenbar die Luft abschnürte.

»Lassen Sie ihn los und legen Sie die Waffe weg«, ertönte eine schrille Stimme von oben. Der Mann hob den Kopf und schaute direkt in die Läufe der Schrotflinte. Doch anstatt der Aufforderung nachzukommen, schob der Mann den Schlitten der Pistole zurück und erwiderte: »Wenn du nicht sofort das Ding weglegst, stirbt dein Bruder.«

Emily fühlte, wie alles vor ihren Augen verschwamm. Die Stimme des Mannes klang so, als ob er es ernst meinte. Als ob er tatsächlich seine Drohung wahr machen würde.

»Ich zähle bis drei«, kam es nun von dem Fremden.

»Eins, zwei . . . drei . . .«

Ein Schuss ließ das Zimmer explodieren.

Emily sah, wie der Mann zwei Meter durch die Luft geschleudert wurde und zwischen dem Sessel und dem Bücherregal aufschlug. Im selben Moment hatte sich Janna auf Moritz gestürzt, die beiden lagen am Boden, Moritz weinte und Janna sagte immerzu: »Bist du okay, bist du okay?«

Dies hörte Emily nur leise, wie durch einen Berg Watte gedämpft. Sie wagte einen Blick hinter den Sessel, schaute aber sofort wieder weg. Dennoch, das Bild, was sich ihr bot, würde sie nie vergessen.

Die Maske war völlig zerfetzt – die Schrotsalve hatte den Mann voll getroffen. Noch nie in ihrem Leben hatte Emily etwas so Grauenhaftes gesehen.

Marie kam langsam die Treppe herunter, Schritt für Schritt, als würde sie schlafwandeln. Emily wollte sie vor dem Anblick warnen, brachte aber keinen Laut über die Lippen. Sie fühlte sich, als ob alles in Zeitlupe ablief, als ob das, was Marie getan hatte, alles zum Stillstand gebracht hatte.

Auf dem Fußboden breitete sich eine Blutlache aus. Auch auf den Büchern und an der Wand über dem Regal bis hinauf zur Decke sah man Spritzer. Die Pistole war dem Mann aus der Hand gefallen, sie lag unter dem Schreibtisch.

Janna rappelte sich auf und brachte den schluchzenden Moritz in die Küche. Marie hatte die Flinte auf den Treppenabsatz gelegt und sich danebengesetzt. Sie sah aus wie immer, nur ihr Blick war nach innen gerichtet, als fragte sie sich, was eigentlich passiert war.

Emily griff unwillkürlich nach der Pistole und legte sie in eines der oberen Regale. Immer mehr Blut floss nun immer rascher über den Fußboden, es war geradezu erstaunlich, wie viel Blut sich in einem Menschen befand.

Plötzlich stand Marie neben Emily. »Wir müssen ihn auf den Teppich legen und rausschaffen«, sagte sie mit rauer Stimme.

»Ich kann den nicht anfassen«, schrie Emily völlig außer sich.

Marie sah sie an. »Bitte«, sagte sie und ihre Stimme zitterte kaum hörbar. »Bitte, Emily. Hilf mir.« Emily spürte, mehr als sie sah, wie Marie schwankte. Sie trat vor und nahm ihre Freundin fest in die Arme. »Ist ja gut, ich helfe dir«, flüsterte sie.

Marie löste sich von ihrer Freundin. Ihr Blick war klar, sie hatte sich wieder im Griff.

Im Nachhinein wusste Emily nicht mehr, woher sie die Kraft und die Überwindung genommen hatten. Vermutlich stand nicht nur Marie, sondern auch sie selbst unter Schock, vielleicht trug die extreme Situation dazu bei, Skrupel auf später zu verschieben und verborgene Kräfte zu mobilisieren. Zuerst zogen sie ihre Gummistiefel an, dann zogen sie den Teppich unter dem Couchtisch hervor und wateten damit durch das Blut zu dem Leichnam. Sie zerrten ihn auf den Teppich. Emily bemühte sich, den grässlich zugerichteten Kopf des Toten dabei nicht anzusehen, was nicht gelang.

Anschließend ließ Janna ihren kleinen Bruder für einen Augenblick allein in der Küche und half den beiden, den Körper aus dem Haus zu tragen und auf die Schubkarre zu laden. Sie schoben sie bis hinter den Holzschuppen. Als sie durch den Garten gingen, dachte Emily daran, wie sich die Ereignisse auf grausame Weise wiederholten.

Moritz hatte sich inzwischen wieder beruhigt, nachdem alle drei Mädchen ihm versichert hatten, dass der böse Mann nie mehr zurückkehren würde. Diese Auskunft zauberte sogar ein freudiges Grinsen auf sein Gesicht.

»Hat Marie den bösen Mann totgeschossen?«

»Ja«, bestätigte Janna.

»Cool«, meinte Moritz und schon im nächsten Moment hatte er wieder andere Sorgen: »Meine Ohren«, jammerte er. »Die brummen so!«

»Meine auch. Das kommt von dem Knall. Das hört bald wieder auf«, versprach Janna.

Janna kochte Tee, eine Kanne nach der anderen, und obwohl die Nacht lau war, saßen sie zitternd am Küchentisch. Schließlich schlief Moritz in Jannas Arm ein und sie schleppte ihn nach oben in sein Bett.

»Hoffentlich erzählt er das morgen nicht herum.« Emily vergrub ihr Gesicht in den Händen.

Janna schüttelte den Kopf. »Wenn dir ein Siebenjähriger erzählt, dass seine Schwester den bösen schwarzen Mann erschossen hat, was würdest du denken?«

»Dass die beiden zu viele Killerspiele am Computer spielen«, antwortete Emily und brachte sogar so etwas wie ein Lächeln zustande.

»Eben. Je grotesker die Wahrheit ist, desto weniger wird sie geglaubt.«

Marie schwieg.

Dann standen alle drei im Wohnzimmer vor der Blutlache, aus der heraus Fußspuren durchs ganze Zimmer führten.

»Ich habe vergessen, dass das Ding geladen ist«, sagte Marie und plötzlich klang ihre Stimme ganz kindlich. »Ich . . . da war noch die letzte Patrone von Emily im Lauf. Ich hätte das nicht vergessen dürfen. Was, wenn ich Moritz getroffen hätte?«

Janna packte ihre Schwester bei den Schultern. »Es ist ihm aber nichts passiert, Marie«, sagte sie beschwörend. »Du hast Moritz das Leben gerettet. Ich hab die Augen von diesem Typen gesehen. Der hätte vielleicht wirklich . . .« Sie schluckte. »Ich hatte eine Scheißangst, dass er schießt.«

»Ich auch.« Emily nickte.

Marie sah von einem zum anderen, dann drehte sie sich wortlos um und holte Eimer und Schrubber. Emily und Janna beeilten sich, ihr zu helfen, und so putzten sie über eine Stunde. Die Bücher, die am meisten abbekommen hatten, verbrannten sie gleich im Kamin. In der Wärme, die dadurch entstand, wurde der klebrig-süßliche Blutgeruch noch intensiver. Janna musste während des Putzens zweimal in den Garten hinaus, um sich zu übergeben, aber sie arbeitete danach klaglos weiter. Auch Emily wurde von Zeit zu Zeit übel, dann ging sie ein paar Minuten vor die Tür und atmete die klare Nachtluft ein. Nur Marie wischte ruhig und systematisch den Boden, wrang den blutigen Lappen aus und trug den Eimer, wenn er voll war, hinaus und entleerte ihn über dem Gully. Doch sie sagte die ganze Zeit kein einziges Wort.

Als der Morgen graute, war das Wohnzimmer wieder einigermaßen sauber, nur auf den Dielen vor dem Bücherregal blieb ein dunkler Fleck zurück.

»Das trocknet raus«, meinte Janna. »Und wenn nicht, dann legen wir den Teppich aus meinem Zimmer drüber.« Sie streckte sich – ihre Gelenke knackten hörbar – und ging zum Fenster hinüber. »Was machen wir mit dem Auto?«, fragte sie.

»Welches Auto?«, wollte Emily wissen.

»Hinter der Schranke steht ein schwarzer Golf.«

»Am besten in einer Gegend abstellen, wo er sofort geklaut wird«, lautete Emilys Vorschlag. »Fragt sich nur, wer den Wagen fährt.«

»Ich«, sagte Janna.

»Du hast doch gar keinen Führerschein.«

»Das heißt nicht, dass ich nicht fahren kann.«

»Wir suchen den Autoschlüssel und stellen ihn erst mal in die Garage«, schlug Marie vor. Es war das erste Mal seit Stunden, dass sie wieder etwas sagte. Ihre Stimme klang fest, sie schien sich wieder etwas gefangen zu haben.

Janna parkte den Fiesta aus und zu ihrer aller Erstaunen übernahm Marie es, den Toten in der Schubkarre zu durchsuchen. Der Schlüssel steckte in seiner Hosentasche, es war ein Mietwagen, wie das Schild am Schlüsselbund verriet. Janna fuhr den Wagen in die kleine Blechgarage hinter dem Haus und schloss das Tor ab.

Der Himmel im Osten färbte sich rot, es war inzwischen fünf Uhr und schon taghell. Doch keines der Mädchen wollte schlafen gehen, alle hatten Angst vor ihren Träumen. Janna kochte eine Kanne Kaffee.

»Schaut mal.« Marie hatte in der Jacke des Toten nicht nur den Autoschlüssel, sondern auch dessen Handy – leider ausgeschaltet – und eine Schlüsselkarte vom Hotel Maritim in Hannover gefunden. »Er kommt gar nicht von hier.«

»Wenn wir nur wüssten, was für ein Bild der haben wollte«, grübelte Emily. »Wenn einer extra deswegen hierherkommt und ins Hotel zieht, dann muss es doch ziemlich wertvoll sein, oder?«

»Bild hin oder her. Wir müssen erst einmal überlegen, was wir mit der . . . mit dem Toten machen«, sagte Janna. Sie rieb sich über die Stirn. »Ich fürchte, wir haben nicht viel Auswahl.«

Marie sah sie stumm an und nickte.

Da erst begriff auch Emily.

»Heißt das, wir müssen schon wieder eine Leiche verbuddeln?«

Moritz erwachte gegen Mittag. Er schien die nächtlichen Ereignisse gut verdaut zu haben, jedenfalls sah er keinen Grund, nicht zu seinen Ferienspielen zu gehen. Emily bot sich an, ihn hinzubringen. Sie verspürte den dringenden Wunsch, das Haus, in dem sich während der letzten Stunden so viel Schreckliches abgespielt hatte, für eine Weile zu verlassen.

Sie machte sich Sorgen um Marie, doch die war für sich geblieben, und als Emily gefragt hatte, ob alles in Ordnung sei, hatte sie sich noch mehr zurückgezogen. Gleich darauf hatte sie ihre Laufschuhe angezogen und war joggen gegangen.

Moritz und Emily waren zu früh dran und Emily hielt vor dem Eiscafé und kaufte für sich und Moritz ein Eis in der Waffel. Sie aßen es auf der Bank, die vor dem Eingang der Grundschule stand.

Lara liebt Daniel war zwischen allerlei Obszönitäten in das Holz geritzt worden.

Lennart! Wärst du doch nur hier, dachte Emily unwillkürlich. Ich brauche jemanden. Nein, nicht jemanden. Dich!

»Sag mal, Moritz, dieser Mann von heute Nacht, war das der böse Mann, von dem du dauernd erzählst?«

»Hmm.«

»Ich meine, hast du den vorher schon mal gesehen?«

»Hmm.«

»Wann denn?«

»Mit Oma.«

»Denselben Mann?«

Seine Zunge pflügte durch das Zitroneneis.

»Ja.«

»Aber der hatte doch so ein schwarzes Ding auf dem Kopf. Wie kannst du ihn dann wiedererkennen?«

»Der hat so geredet.« Moritz lutschte gelangweilt an seiner Waffel.

»Du hast ihn also an der Stimme erkannt?«

»Ja.«

»Also ist der Mann schon mal hier gewesen und hat mit Oma geredet.« Emily versuchte möglichst beiläufig zu klingen, aber Moritz roch den Braten.

»Krieg ich noch ein Eis?«

»Du kriegst morgen wieder eins, ja?«

»Schwör's?«

»Ich schwöre.«

»Zwei Kugeln!«

Kleine Mistkröte! »Von mir aus. Also: Der Mann hat mit deiner Oma geredet?«

»Hmm.«

»Wann war das?«

Moritz schaute einer Frau nach, die einen fetten Dackel Gassi führte. Er ließ gelangweilt die Beine baumeln. »Weiß nicht.«

»War es an dem Tag, an dem sie . . . im Garten . . .«

Moritz nickte.

»Und wo war da der Mann?«

»Zuerst war er draußen, aber dann ist der reingekommen.«

»In den Garten? Oder ins Haus?«

»In den Garten.«

Emily holte tief Atem: »Was hat der Mann zu deiner Oma gesagt?«

»Weiß nicht.«

»Aber du hast doch gerade gesagt, du hättest seine Stimme erkannt!« Ohne es zu wollen, war Emily ungeduldig geworden.

»Die haben so komische Sachen gesagt«, verteidigte sich Moritz und zog eine missmutige Schnute.

»Haben sie vielleicht von einem Bild geredet?«

»Weiß ich nicht.« Moritz wirkte nun sehr genervt.

»Schon gut, Moritz.« Emily wünschte, sie hätte Ahnung, wie man das Verhör eines Siebenjährigen anging, um möglichst viel aus ihm herauszubekommen.

»Oma war stinkesauer«, fiel Moritz nun ein.

»Hat sie ihn angebrüllt?«

»Nein, sie hat so ganz, ganz leise mit ihm geredet, aber ihre Augen waren dabei furchtbar böse.«

»Aber du weißt nicht, was sie gesagt hat?«

»Nö.«

Emily dachte kurz über das Gehörte nach, dann fragte sie: »Warum hast du vor diesem Mann eigentlich die ganze Zeit so Angst gehabt?«

»Weil der Oma so gepackt hat. Halt mal mein Eis.« Emily nahm widerstrebend die tropfende Waffel und ließ sich von seinen eisverschmierten Händen an der Schulter packen und schütteln.

»Okay, es reicht, ich hab's verstanden.« Sie gab ihm sein Eis zurück. Die Waffel war komplett durchgeweicht, das Eis lief auf die Straße. »Und was war dann?«

»Oma hat geflucht und Scheißekerl gesagt«, verriet Moritz grinsend.

»Scheißkerl«, verbesserte Emily. »Und dann?«

»Dann ist der wieder weg.«

»Mit einem Auto? Mann, iss doch mal dein Eis auf, du saust ja alles voll!«

»Ja. Ein fwarfer Golf«, präzisierte Moritz, den Mund voller Waffel.

Emily schüttelte den Kopf. Typisch Junge! Sonst nichts raffen, aber sich an die Automarke erinnern!

»Und weiter?«

»Dann ist Oma wieder zu den Beeren gegangen und dann ist sie umgefallen«, sagte Moritz. »Und dann habe ich Janna geholt, weil Oma nicht mehr aufgestanden ist. Weil sie nämlich tot war«, fügte er hinzu, als wüsste Emily das nicht. Emily zog nun ihren Trumpf aus der Hosentasche. Vorhin war ihr die Idee gekommen und sie hatte aus dem Gedächtnis eine Zeichnung des angeblichen Obdachlosen angefertigt. Sie hatte ihn einmal mit und einmal ohne seine Bartstoppeln gemalt.

»Schau mal, Moritz. War das der Mann? Oder das?«

Moritz beugte sich über die Zeichnungen. Dann tippte er auf die ohne Bart. »Der da.«

»Das ist der Mann, der am Zaun gewesen ist?«

Moritz nickte und stand auf.

»Warte mal«, rief Emily. »In der Nacht, nachdem das mit deiner Oma passiert ist – da hast du dich doch unter der Treppe versteckt, weißt du noch?«

»Ja.«

»War da dieser Mann auch schon im Haus?«

Moritz nickte.

»Hast du ihn gesehen?«, forschte Emily.

Moritz biss sich auf die Unterlippe und sagte verlegen: »Das hat so laut geknackt.«

»Du hast also nur Geräusche gehört und gedacht, der Mann kommt wieder.«

»Ja«, gestand Moritz.

Eine Gruppe Mütter mit kleinen Kindern näherte sich und Moritz, offenbar froh, dem Verhör zu entkommen, rannte ihnen mit lautem Gebrüll entgegen. Emily stand ebenfalls auf.

Die Kirchturmuhr schlug zwei Uhr. Sie musste sich beeilen. Der Ferienmalkurs bei Frau Kramp begann um drei und Emily sehnte den Unterricht geradezu herbei. Er war ein Stück Normalität in all dem Chaos, etwas, das nichts mit toten Menschen zu tun hatte.

»Was habt ihr denn vor?« Janna und Marie standen abfahrbereit neben ihren Rädern. An Jannas Lenker hing die große Badetasche, aus der zwei Holzstiele lugten. Außerdem erkannte

Emily eine Thermoskanne, zwei Flaschen Cola, Chips und Pappteller. Auf dem Gepäckträger von Maries Rad klemmte die große Badedecke.

»Was wird das? Ein Totengräber-Picknick?«, fragte Emily fassungslos.

»Wir bereiten nur die Grube vor«, antwortete Janna. »Ich sehe nicht ein, warum wir uns dafür wieder die ganze Nacht um die Ohren schlagen müssen.«

»Das ist unsere Tarnung«, erklärte Marie. »Wenn jemand vorbeikommt, ziehen wir die Decke über das Loch und legen die Pappteller drauf, kapiert?«

»Ah ja.«

»Dann reicht es nämlich auch, wenn heute Nacht zwei von uns mit der Schubkarre in den Wald fahren. So müssen wir Moritz nicht wieder alleine lassen.« Sie zögerte einen Moment. »Kommst du nun mit?«

Emily dachte nur einen winzigen Moment an den Malkurs, an das Stück Normalität, das sie herbeigesehnt hatte. Dann nickte sie. »Ich komm mit euch«, sagte sie, obwohl sie schon beim Gedanken an die Buddelei Muskelkater bekam. Aber sie wollte die beiden jetzt nicht im Stich lassen. Insgeheim hoffte sie, dass sie diejenige sein würde, die heute Nacht bei Moritz bleiben durfte.

So war es auch. Gegen Mitternacht sah Emily den Schwestern nach, wie sie im Schutz der Dunkelheit die Schubkarre mit der in den Teppich gewickelten Leiche durch den Garten schoben. Dieses Mal schien der Mond vom Himmel und setzte die Szene in ein silbriges Licht. Das Grab war vorbereitet, tief und dunkel wartete es im Wald. Zwei Stunden hatten sie gebraucht, um es auszuschaufeln. Diesmal hatten sie eine günstige Stelle ausgesucht, in einer Senke mit feuchtem Boden, was das Graben sehr erleichtert hatte.

»Übung macht den Meister«, hatte Marie lapidar festgestellt und Emily war völlig fassungslos gewesen über die eiserne Beherrschung, die Marie an den Tag legte. Sie schien die Tatsache einfach wegzustecken, dass sie vor wenigen Stunden einen Menschen erschossen hatte. Oder verdrängte sie das, was geschehen war? Emily dachte an den Nachmittag, als Marie ihre Fragen einfach ignoriert hatte und joggen gegangen war. Lief sie vor dem, was geschehen war, davon? Vielleicht würden die Nachwirkungen der Ereignisse erst später über sie hereinbrechen – und dann womöglich umso heftiger?

Emily wünschte sich sehnlichst, einen Weg zu finden, ihrer Freundin zu helfen, doch ihr fiel nichts ein.

Ganz im Gegenteil – ein paarmal an diesem Nachmittag hatte sie sich dabei ertappt, wie sie die Tage bis zum Ende ihres Aufenthaltes in Außerhalb 5 zählte. Gut die Hälfte davon war inzwischen vorüber, etwas mehr als zwei Wochen. Es kam ihr vor, als wären zwei Jahre vergangen. Wenn ihre Eltern zurückkamen, würden sie eine andere Emily vorfinden.

Nachdem Marie und Janna in der Dunkelheit verschwunden waren, versuchte Emily, ihre Gedanken zu ordnen. Am besten konnte sie Marie helfen, wenn sie herausbekam, was dieser Fremde überhaupt von den Schwestern gewollt hatte!

Was sie heute Nachmittag von Moritz erfahren hatte, war ein wichtiges Stück in dem ganzen Puzzle.

Nun musste sie die Dinge nur in die richtige Reihenfolge bringen.

Okay, was hatte sie?

Dieser »böse Mann« besucht Frau Holtkamp an jenem Nachmittag und bedrängt oder bedroht sie wegen des ominösen Bildes. Darüber regt sich Frau Holtkamp so auf, dass ihr Herz nicht mehr mitmacht. Tage danach schleicht sich dieser Mann als Obdachloser ins Haus ein. Warum? In der Hoffnung, das Bild dort zu finden? Um herauszukriegen, was mit Frau Holtkamp los ist, von der er seit über einer Woche nichts gehört oder gesehen hat? Vielleicht war am Tag zuvor ein erstes Ultimatum abgelaufen, gut möglich. Hat er gewusst, dass Frau Holtkamp tot ist? Nicht mit Sicherheit, aber zumindest muss er beobachtet haben, dass sie nicht da ist, überlegte Emily. In Gegenwart von Frau Holtkamp hätte er diese Obdachlosen-Nummer ja nicht abziehen können. Spätestens nach diesem Besuch ist ihm klar, dass etwas nicht stimmt. Er ruft an, Janna meldet sich mit verstellter Stimme. Vielleicht durchschaut er ihren Telefontrick, vielleicht denkt er aber auch, Frau Holtkamp sei wieder da. Jedenfalls stellt er erneut ein Ultimatum. Tage vergehen, die Frist verstreicht, nichts passiert. Er weiß nicht, was los ist, und will noch einmal ins Haus und nach dem Bild suchen. Er beobachtet das Haus – vielleicht sogar vom Baumhaus aus – und wartet auf eine Gelegenheit. Aber die kommt nicht, denn einer von uns ist immer hier. Also bricht er nachts ins Haus ein . . .

So weit, so gut. Doch es blieben noch so viele Fragen offen: Wer war dieser Mann, dessen Leiche Marie und Janna gerade vergruben? Und um was für ein Bild ging es, wie wertvoll mochte es sein? Woher hatte Frau Holtkamp es, gehörte es ihr, hatte sie es selbst gestohlen? Aber die wichtigste Frage lautete: Wo zum Teufel war dieses Bild?

Janna stand vor dem Spiegel. Sie hatte ihr Haar hochgesteckt, die Augen stark geschminkt und die Lippen bemalt. Dazu trug sie einen engen, kurzen Rock, einen Blazer und hochhackige Schuhe. »Sehe ich erwachsen aus?«

»Ich finde schon«, sagte Emily.

»Du könntest beim Grand Prix für Georgien oder die Ukraine antreten«, lautete Maries Kommentar zur Aufmachung ihrer Schwester.

Janna verdrehte die Augen, dieselte sich mit einem süßlich riechenden Parfum ein und stöckelte davon. Sie schloss das Garagentor auf und setzte sich hinter das Steuer des schwarzen Golf.

»Viel Erfolg«, wünschte Emily. »Und keine Polizeikontrolle.«

Etwas ruckartig fuhr Janna an, würgte zweimal den Motor ab, aber die Kurve in den Feldweg nahm sie schon recht flüssig.

»Wenn das mal gut geht«, murmelte Marie.

»Wo hat sie Autofahren gelernt?«, wollte Emily wissen, als der Leihwagen außer Sicht war.

»Frag lieber nicht«, sagte Marie, erklärte aber dann: »Ein Exfreund von ihr musste mal in den Knast, weil er immer wieder Autos geklaut hatte.«

Auch Emily zog es vor, dieses Thema nicht zu vertiefen, aber sie fragte Marie: »Was meintest du vorhin mit: beim Grand Prix auftreten?«

»Dass sie aussieht wie eine osteuropäische Edelprostituierte.«

Emily schüttelte den Kopf. »Wer dich zur Schwester hat, der braucht wirklich keine Feinde mehr.«

Nach dem Abendessen setzten sie Moritz vor den Fernseher, wo CSI Miami lief, was Moritz zwar nur ansatzweise verstand, aber trotzdem liebte, seitdem Frau Holtkamps strikte Fernsehregeln gelockert worden waren.

Marie und Emily saßen in der Küche, als Janna endlich zurückkam. Sie sah völlig erschöpft aus.

»Wo hast du das Auto stehen lassen?«, erkundigte sich Marie.

»In der Nähe der S-Bahn-Station Hannover-Linden.« Janna goss sich ein Glas Wasser ein und trank es in einem Zug aus. »Ich wollte es nicht riskieren, bis in die Innenstadt zu fahren. Am Ende wäre noch irgendein Idiot in mich reingekracht und wir hätten die Bescherung gehabt.«

»Aber warum hast du so ewig gebraucht?« Emily sah auf die Uhr. Janna war über vier Stunden weg gewesen. Sie hatten sich richtig Sorgen gemacht.

»Ich war in seinem Hotelzimmer«, sagte Janna und hielt die Schlüsselkarte vom Maritim, die Marie gefunden hatte, triumphierend in die Höhe. »Ich wollte nachsehen, ob dort noch irgendwelche Hinweise rumliegen, die zu uns führen könnten. Und rauskriegen, wer er war.«

Marie starrte sie an und für einen Moment stahl sich so etwas wie Bewunderung für ihre ältere Schwester in ihr Gesicht.

»Und du bist so ohne Weiteres in das Hotelzimmer reingekommen?«, wollte Emily nun wissen.

»Ja, klar.«

»Wie hast du sein Zimmer gefunden? Es stand doch keine Nummer auf der Karte, oder?«

»Ich habe einfach alle Türen durchprobiert«, erwiderte Janna schlicht.

»Du lieber Himmel!«

»Immer wenn der Flur leer war, habe ich probiert. Einmal wollte mir ein Gast sogar helfen, da habe ich so getan, als hätte ich mich im Stockwerk geirrt. Zum Glück kann ich ja ein wenig schauspielern«, stellte Janna fest und warf eitel ihr Haar zurück. »Bei der dreißigsten oder so hat es dann geklappt.«

»Und hast du was gefunden?«, fragte Emily.

Marie nickte ungeduldig. »Zeig schon her!«

Janna legte eine Brieftasche auf den Tisch. Vorne steckten

zwei Kreditkarten, ein uralter grauer Führerschein und ein deutscher Reisepass.

»Den kennen wir doch«, meinte Emily nach einem Blick auf das Foto des Mannes. »Das ist der Penner! Nur viel jünger, ohne Bart und mit bravem Seitenscheitel.«

»Konstantin Hermann Reschke, geboren am 17. August 1968 in Herne«, las Emily vor. »Sagt euch dieser Name etwas?«

Janna schüttelte den Kopf, ebenso Marie.

Emily nahm den Reisepass, kniff die Augen zusammen und las die Adresse vor: »Av. Apoquindo 102, 3349001 Conceptión, Chile.«

»Chile?«, staunte Marie.

»Chile«, bestätigte Janna, die die Brieftasche natürlich schon auf der Heimfahrt in der S-Bahn genauer inspiziert hatte. Sie kramte nun die Zettel aus dem hinteren Fach. Kassenquittungen von Läden, deren Namen spanisch klangen, Fahrscheine für öffentliche Verkehrsmittel und ein Flugticket, ausgestellt auf den Namen Konstantin Reschke, gültig für einen Flug von Frankfurt nach Santiago de Chile für Dienstag, den 22. Juli.

»Also heute«, sagte Janna. »Deshalb hatte er es so eilig mit dem Bild.«

Hinter dem Flugticket klebte ein Abschnitt des Tickets für den Hinflug von Santiago de Chile nach Frankfurt mit dem Datum 1. Juli.

»Eure Großmutter starb am dritten Juli«, erinnerte Emily. »Also hat Moritz wirklich nicht gelogen mit seiner Geschichte vom bösen Mann.« Emily hatte Marie in der Zwischenzeit von ihrem Gespräch mit Moritz erzählt und sie weihten nun mit knappen Sätzen Janna ein.

»Dann hat dieser Kerl sie umgebracht!«, bemerkte Janna finster. Sie sah ihre jüngere Schwester an. »Jetzt brauchst du dir wirklich keine Vorwürfe mehr zu machen, Marie. Auge um Auge, Zahn um Zahn.«

»Du musst mich nicht ständig rechtfertigen, ich komm schon damit klar«, fauchte Marie und sah abwechselnd Emily und Janna wütend an. »Und ihr müsst mich auch nicht ständig so anschauen, als ob ich ein Monster wäre, nur weil ich nicht rumheule und keinen Nervenzusammenbruch kriege! Es hat mir keinen Spaß gemacht, den Typen zu erschießen, aber es ist sich nun mal geschehen, basta!« Marie schlug mit der Faust auf den Tisch.

»Schon gut, komm wieder runter«, sagte Janna. Für einen Moment herrschte betretenes Schweigen, ehe Janna eine Fotovisitenkarte in die Höhe hielt. »Ob das seine Freundin ist?«, fragte sie und grinste in die Runde.

Das Foto auf der Karte zeigte eine Dame mit nicht gerade übermäßig intelligentem Gesichtsausdruck – hängende Lider, offener Mund – und ballonartig aufgedunsenen Brüsten. Darunter standen eine Telefonnummer und Angaben zur Person: »Lizzy, total versaut.«

Die Mädchen kicherten und Emily war Janna dankbar, dass sie die Situation gerettet hatte.

»So, und jetzt wird's interessant«, verkündete Janna und zog einen Umschlag aus ihrer Handtasche, wobei sie berichtete: »Der hier war im Safe des Zimmers. Der Safe war natürlich zu, aber ich habe mal probehalber das Geburtsdatum aus dem Pass eingetippt – und schon ist er aufgesprungen. Manche Menschen sind ja so fantasielos . . .« Janna schüttelte den Kopf, während aus dem Umschlag eine große Schwarz-Weiß-Fotografie fiel. »Das muss das Bild sein, um das es geht.«

Es war die Fotografie eines Gemäldes. Es zeigte eine hockende Männergestalt, die etwas Trauriges, Einsames ausstrahlte.

»Sonst war nichts dabei?«, fragte Marie.

»Nein. Ich finde, es sieht ein bisschen aus wie die berühmten Impressionisten«, sagte Janna. »Monet, Renoir oder so in der Richtung.«

»Das kenne ich doch irgendwoher!«, rief Emily.

»Was? Wirklich?« Plötzlich sah sich Emily im Mittelpunkt größter Aufmerksamkeit.

»Wartet!« Aber Marie und Janna dachten nicht daran, sie folgten Emily, die die Treppe hinaufgerannt war. Das Getrampel machte Moritz aufmerksam, er hob neugierig den Kopf, aber Janna rief ihm zu. »Wir müssen nur was für die Schule machen.«

Emily raste in Maries Zimmer und öffnete Frau Holtkamps Nachtschränkchen, das nun neben Maries Bett stand.

»Was suchst du denn da drin?«, protestierte Marie, aber Emily öffnete, ohne zu antworten, die Schublade, in der Marie eine Taschenlampe, eine Packung Papiertaschentücher, die Pistole des toten Herrn Reschke, etliche Haarspangen und ein Fläschchen Nagellack aufbewahrte.

»Hier ist mein rosa Lack, den ich schon die ganze Zeit suche!«, ereiferte sich Janna.

Emilys Finger wanderten ganz nach hinten in die Schublade. Der Umschlag war noch da! Sie zog ihn heraus und griff nach der Fotografie.

Janna hielt das andere Foto daneben.

Und tatsächlich – es war dasselbe Bild, nur dass Frau Holtkamps Foto farbig war – wenn auch mit Rotstich. Trotzdem erkannte man, dass das Bild in blauen und blaugrünen Tönen gehalten war.

»Hast du eine Lupe?«, fragte Emily. Marie kramte in ihrem Schreibtisch und kam einen Moment später zurück. »Hier«, sagte sie.

Ihre Aufregung war fast mit Händen greifbar.

Auch Janna trommelte mit den Fingernägeln auf den Türrahmen. »Was . . . was ist denn nun?« Emily studierte das Bild durch die Lupe. »Kann ich mal ins Internet?«, fragte sie dann. »Klar.«

Ungeduldig warteten sie, bis Janna in ihrem Zimmer den Computer hochgefahren hatte. Emily setzte sich vor den Bildschirm, klickte sich eine Weile durch die Suchmaschinen, dann drehte sie sich um und sagte: »Das ist ein Picasso.«

Janna tippte sich an die Stirn. »Und ich bin Heidi Klum.«

Aber Emily ließ sich nicht beirren. »Nimm mal die Lupe, schau die Signatur auf den Fotos an und vergleiche sie mit der Signatur auf denen.« Sie deutete auf die Abbildungen von Picasso-Gemälden, die sie im Internet gefunden hatte.

Janna und Marie starrten abwechselnd durch die Lupe und auf den Bildschirm.

»Aber der malt doch sonst immer so eckig und verschoben!«, meinte Janna. »Da hat sich jemand einen Scherz erlaubt und die Signatur gefälscht.«

»Nur in seiner kubistischen Periode malte er so eckig«, erklärte Emily. »Dieses Bild ist älter, es gehört wahrscheinlich zur blauen Periode. Da, hier steht es: Die dauerte etwa von 1901 bis 1905. Durch den Selbstmord eines Freundes war er bedrückt und malte schwermütige, impressionistisch angehauchte Bilder in Blau. Dann lernte er eine neue Frau kennen und es folgte die rosa Periode. Hier, schaut her.« Sie tippte Picasso und blaue Periode in die Suchmaske und ließ sich erneut die Bilder anzeigen.

»Du hast recht, die sind ähnlich«, bestätigte Marie.

»Schau mal nach, ob du das hier findest«, sagte Janna heiser.

»Das glaube ich kaum«, vermutete Emily. »Hier sind nur Bilder, die im Besitz von Museen oder großer privater Sammlungen sind.« Dennoch stand Emily auf und überließ Janna den Platz am Schreibtisch. Janna griff zur Maus und klickte sich durch die Seiten. »Nein, nichts. Schade, ich wüsste zu gerne, wie es heißt.«

»Trauriger, einsamer Mann«, sagte Marie. »So würde ich es nennen. Er muss wirklich nicht gut drauf gewesen sein, als er es gemalt hat.«

Janna drehte sich mitsamt ihrem Stuhl um. Ihre Hände zitterten und ihr Atem ging flach, als sie sagte: »Leute, wenn es hier wirklich um einen echten Picasso geht – wisst ihr, was das heißt?«

»Dass das Bild ganz schön wertvoll ist«, antwortete Marie.

»Ganz schön wertvoll? Das ist Millionen wert!«, rief Janna. »Millionen!«

»Aber wie kommt, bitte schön, unsere Oma an einen Picasso?«, fragte Marie zweifelnd.

»Vielleicht hat ihr Mann – also euer Großvater – einen gekauft, als Picassos Bilder noch nicht so teuer waren«, spekulierte Emily. »Obwohl – das müssten eher die Eltern eurer Oma gewesen sein. Das Bild ist vor über hundert Jahren gemalt worden.«

»Stimmt. So kann es gewesen sein«, pflichtete ihr Janna bei und überlegte weiter: »Aber das würde heißen, dass Oma jahrelang stillschweigend auf einem riesigen Vermögen gesessen hat. Das kann doch nicht wahr sein! Und uns hat sie angepflaumt, wenn wir mal zu lange geduscht haben.«

»Ob sie es hatte, wissen wir doch gar nicht«, sagte Marie.

»Aber irgendjemand in Chile scheint genau das zu glauben«, entgegnete Janna. »Ich glaube kaum, dass dieser Reschke auf eigene Rechnung gearbeitet hat, oder? Erinnert ihr euch noch an den Anruf mit dem Ultimatum? Damals hat er gesagt, seine Auftraggeber verstünden keinen Spaß.«

»Oma hat nie jemanden in Chile erwähnt«, sagte Marie. »Oder?« Sie sah Janna fragend an.

Die schüttelte den Kopf.

»Bestimmt wird derjenige nicht so rasch aufgeben«, befürchtete Emily.

Janna nickte. »Wenn es tatsächlich um Millionen geht, dann wird dieser Mensch in Chile das nächste Mal nicht so einen Amateur schicken, der sich von einer Dreizehnjährigen die Birne . . .« Sie unterbrach sich abrupt. »Entschuldige, Marie.«

Marie war bei Jannas Worten ganz kurz zusammengezuckt, nun aber reckte sie das Kinn und winkte betont lässig ab. »Schon gut. Wir müssen dieses verdammte Bild finden. Dann können wir mit denen über den Preis verhandeln.«

Janna spann den Faden weiter: »Wir können das Bild auch selbst verkaufen und dann verschwinden. Mit so viel Geld können wir überall auf der Welt leben, da brauchen wir nicht hierzubleiben und abzuwarten, bis der nächste Maskenmann auftaucht.«

Emily schüttelte den Kopf. »Erst mal müssen wir es finden«, sagte sie. »Wo würde jemand ein solches Bild aufbewahren? Doch bestimmt nicht auf dem Dachboden. Stellt euch vor, es brennt . . .«

»In einem Bankschließfach«, schlug Marie vor. »Oder sind die für ein Bild zu klein?«

»Es wird wohl auch große geben«, vermutete Janna. »Aber nach einem Bankschließfach haben wir ja schon gesucht und keines gefunden.«

»Vielleicht hat sie es bei einem Anwalt deponiert«, meinte Emily.

»Wenn es um einige Millionen geht, würde ich keinem Anwalt trauen und Oma hätte das schon gar nicht getan«, widersprach Janna.

»Und wenn sie es einem Museum überlassen hat? Als Dauerleihgabe«, überlegte Emily. »In Museen ist es gut bewacht und auch versichert. Und es ist für die Öffentlichkeit jederzeit zugänglich.«

»Das würde Oma ähnlich sehen«, pflichtete Marie ihrer Freundin bei und auch Janna fand die Idee plausibel. »Stimmt, Eigentum verpflichtet, hat sie immer gesagt.«

»Aber meinst du nicht, wir würden dann das Bild im Internet finden?«

Marie wiegte den Kopf. »Vielleicht haben wir nicht lange genug gesucht. Wenn es in einem Museum ist, dann müssten dazu auch Unterlagen existieren, oder? Wir müssen noch einmal das ganze Haus auf den Kopf stellen. Irgendwo muss ein Hinweis sein. Sie hat ja auch das Foto aufbewahrt.«

»Aber nicht mehr heute.« Janna gähnte. »Mir reicht es. Ich muss unbedingt mal wieder eine Nacht schlafen, ohne dass hier eingebrochen oder geschossen wird. Und ohne dass ich eine Leiche im Wald entsorgen muss.«

Aber sie schliefen nicht sehr gut. Emily hörte, wie sich Marie im Bett herumwälzte und im Schlaf undeutlich redete. Es klang, als würde sie große Angst haben, und Emily war mehr als einmal versucht, sie zu wecken. Aber sie ließ es lieber sein. Zweimal hörte Emily, wie Janna die Treppe hinunterging. Das heißt, sie hoffte, dass es Janna war. Nachzusehen wagte sie nicht, sondern saß ängstlich und mit bis ans Kinn hochgezogener Bettdecke da, bis es wieder ruhig im Haus war. Endlich eingeschlafen, erschien ein maskierter Mann vor ihrem Bett. Der führte sie in den Schuppen, wo die tote Frau Holtkamp neben einer tiefen Grube lag. Überdeutlich hörte sie das dumpfe, klatschende Geräusch, mit dem der tote Körper in das Grab stürzte, ehe sie das Gesicht mit den bösen Augenschlitzen aus der Grube heraus anstarrte, dann plötzlich lebendig wurde und sie zahnlos angrinste. Aber es war gar nicht Frau Holtkamp, es war der Mann mit dem zerschossenen Gesicht. Jetzt lag er in Emilys Zimmer und um ihn herum floss das viele Blut, das sie aufwischen musste, aber es war so viel, viel zu viel, sie watete richtig darin und dann stieg es weiter, und sie wusste, sie würde schwimmen müssen, wenn sie nicht in all dem Blut untergehen wollte . . .

Emily schreckte nach Luft japsend hoch und stieß sich prompt wieder den Kopf an. Ihr Nachthemd klebte am Körper, so verschwitzt war sie.

Den gleichen Traum hatte sie gestern Nacht geträumt, fiel ihr jetzt ein. Sollte das nun immer so weitergehen? Erschöpft schloss sie wieder die Augen, döste weg, wurde aber immer wieder von grässlichen Träumen und Angstgefühlen geweckt. Sogar die Züge, an die sie doch längst gewohnt war, erschreckten sie, und als sie irgendwann merkte, dass sie pinkeln musste, schob sie es so lange hinaus, bis es vor dem Fenster hell wurde. Dazwischen, in den halb wachen Stunden, kreisten ihre Gedanken um das millionenschwere Bild und um einen geheimnisvollen Menschen im fernen Chile. Sie stellte ihn sich vor wie einen mächtigen Mafiaboss. Was würde dieser Mensch sich als Nächstes einfallen lassen? Waren die Weyer-Geschwister immer noch in Lebensgefahr?

Seit vorgestern Nacht wünschte sich Emily, sie wäre mit ihren Eltern zum Segeln gegangen. Sie könnte den ganzen Tag an Deck liegen, sich gepflegt langweilen, kühle Getränke schlürfen, ein bisschen lesen, ein bisschen die Nase in den Wind halten, bräuchte sich um nichts Sorgen zu machen. In was für eine absurde Situation war sie stattdessen geraten?

Den Tod von Maries Großmutter zu verschleiern und ihre Leiche illegal zu begraben, war eine Sache – aber nun war ein Mensch erschossen worden, mitten im Wohnzimmer, sie hatten sein Blut vom Boden und sein Hirn von den Regalwänden gewischt. Und als ob das nicht schon genug wäre, war nun auch noch irgendein chilenischer Gangsterboss hinter einem Kunstwerk her, von dem sie nicht wussten, wo es sich befand. Ein Mensch, der angesichts des Wertes des Bildes garantiert, wahrscheinlich ohne mit der Wimper zu zucken, über Leichen gehen würde – über ihre Leichen!

Emily fand, dass es an der Zeit war, die Polizei einzuschalten. Aber das mussten Janna oder Marie selbst tun. Wenn sie, Emily, es täte, wäre es Verrat. Auch wenn sie längst nicht mehr daran glaubte, dass sich der Tod von Frau Holtkamp auf Dauer verheimlichen ließ. Spätestens nach den Ferien würde es kompliziert werden, die Gerüchteküche würde brodeln und irgendwann würde der Klatsch die falschen Ohren erreichen, die erste Lehrerin würde misstrauisch werden ... man würde Fragen stellen, das Jugendamt verständigen ...

Vielleicht hatte Janna recht und ihre einzige Chance war, dieses Bild zu finden und es zu Geld zu machen, zu viel Geld. Vielleicht konnten sie sich mit viel Geld sogar eine Scheingroßmutter oder eine Alibimutter engagieren, jemanden, der die Rolle der Erziehungsberechtigten vor den Behörden und den Lehrern spielte.

So rotierten ihre Gedanken in immer unwirklicheren Szenarien und endeten doch immer wieder beim selben Punkt: Sie mussten dieses Bild finden.

»Kann ich raus?«, fragte Moritz am nächsten Morgen nach dem Frühstück. Man merkte ihm die Langeweile deutlich an. Er trat von einem Fuß auf den anderen und zerrte an seinem T-Shirt.

Janna und Marie sahen sich unsicher an.

»Willst du vielleicht was malen?«, fragte Emily.

»Ich weiß doch nicht, was«, klagte er.

»Mal doch dein Lieblingstier. Oder mal einen Zoo . . .«

»Ich will in den Zoo!«, quengelte Moritz prompt und Janna verdrehte die Augen

»Am Samstag, okay«, versprach Emily, die Zoobesuche mochte. »Ich geh mit dir hin, versprochen, aber jetzt sei lieb und mal ein bisschen.«

»Na gut«, stöhnte Moritz gönnerhaft und verzog sich nach oben, um seine Stifte zu holen.

Als Moritz außer Hörweite war, sagte Emily zu Janna und Marie: »Könnt ihr nicht eure Mutter fragen, ob sie etwas von dem Bild weiß?«

Janna und Marie sahen sich unsicher an.

»Dann müssten wir ihr ja von Omas Tod erzählen.« Janna schüttelte den Kopf. »Wer weiß, was dann passiert.«

Auch Marie schien von der Idee nicht sehr angetan, aber sie sagte leise zu Janna: »Wir sollten sie trotzdem mal wieder besuchen. Vielleicht ohne den Kurzen, was meinst du?«

»Und wenn sie wieder so komisch ist wie beim letzten Mal?«

»Dann ist sie eben komisch«, antwortete Marie trotzig. »Sie ist unsere Mutter, wir können nicht einfach so tun, als ob es sie nicht geben würde.«

»Lass uns ein andermal darüber reden, okay?«, schlug Janna ungewohnt diplomatisch vor. »Im Augenblick haben wir dringendere Probleme.«

Alle drei seufzten, dann fasste Emily Mut und sagte: »Und wenn wir doch die Polizei informieren?«

»Und was willst du denen sagen? Dass Marie einen Mann erschossen hat?«

»Marie ist nicht strafmündig und es war Notwehr«, antwortete Emily.

»Was ist los, hast du Schiss?« Janna musterte Emily angriffslustig aus schmalen Augen.

»Ja, stell dir vor, hab ich!«, fauchte Emily zurück. »Und das solltet ihr auch! Der Kerl hatte immerhin eine geladene Pistole bei sich und du warst es doch, die gesagt hat, dass er kurz davor stand, Ernst zu machen! Was, wenn bald wieder so einer hier auftaucht? Oder zwei oder drei. Wollt ihr die alle erschießen und im Wald verscharren?«

»Ich will gar nichts«, schrie Janna. »Ich weiß nur, dass ich nicht wieder in so ein beschissenes Heim will.«

»Besser ein Heim als tot«, entfuhr es Emily.

»Ach ja?«, fauchte Janna. »Sagt bitte, wer? Miss Heile Welt? Bei dir lief doch bis jetzt alles glatt, du hast nicht mal eine Zahnspange!«

Jetzt hatte Emily genug. »Hey, das zieht bei mir nicht mehr«, sagte sie wütend. »Nur weil meine Familie noch vorhanden ist, bin ich noch längst nicht dämlich! Und ich weiß, dass euer Plan nicht funktionieren wird.«

»Ach, kannst du neuerdings hellsehen, dann melde dich bei *The next Uri Geller* an«, entgegnete Janna und fügte bissig hinzu: »Und falls du dich erinnerst – du hast bei dem Ganzen schließlich mitgemacht.«

Das wusste Emily sehr wohl. Damals – es schien eine Ewigkeit her zu sein – hatte Emily noch daran geglaubt, dass Traum und Wirklichkeit eins werden können. Wie naiv sie gewesen war!

»Aber bitte, du musst nicht hierbleiben, du kannst ruhig abhauen!«, giftete Janna weiter. »Ruf Papi an, der kommt von seinem Segelboot runter und holt seine kleine Prinzessin hier raus. Aber vergiss nicht, was du geschworen hast.«

»Ich würde euch nie verraten, das weißt du genau«, verteidigte sich Emily. »Aber es gibt schon Gerüchte. Axel weiß wohl Bescheid und sogar Lennart ahnt schon was!«

»Ach?«, mischte sich nun Marie ein. Sie war die ganze Zeit stumm geblieben. Jetzt sah sie Janna lauernd an. »Hast du Axel etwa was verraten?«

Janna wurde verlegen. »Ich konnte nicht anders. Er hat neulich gefragt, wo denn Oma schlafen wird, wenn sie aus dem Krankenhaus kommt – weil ich doch jetzt ihr Schlafzimmer habe. Und da habe ich's ihm gesagt. Aber der erzählt das nicht rum, er hat es mir geschworen.«

»Du bist so saublöd!«, schrie Marie ihre Schwester an. »Habe ich dir nicht gleich gesagt, dass du den nicht ins Haus lassen sollst? Aber nein, Madame muss ja ihren Macker hier anschleppen und Partys feiern . . . Wahrscheinlich weiß schon der ganze Ort, dass hier was nicht stimmt! In ein paar Tagen wird wieder das Jugendamt auf der Matte stehen!«

Ein Geräusch unterbrach Maries Geschrei. Es war Emilys Handy, das auf dem Küchenschrank lag.

»Mami und Papi rufen an«, sagte Janna spöttisch. Emily warf ihr einen zornigen Blick zu und ging zu ihrem Telefon. Es war nicht das Klingelzeichen ihrer Eltern und auf dem Display leuchtete eine lange, völlig unbekannte Nummer.

»Hallo?«

»Hi, van Gogh!«

»Wer ist da, bitte?«

»Sind die Ohren noch dran? Hier ist der Mann mit dem Hut!«

Lennart! Emily hätte fast aufgeschluchzt. Plötzlich hatte sie das unbezähmbare Bedürfnis, ihm alles zu erzählen, sich die ganze Sache von der Seele zu reden. Aber natürlich ging das nicht.

Sie lief aus der Küche hinaus in den Garten.

»Wie geht es dir in Schweden?«, fragte sie mühsam beherrscht, doch seine Antwort hörte sie nicht mehr, denn in diesem Moment sah sie den Wagen.

Er war groß und schwarz, ein Geländewagen. Sie hatten ihn nicht kommen hören, vermutlich, weil sie so sehr in ihren Streit verstrickt gewesen waren. Jetzt hörte Emily die Reifen quietschen, eine Wolke Dreck stob auf, in der der Wagen davonschoss. An der hinteren Scheibe erschien wie eine Fata Morgana ein weinendes Kindergesicht.

Emily dachte keine Sekunde nach, sondern setzte sich in Bewegung. Sie rannte so schnell wie noch nie in ihrem Leben.

Das Nummernschild! Ich muss wenigstens das Nummernschild sehen! Aber die Staubwolke lag wie ein dichter, schmutziger Nebel über dem Weg. Keine Chance, etwas zu erkennen.

Oh Gott, das Maisfeld!

Emily versuchte, ihre Schritte zu beschleunigen, doch es war zu spät.

Mit einem Aufheulen des Motors verschwand der Wagen hinter den hohen Stauden.

Emily gab nicht auf. Verzweifelt rannte sie den Weg entlang durch den Staub, bis sie nicht mehr konnte und hustend und keuchend stehen blieb. Ihre Lunge brannte.

»Hallo!?«, tönte es aus dem Handy, das sie noch immer in der Hand hielt. »Emily? Bist du noch da?«

»Ich . . . ich kann jetzt nicht«, hustete sie in den Apparat. »Ich kann nicht mehr!«

Die Mädchen saßen stumm im Wohnzimmer und starrten das Telefon an, als könnten sie es durch Hypnose zum Klingeln veranlassen. Marie riss an ihren Nagelhäuten, Janna kaute an ihren Haarsträhnen, Emily bekritzelte ein Stück Papier. Im Dorf läuteten die Kirchenglocken zu Mittag. Die erste Verzweiflung über Moritz' Entführung war nun einem nervösen Schweigen gewichen. »Keine Polizei«, war das Letzte, was sie beschlossen hatten. Janna hatte es gesagt, sehr bestimmt, und niemand hatte ihr widersprochen. Das war vor einer Stunde gewesen. Jetzt sagte Marie: »Wir dürfen hier nicht so untätig herumsitzen und warten! Wir müssen das Bild suchen. Denn nur darum geht es ihnen. Das ist unsere einzige Chance, Moritz zu helfen.«

»Ich könnte alle Bücher durchblättern«, schlug Emily vor, erleichtert, etwas tun zu können. »Vielleicht finden wir irgendwo einen Zettel oder so was.«

»Gut«, sagte Janna. »Ich geh noch mal rauf auf den Dachboden. Wenn das Telefon klingelt, lasst mich rangehen.«

»Und ich schau im Schreib-« Marie unterbrach sich und legte nachdenklich ihre Hand an die Lippen.

»Was ist?«, fragte Janna.

»Was hat die Kramp neulich gesagt, als sie hier war?«

Emily schüttelte mutlos den Kopf. »Dass die zwei Bilder Schrott sind.«

»Nein, über den Schreibtisch, den Sekretär. Sie hat gesagt, sie hätte auch so einen und ihrer hätte sogar ein Geheimfach, erinnert ihr euch?«

Schon stürzten alle an den alten Sekretär. Das Möbel war aus rötlichem, matt schimmerndem Holz. Es besaß unten drei große Schubkästen, in der Mitte eine ausziehbare Schreibplatte und im oberen Teil diverse offene und geschlossene Fächer und kleine Schubladen.

Marie zog alle Schubladen heraus, Janna räumte die unteren Fächer leer.

»Lasst mich«, sagte Marie. Janna und Emily überließen ihr bereitwillig das Feld. Wenn jemand ein Geheimfach entdecken konnte, dann Marie.

»Ich würde es zuerst oben versuchen«, meinte Janna nur. Marie ging systematisch vor. Sie schickte Janna, damit sie ihr einen Zollstock und eine Taschenlampe holte. Sie vermaß die Fächer und Schubladen und verglich die Maße mit den Außenmaßen. Nirgends fehlten verdächtige Zentimeter. Mit schier unendlicher Geduld beschäftigte sich Marie mit den Fächern, drückte, schob, klopfte . . . nichts.

»Es muss unten sein«, sagte sie dann. Es dauerte nicht lange, dann ertastete sie hinter dem mittleren Schubkastenfach eine schmale Griffrille.

»Aha! Und wozu bist du denn da?«, murmelte Marie vor sich hin, ehe sie feststellte, dass sich das Brett mit der Rille seitlich verschieben ließ. Damit teilte sich die vermeintliche Rückwand und gab ein etwa fünf Zentimeter tiefes Fach frei.

»Eine doppelte Rückwand, wie simpel.« Marie klang beinahe enttäuscht.

»Und? Was ist?« Janna hielt es nicht mehr aus.

»Lampe!«

Marie fingerte in dem schmalen Fach herum und eine lederne Mappe kam zum Vorschein. Darin lagen drei kleinere weiße Briefumschläge sowie ein großer aus brauner Pappe. Janna nahm einen der weißen Briefumschläge in die Hand und rief: »Der ist ja an uns adressiert! Und die anderen auch! Die sind von Mama. Warum liegen die hier drin?«

»Keine Ahnung, mach sie auf«, sagte Marie. Janna griff nach dem Brieföffner und schlitzte die Umschläge auf.

Emily hielt sich zurück, erst als Janna die Briefe mit den Worten »So was Fieses« hingelegt hatte, fragte sie vorsichtig: »Was steht denn drin?«

»Ach, eigentlich nichts Besonderes. Dass es ihr allmählich besser geht, dass sie aufgehört hat zu trinken und stattdessen töpfert, dass sie uns vermisst und gerne hätte, dass wir sie besuchen«, fasste Janna zusammen, ehe ihr Gesicht zu einer Maske der Wut versteinerte. »Dieses Miststück hat uns die Briefe vorenthalten! Die kann froh sein, dass sie tot ist!«

Emily konnte Jannas Wut gut verstehen. Dennoch fand sie, dass jetzt nicht der geeignete Zeitpunkt war, um die Versäumnisse ihrer Großmutter zu diskutieren. Jetzt ging es um das Bild, um Moritz und um die Entführer, die sich noch immer nicht gemeldet hatten.

»Sie wollte vielleicht nicht, dass wir wieder hinfahren«, sagte Marie leise. »Du weißt doch, das eine Mal . . . danach hat Moritz wochenlang Terz gemacht, auch in der Schule.«

»Aber wir beide hätten hinfahren können«, ereiferte sich Janna. »Oma hatte einfach kein Recht, mir meine Briefe zu unterschlagen, verflucht noch mal!«

»Es sind auch meine Briefe«, stellte Marie richtig. »Hier steht: Liebe Janna, liebe Marie, lieber Moritz!«

Emily bemerkte, dass Janna Tränen in den Augen hatte. Marie strich sich erschöpft über die Augen. »Genau! Moritz ist das Stichwort«, sagte sie drängend. »Janna, wir dürfen uns jetzt nicht ablenken lassen, egal, was Oma getan hat.«

»Ja, was ist in dem anderen Umschlag?«, fragte Emily.

In diesem Augenblick klingelte das Telefon.

Janna raste zum Apparat. »Hallo?«, sagte sie atemlos. »Moritz?«

Emily und Marie beugten sich vor, um mithören zu können.

Eine heisere Männerstimme drang aus dem Hörer: »Wir wollen den Picasso! Und zwar sofort.«

»Aber wir wissen doch gar nicht, wo das Bild ist!«, rief Janna.

»Ihr habt Zeit bis morgen. Wir melden uns. Und keine Polizei, sonst bekommt ihr die Rotznase in Einzelteilen zurück, kapiert?«

»Kapiert«, sagte Janna, aber der Mann hatte schon aufgelegt.

Janna war wachsbleich.

»Und jetzt?«, fragte Marie.

»Das Bild muss her«, sagte Janna mit zusammengebissenen Zähnen. Sie holte tief Luft. »Wenigstens scheint er bis morgen einigermaßen sicher zu sein.«

Marie nickte. »Sie werden nicht riskieren, ihren Trumpf zu verlieren, oder?«

Emily schüttelte den Kopf. »Ganz bestimmt nicht«, sagte sie sicherer, als sie sich fühlte. »Was ist denn jetzt mit dem braunen Umschlag?«

Marie ging hinüber zum Couchtisch und leerte den Inhalt aus.

»Volltreffer«, sagte sie.

Zum Vorschein kamen etliche Papiere, darunter eine Schwarz-Weiß-Kopie des Bildes, außerdem eine Fotografie, die zwei uniformierte junge Männer zeigte. Sie standen nebeneinander und hatten sich gegenseitig die Arme auf die Schultern gelegt. Sie lächelten nicht, das Fotografieren war damals offenbar eine ernste Angelegenheit gewesen. Auf der Rückseite stand in einer verschnörkelten, schwer lesbaren Schrift: Franz Holtkamp, Heinrich Schillinger, 1937.

Emily setzte sich aufs Sofa und griff nach einem weiteren Blatt. Es war der Brief eines Detektivbüros, der, mit Schreibmaschine getippt, an Frau Holtkamp adressiert war, die damals noch in Berlin gewohnt hatte.

Detektei Fuchs
Inhaber: Jost Manke
Danckelmannstraße 54
Berlin-Charlottenburg   15. Juni 1986

Sehr geehrte Frau Holtkamp,

gemäß Ihrem Auftrag vom 12. Mai 1986 möchte ich Ihnen heute folgendes Ergebnis meiner Recherchen mitteilen:

Das im Besitz Ihres verstorbenen Mannes befindliche Bild des Malers Pablo Picasso mit dem Titel »Der Clochard« befand sich von 1910 bis 1940 im Besitz der Familie Weizenkorn, damals wohnhaft in Berlin-Zehlendorf, Potsdamer Straße 80. Die jüdische Familie W. ist im Herbst 1940 aus Berlin geflohen und über einige Umwege in die Vereinigten Staaten ausgewandert. Ihr gesamter Besitz, darunter etliche Gemälde zeitgenössischer Künstler, wurde damals notverkauft bzw. von den Behörden beschlagnahmt. Beteiligt an dieser Beschlagnahme war unter anderem der Ihrem Ehemann bekannte Heinrich Schillinger. Wir gehen davon aus, dass Ihr Gatte das oben genannte Bild für Heinrich Schillinger in Verwahrung genommen hat, als dieser im Jahr 1944 an die Front berufen wurde. Die dem Naziregime sehr nahestehende Familie Schillinger emigrierte – man könnte auch sagen: floh – nach dem Krieg nach Chile, wo sie untertauchte.

Nun zu Ihrem Anliegen: Es war mir möglich, die Adresse von Laura, der jüngeren der beiden Weizenkorn-Töchter ausfindig zu machen. Die Dame heißt inzwischen Laura Albay und ist wohnhaft in Washington D.C. Sie bat mich, Ihnen die Adresse ihres Anwalts zu geben, die diesem Schreiben beiliegt.

Hochachtungsvoll,

Ihr Jost Manke

PS: Rechnung folgt

Der nächste Brief war nur wenige Tage später datiert. Es war kein Original, sondern nur ein Durchschlag eines maschinengetippten Briefes, der an den besagten Anwalt in Washington adressiert und an Laura Albay gerichtet war:

Berlin, den 25. Juni 1986

Sehr geehrte Frau Albay,

ich möchte mich Ihnen zunächst vorstellen: Mein Name ist Wilhelmine Holtkamp, geborene Gärtner. Ich wurde 1936 in Hannover geboren und habe 1961 in Berlin Franz Holtkamp geheiratet. Mein Mann war Jahrgang 1915 und damit über zwanzig Jahre älter als ich. Er verstarb am 18. April diesen Jahres.

Kurz vor seinem Ableben hat er mit von dem Bild »Der Clochard« von Pablo Picasso erzählt, das er für einen gewissen Heinrich Schillinger aufbewahrt hat. Heinrich Schillinger, ein Mitglied der SA, floh nach dem Krieg vor der Gerichtsbarkeit der Alliierten nach Chile und hatte vorher keine Gelegenheit mehr, das Bild bei meinem Mann abzuholen. Offenbar hatten die beiden Männer danach keinen Kontakt mehr. Das Bild hat Schillinger jedenfalls bis jetzt nie zurückgefordert und es sind ja immerhin über vierzig Jahre seit Kriegsende vergangen.

Da ich nicht annehme, dass Herr Schillinger das Bild von Ihrer Familie zu einem angemessenen Preis erworben hat, möchte ich es gerne an die rechtmäßigen Besitzer, also Ihre Familie, zurückgeben. Vielleicht haben Sie oder Ihr Anwalt in Deutschland eine Vertrauensperson, an die ich das Kunstwerk übergeben kann. Es lagert momentan im Schließfach eines Bankhauses.

Ich wäre Ihnen dankbar, wenn Sie oder Ihr Anwalt mit mir Kontakt aufnehmen könnten.

Hochachtungsvoll,

Ihre Wilhelmine Holtkamp

»Verdammte Scheiße!«, fluchte Marie. »Sie hat es nicht mehr! Das glauben die uns nie!«

»Jetzt verstehe ich langsam«, sagte Emily. »Deshalb war eure Großmutter so wütend auf ihren Mann, dass sie alle seine Fotos und seine Sachen weggeschmissen hat. Weil er für seinen Nazifreund Schillinger ein Bild versteckt hat.«

»Genau«, ergänzte Janna. »Ein Bild, das dieser Schillinger wahrscheinlich Juden gestohlen oder zu einem lächerlichen Preis abgekauft hat. Das kam damals sehr oft vor. Viele Nazis in Schlüsselpositionen haben sich an der Notsituation der Juden bereichert und ihr Vermögen eingesackt.«

Emily hatte schweigend zugehört. Ihre nächtliche Unterhaltung mit Marie in der Küche kam ihr in den Sinn. Wie hatte Anneke Holtkamp noch gleich ihren Vater genannt? Ein rechtes Arschloch, hatte Marie gesagt. Vor diesem Hintergrund ergab das einen ganz anderen Sinn.

»Hier ist ein Brief aus Chile«, unterbrach Marie. »Der ist erst drei Monate alt.«

Chile, April 2008

Sehr geehrte Frau Holtkamp,

nach einigen Bemühungen unsererseits haben wir Ihre Adresse herausfinden können. Sicherlich wundern Sie sich, Post aus Chile zu bekommen. Meine Schwester und ich sind die leiblichen Kinder von Heinrich Schillinger, der seinen Namen aus politischen Gründen ändern musste. Leider ist unser Vater vor wenigen Tagen im gesegneten Alter von fünfundneunzig Jahren verstorben. Auf dem Totenbett hat er uns von einem Bild berichtet, das er im Jahr 1940 in Deutschland erstanden und Ihrem Gatten zur Aufbewahrung überlassen hat. Wie mein Vater mir mitteilte, ist Ihr Gatte jedoch bereits 1986 verstorben. Es handelt sich bei dem Bild um das Gemälde »Der Clochard« von Pablo Picasso, das um 1904 entstanden ist. Eine Fotografie des Bildes liegt bei.

Wir, die rechtmäßigen Erben von Heinrich Schillinger, möchten Sie hiermit dringend ersuchen, uns unser Eigentum zurückzugeben. Selbstverständlich werden wir Sie für die Mühe der Aufbewahrung des Bildes angemessen entschädigen. Ein Beauftragter unserer Familie wird sich in den nächsten Wochen mit Ihnen in dieser Angelegenheit in Verbindung setzen.

Hochachtungsvoll,

Geschwister D.

»So, so, wir haben es also mit der gierigen Meute der Schillinger-Erben zu tun.« Janna seufzte: »Das ist ja immerhin schon etwas – den Feind zu kennen.«

»Was heißt kennen? Die Feiglinge haben nicht mal ihre Namen genannt oder ihre Adresse«, stellte Emily nach einem Blick auf das Schreiben fest.

»Wahrscheinlich ist D. auch noch falsch«, schnaubte Marie.

»Die wollen halt nicht, dass ihre Nachbarn erfahren, dass ihr Vater ein alter Nazi war, der seinen Namen aus politischen Gründen ändern musste«, zitierte Janna zynisch. »Nach dem Zweiten Weltkrieg sind viele Nazis nach Südamerika geflohen, wo man die meisten von ihnen nie erwischt hat. Die leben dort bis zu ihrem Tod ganz unbehelligt.«

»Sauerei, so was«, murmelte Emily und las aus dem Brief vor: »Nach einigen Bemühungen unsererseits haben wir Ihre Adresse herausfinden können . . . Das klingt doch schon wie eine Drohung, oder nicht? Wir wissen, wo du wohnst . . .«

»Ja, leider wissen sie es ja auch«, sagte Janna.

»Und was jetzt?«, fragte Marie. »Das glauben die uns doch nie, dass Oma das Bild an diese Weizenkorns oder Albays oder wie sie heißen zurückgegeben hat!«

»Nein«, seufzte Janna. »Sonst wäre das alles wohl nicht geschehen. Mein Gott, wenn wir nur wüssten, ob es Moritz einigermaßen gut geht . . .« Janna sprang auf und schaute aus dem Fenster. »Ich mach mir solche Vorwürfe!«

»Zeigt ihnen doch die Briefe«, schlug Emily vor. »Dann müssen sie es glauben.«

»Das hat Oma doch sicher schon versucht«, widersprach Janna. »Außerdem – Briefe kann man fälschen.«

»Bilder auch«, sagte Marie nachdenklich und plötzlich hellte sich ihre Miene auf.

Janna fuhr herum. »Du meinst . . .?« Ihre Augen leuchteten, als ihr Blick auf Emily fiel.

»Was ist denn? Was schaut ihr so komisch?«

»Ich habe da eine Idee«, sagte Marie atemlos.

»Eine gute Idee!« Jannas Stimme klang erregt.

Emily blickte verwirrt von einer zur anderen, dann dämmerte es ihr.

»Oh nein. Ihr seid verrückt. Ich kann doch keinen Picasso fälschen.«

»Emily! Der Meister wird's dir verzeihen – immerhin geht es um das Leben unseres Bruders«, meinte Janna ungeduldig.

»Aber das merken die doch!«, protestierte Emily.

»Wieso denn? Die haben auch nur Fotos zum Vergleich«, widersprach Janna und Marie ergänzte: »Die haben wahrscheinlich sogar nur das Foto in Schwarz-Weiß, von dem sie einen Abzug an Oma geschickt haben. Wer hat denn 1940 schon Farbfotos gemacht?«

»Stimmt! Die Geschwister D. haben das Original noch nie gesehen!«, rief Janna aufgeregt.

»Außerdem«, fuhr Marie fort, »haben wir es hier garantiert mit Handlangern zu tun. Mörder, Erpresser, Leute fürs Grobe, so wie dieser Reschke. Die haben keine Ahnung, wie man einen echten Picasso von einem falschen unterscheidet. Und – das ist das Allerbeste – sie denken, sie hätten es mit Kindern zu tun. Uns trauen sie so etwas bestimmt nicht zu.«

Janna sah Emily flehend an. »Emily, du hast gesagt, du würdest uns helfen. Jetzt kannst du uns helfen. Denk an Moritz, er schwebt in Lebensgefahr! Du musst dieses Bild malen, und zwar bis morgen! Es reicht, wenn es nur so ähnlich aussieht wie das auf dem Schwarz-Weiß-Foto.«

In Emilys Kopf begann sich alles zu drehen. Das durfte doch nicht wahr sein! Hing das Leben von Moritz nun von ihr ab?

»Bitte«, flehte Marie. »Ich würde es ja selbst machen, aber ich kann das nicht so gut wie du.«

Emily holte tief Atem, dann sagte sie: »Ich muss nach Hause, meine Farben holen.«

Als Emily ihr Zimmer betrat, merkte sie auf einmal, wie sehr sie ihr Zuhause vermisst hatte. Ihre Bücher, ihre Bilder, die Staffelei, die Stofftiere, die Möbel – das alles atmete Geborgenheit. Sogar ihre Schulmappe erschien ihr wie eine alte Freundin und die eher langweilige Aussicht auf den Garten der Nachbarn kam ihr mit einem Mal heiter und freundlich vor. Sie war mit dem Fahrrad in Rekordzeit hierhergefahren, doch nun legte sie sich für einen kleinen Moment auf ihr Bett und genoss die vertraute Festigkeit der Matratze, die glatte Kühle der Bettwäsche. Sie schloss die Augen, roch den Duft nach Wäsche, Farben und dem Öl mit Orangenduft, mit dem ihre Mutter die Holzmöbel abrieb. Fast glaubte sie zu hören, wie im Nebenzimmer ihr Vater auf der Tastatur herumklackerte. Und war das da draußen nicht die Stimme ihrer Mutter, die sich mit der Nachbarin unterhielt? Wider besseres Wissen stand Emily auf und stürzte ans Fenster. Nein, natürlich war da niemand. Ihre Eltern befanden sich auf See, erst gestern hatte sie mit ihnen telefoniert.

Emily schluckte schwer. Mit einem Mal verspürte sie den Wunsch, hierzubleiben, unter ihre Bettdecke zu kriechen, einzuschlafen, um am nächsten Morgen festzustellen, dass die Ereignisse der letzten drei Wochen nur ein wirrer, schrecklicher Traum gewesen waren.

Wenn sie doch nur jemanden hätte, dem sie sich anvertrauen konnte! Kurz dachte sie an Lennart und tastete unwillkürlich nach ihrem Handy. Als er sie das letzte Mal angerufen hatte, war das Gefühl überwältigend gewesen, genau im richtigen Moment mit der richtigen Person zu sprechen. Wer weiß, was passiert wäre, wenn Moritz nicht entführt worden wäre. Vielleicht hätte sie dann Lennart die ganze Geschichte gebeichtet.

Aber es war anders gekommen. Was hatte er wohl gedacht, als sie so abrupt aufgelegt hatte? In der Aufregung hatte sie nicht mehr daran gedacht, ihn zurückzurufen, und jetzt war der richtige Augenblick verstrichen.

Sie stöhnte gequält auf. Die ganze Sache war ihr längst über den Kopf gewachsen. Ihnen allen, wenn sie ehrlich waren. Wie hatte sie nur Marie und Janna schwören können, dass sie weder ihre Eltern noch die Polizei anrufen würde? Was, wenn der Bluff mit dem Bild schiefging? Hatte sie dann das Leben eines siebenjährigen Jungen auf dem Gewissen, weil sie geschwiegen hatte, und das wegen eines kindischen Schwurs? Jetzt war die Gelegenheit, die Polizei anzurufen. Oder wenigstens ihre Eltern.

Aber was, wenn sie ihr Versprechen brach und Moritz dadurch zu Schaden kam? Vor Emilys innerem Auge erschien ein

Briefumschlag, darin ein blutiger, abgeschnittener Kinderfinger . . . Sie schüttelte sich. Reiß dich zusammen, Emily! Du musst dieses Bild malen. Danach kannst du immer noch versuchen, Janna und Marie zu überzeugen, die Polizei einzuschalten. Oder es selbst tun.

Ja, so werde ich es machen, beschloss sie. Die Vertagung der Entscheidung gab ihr neue Kraft. Sie überlegte einen Moment, ob sie das Bild nicht lieber hier malen sollte. Hier herrschte Ruhe, hier konnte sie sich am besten konzentrieren. Andererseits wollte sie nahe am Geschehen sein. Sie musste dabei sein, wenn die Entführer wieder anriefen, sie konnte Marie und Janna nicht allein lassen.

Also zerlegte sie ihre Staffelei, packte alles, was sie an Ölfarben und Pinseln und Leinwänden finden konnte, zusammen und verließ schweren Herzens ihr Zuhause.

Als Emily mit ihrer Ausrüstung in Außerhalb 5 eintraf, war es Mittag. Janna hatte, um sich abzulenken, einen Eintopf aus Resten zubereitet, aber niemand war hungrig.

»Ich fange lieber gleich an.« Emily schaffte ihre Malutensilien in Jannas Zimmer. »Dort ist das beste Licht.« Der Raum hatte ein Fenster nach Süden und eines nach Osten. »Und tut mir einen Gefallen – schaut nicht alle paar Minuten zu mir rein. Ich kann mich nicht konzentrieren, wenn mir jemand dauernd über die Schulter guckt.«

Janna verdrehte die Augen, aber sie nickte. Emily hatte gerade die Staffelei aufgestellt, als das Telefon klingelte. Sie ließ alles stehen und liegen und raste nach unten in die Küche, wo Janna gerade den Apparat auf Lautsprecher stellte.

Eine Männerstimme: »Habt ihr das Bild?«

»Ich will mit meinem Bruder sprechen.«

»Du hast hier gar nichts zu wollen! Erst sagst du mir, ob ihr das Bild habt?«

»Erst will ich meinen Bruder sprechen«, beharrte Janna.

»Ihr kriegt ihn, wenn wir das verdammte Bild bekommen!«, blaffte der Anrufer zurück. Seine schnarrende Stimme verursachte Emily, die atemlos lauschend im Flur stand, eine Gänsehaut.

»Erst will ich Moritz sprechen«, wiederholte Janna gebetsmühlenartig.

»Ihr habt doch nicht etwa die Bullen gerufen? Das würde der Rotznase schlecht bekommen.«

Janna ließ sich nicht aus der Ruhe bringen. »Wir haben keine Polizei geholt. Also kann ich ihn jetzt sprechen?«

»Nein, verdammt!«, brüllte der Mann.

Janna legte auf. Zwei rote Flecken glühten auf ihren Wangen.

Fassungslos kreischte Marie: »Bist du verrückt? Du kannst doch nicht einfach auflegen!«

»Das ist die einzige Sprache, die sie verstehen.«

»Aber Moritz . . .«

»Keine Sorge. Er ist ihr Pfand, die wollen doch das Bild«, beschwichtigte Janna.

»Warum haben sie ihn dann nicht ans Telefon geholt?« Marie weinte fast. »Vielleicht ist er schon tot!«

»Red nicht solchen Quatsch und verlier jetzt nicht die Nerven! Die melden sich wieder.«

»Und wenn nicht?«, entgegnete Marie.

»Die melden sich. Und dann sollen sie wissen, dass man uns gefälligst ernst nehmen muss!«

»Bescheuerte Kuh«, stieß Marie hervor.

Emily war zunächst genauso erschrocken wie Marie, aber

insgeheim bewunderte sie Janna für ihre Kaltblütigkeit. Niemals hätte sie selbst gewagt, so mit den Entführern umzuspringen. Dennoch, die Luft zwischen Marie und Janna war nach dem Anruf zum Schneiden dick und Emily war froh, sich nach oben zurückziehen zu können.

Sie zog eine frische Leinwand auf einen Rahmen und tackerte ihn fest. Dann nahm sie einen Zeichenblock und begann erst einmal, das Bild anhand der beiden Fotos zu skizzieren. Es war nicht das erste Mal, dass Emily versuchte, ein Bild möglichst naturgetreu abzumalen. Voriges Jahr hatte sie von ihren Eltern zu Weihnachten einen Kunstkalender mit Bildern berühmter Impressionisten geschenkt bekommen. An ein paar der Werke hatte sie sich gewagt. »Nicht schlecht«, hatte ihr Vater bemerkt. »Zur Not kannst du deinen Lebensunterhalt als Kunstfälscherin verdienen.« Unter anderem hatte sie das Getreidefeld mit Raben von Vincent van Gogh zu kopieren versucht. An dieses Bild erinnerte sie dieser Picasso. Das Motiv war zwar ein völlig anderes, doch die Stimmung, die das Bild vermittelte, war ähnlich: traurig, einsam, ein wenig bedrohlich.

Emily begann mit den grundlegenden Dingen: Maße, Abstände, Proportionen. Leider konnte man anhand der Fotos nicht feststellen, wie groß das Bild war. Aber da sie ohnehin nur noch einen Rahmen vorrätig gehabt hatte, erledigte sich dieses Problem sozusagen von selbst. Nach einigen Skizzen fand sie, dass sie allmählich ein Gefühl für das Bild zu entwickeln begann. Der nächste Schritt war nun, die Skizze auf die Leinwand zu übertragen. Doch sie konnte sich nicht konzentrieren. Mit einem Ohr horchte sie stets auf das Läuten des Telefons. Wie lange lag der Anruf der Kidnapper schon zurück? Eine Stunde, zwei?

Emily sah Schreckensbilder heraufziehen: Moritz, der sich

verzweifelt wehrte, ein Mann, der ihn schlug, schon lag der Kleine da und rührte sich nicht mehr . . .

Das erneute Klingeln des Telefons war geradezu eine Erlösung. Emily stürzte aus dem Zimmer und blieb horchend auf der Treppe stehen.

»Moritz!«, hörte sie Janna rufen. »Wie geht es dir? Bist du in Ordnung?«

In der Aufregung hatte Janna vergessen, auf Lautsprecher zu stellen, deshalb war die Antwort des Kleinen nicht zu hören, nur Janna, die sagte: »Ich weiß, dass du tapfer bist. Du musst keine Angst haben, wir holen dich . . . Moritz? Moritz? Verdammte Schweine!«

Nun war offenbar der Entführer dran, denn Janna sagte: »Noch nicht. Aber heute Abend. Es ist nicht hier.« Dann sagte sie noch ein paarmal »okay«, »verstanden«, »nein, keine Polizei, das ist schon klar« und legte auf.

»Und?« Emily raste die Treppe hinunter.

»Er ist so weit in Ordnung. Hat natürlich Angst, aber er klang ganz munter.« Ein schiefes Lächeln erschien auf Jannas Gesicht. »Ich glaube, der hält die Bande ganz schön auf Trab. Der Kerl bettelte fast, ob's nicht etwas früher ginge.«

»Und wann ist nun die Übergabe?«

»Morgen früh um fünf am Steinbruch.«

Emily nickte, während sich Verzweiflung in ihr breitmachte. An dem van Gogh hatte sie zwei Wochen gemalt, nahezu jeden Nachmittag.

Wie sollte sie mit dem Picasso in wenigen Stunden fertig werden? Noch dazu unter diesem Druck? Jetzt erst fiel ihr auf, dass Marie nicht da war.

»Wo ist Marie?«

»Mal wieder joggen gegangen. Meinte, sie müsste mir sonst

noch an die Gurgel gehen, wenn die nicht anrufen. Die hat einfach keine Nerven.«

»Warum bist du eigentlich so gemein zu Marie?«, fragte Emily unwillkürlich. »Überleg doch mal, was sie durchmachen muss, wegen diesem Typen, den sie . . . erschossen hat. Statt sie zu trösten, musst du dauernd mit ihr streiten.«

»Findest du, dass wir viel streiten?«, erwiderte Janna und es klang fast verblüfft.

»Oh ja.«

»Das kommt dir nur so vor, weil du keine Geschwister hast. Glaub mir, ich kenne Marie. Sie macht diese Sache mit sich selbst aus. Alle Nachfragen nerven sie nur. Das war schon immer so – auch als unsere Mutter in die Klinik kam.«

»Kann sein«, lenkte Emily ein und seufzte. Vielleicht hatte Janna recht. Emily hatte in den letzten Tagen immer wieder versucht, mit Marie über das zu sprechen, was geschehen war, doch ihre Freundin hatte abgeblockt.

Mutlos stieg sie die Treppe wieder hinauf.

»He, Emily!«

»Was ist?«

»Es tut mir leid wegen heute Morgen. Das war nicht so gemeint. Du bist ein prima Kumpel.«

»Schon gut, ich hab's nicht so ernst genommen«, versicherte Emily, aber sie freute sich über Jannas Entschuldigung. »Ich mach dann mal weiter.«

»Kann ich dir was bringen? Kakao? Schokolade? Ein Leberwurstbrot?«

»Ja«, sagte Emily. »In der Reihenfolge.«

Emily malte ununterbrochen bis zum Abendessen. Dafür gönnte sie sich eine halbe Stunde Pause. Marie war längst wieder zurück. Sie hatte die Nachricht von dem Anruf schweigend aufgenommen und auch sonst war sie sehr still und wirkte abwesend. Sie schien sich große Sorgen um ihren Bruder zu machen.

»Ich bin dafür, dass wir Axel hinzuziehen«, sagte Janna und erklärte auch gleich, warum: »Wenn wir denen das Bild gegeben haben und die uns Moritz, dann müssen wir sofort verschwinden. Und bestimmt nicht auf einem Fahrrad. Wir brauchen ein Auto und einen Fahrer.«

»Wieso? Du kannst doch fahren«, entgegnete Marie.

Janna schüttelte den Kopf. »Ja, aber stell dir nur mal vor, wir geraten auf dem Weg zum Steinbruch in eine Polizeikontrolle. Soll ich denen dann sagen: ›'tschuldigung, ich hab's eilig, mein Bruder ist eine Geisel und soll gleich gegen einen selbst gemalten Picasso getauscht werden‹?«

Eine Polizeikontrolle früh um fünf auf der kurzen Strecke von hier bis zum Steinbruch schien Emily nicht sehr wahrscheinlich, aber sie sagte nichts. Vielleicht hatte Janna doch mehr Angst, als sie zugab.

Auch Marie schwieg und nickte nur müde. Anscheinend war den beiden notorischen Streithennen die Kraft ausgegangen.

Emily ging wieder nach oben. Ihr war flau im Magen. Immer noch hatte sie das Gefühl, dass die ganze Verantwortung auf ihr lastete. Jannas Worte hatten ihr erneut den ganzen Irrsinn ihrer Unternehmung vor Augen geführt. Sie dachte an ihren Entschluss von heute Vormittag: zuerst das Bild malen und dann die Polizei anrufen. Jetzt, wo man Ort und Zeit der Übergabe wusste . . .

Nein, das konnte sie nicht tun! Konzentrier dich, Emily, ermahnte sie sich selbst.

Seufzend musterte sie ihr Bild.

Den Hintergrund hatte sie bereits fertig, auch Teile der Kleidung des Mannes. Zum Glück hatte sie noch vor den Ferien neue Farben gekauft, sodass das Blau wohl ausreichen würde, wenn sie sparsam damit umging. Wenn nur das Foto nicht diesen lästigen Rotstich hätte! Emily hätte einiges drum gegeben, die Farben des Bildes im Original zu sehen. So musste sie auf ähnliche Werke im Internet zurückgreifen und hoffen, die richtigen Farbtöne zu treffen. Beim Hochfahren des Computers kam ihr der Gedanke, der Polizei eine E-Mail zu schicken und darin anonym Zeit und Ort der Übergabe bekannt zu geben. Aber die würden das bestimmt für einen Scherz halten. Oder sie würden die IP-Adresse des Computers herausfinden und dann hier aufkreuzen, womöglich mit Sirene und Blaulicht. Viel zu gefährlich!

Was, wenn einer der Entführer weiterhin das Haus beobachtete? Womöglich von unserem Baumhaus aus, dachte Emily wütend. Da hatten sie diesen Mistkerlen auch noch einen bequemen Aussichtspunkt gebaut! Wie ironisch konnte das Schicksal eigentlich sein?

Nein, beschloss Emily, sie würde keine Mail schicken und auch nicht telefonieren. Es war die Entscheidung der Schwestern, zur Polizei zu gehen oder nicht. Sie, Emily, würde nur eines tun: dieses Bild so gut und so schnell wie möglich kopieren.

Einmal im Schaffensrausch, ging die Arbeit schließlich schneller voran, als Emily gedacht hatte. Kurz nachdem der Einuhrgüterzug durchgerauscht war, legte sie den Pinsel aus der Hand. Sie war völlig erschöpft. Der Rücken, die Schultern, der rechte Arm waren verspannt und ihre Augen brannten. Unten saßen Janna und Axel Arm in Arm auf dem Sofa. Der Fernseher lief, aber die beiden schliefen. Emily war so vertieft in ihre Arbeit gewesen, dass sie Axels Ankunft gar nicht mitbekommen hatte. Wie er die Geschichte wohl aufgenommen hatte? Vermutlich hatte er zu allem Ja und Amen gesagt. Emily hatte mit der Zeit den Eindruck gewonnen, dass Axel so ziemlich alles tat, was Janna wollte. Auch Marie kauerte in ihrem Sessel, auch sie schlief.

»Fertig«, verkündete Emily lautstark.

Alle drei fuhren in die Höhe.

»Das Bild – ihr könnt es ansehen.«

Janna und Axel eilten hinauf und auch Marie hechtete aus ihrem Sessel. Nervös folgte Emily ihnen. Sie war nicht völlig glücklich mit ihrem Werk. Am meisten hatte ihr der Gesichtsausdruck des Mannes Probleme bereitet. Wie hatte Picasso das nur hingekriegt, diesen melancholischen Ausdruck mit so wenigen Strichen? Es hatte zwei Stunden in Anspruch genommen, bis sie einigermaßen mit dem Ergebnis zufrieden gewesen war.

»Hm. Nicht schlecht«, urteilte Janna. »Was meint ihr?«

»Ich finde es toll«, sagte Marie. »Das muss einfach funktionieren!«

»Schönes Blau«, fand Axel. »Aber hat Picasso nicht ganz anders gemalt?«

Emily verzichtete auf eine Lektion in Sachen Picasso und sagte nur: »Ich versuche ein paar Stunden zu schlafen, damit ich um fünf wieder einigermaßen fit bin.«

»Du musst nicht mitkommen«, wehrte Janna ab. »Das machen Axel und ich.«

»Du spinnst wohl?«, fauchte Marie. »Ihr lasst mich nicht hier! Moritz ist auch mein Bruder.«

»Und ich komm auch mit«, sagte Emily fest. »Das stehen wir zusammen durch.«

»Mensch, Kinder, das wird kein Familienausflug«, protestierte Axel.

»Dann bleib du doch zu Hause«, giftete Marie.

»Entschuldige mal . . .«, begann Axel, aber nun wurde es Emily zu bunt: »Ruhe, verdammt noch mal! Kann man mit euch denn nicht einmal etwas besprechen, ohne dass gestritten wird? Marie und ich kommen mit. Und jetzt sollten wir schlafen!«

Damit verschwand Emily im Bad und auch die anderen legten sich ohne weitere Diskussionen hin.

Die Sonne war gerade aufgegangen und blinzelte durch die staubigen Scheiben des Küchenfensters. Axel hatte Kaffee gekocht, den aber niemand außer ihm anrührte. Janna sagte, sie sei auch ohne Koffein schon aufgeregt genug. Auf dem Küchentisch lag die Pistole des toten Reschke.

»Was habt ihr denn damit vor?«, fragte Emily erschrocken.

»Ich finde, wir sollten da nicht unbewaffnet hinfahren«, erklärte Janna. »Deshalb nehmen wir die Pistole mit. Für alle Fälle.«

»Aber wir können doch nicht schon wieder . . .«, begann Emily, wurde aber von Jannas scharfem Blick gestoppt. »Seid ihr fertig, du und Marie?«, fragte sie.

Emily nickte und begriff: Axel wusste nichts von dem Erschossenen. Das war bestimmt auch besser so. Es war nicht notwendig, dass binnen Kurzem die ganze Stadt davon erfuhr. Vielleicht hatten sie Glück und es blieb für alle Zeiten ihr Geheimnis.

Marie kam aus dem Bad, sie war blass. Die Küchenuhr zeigte halb fünf.

Janna trug das Bild, das in ein altes Bettlaken gehüllt war.

Axel nahm die Pistole vom Küchentisch und steckte sie sich in den Bund seiner Jeans.

»Pass bloß auf, dass du dir nicht aus Versehen ein paar edle Teile wegschießt«, fauchte Janna, aber Axel schüttelte nur grinsend den Kopf.

Draußen glänzte der frische Morgen, das Gras war taufeucht, der Mond stand blass über dem Dorf, ein paar duftige rosa Wölkchen zierten den Himmel. Doch niemand hatte einen Blick für all die Schönheit. Emily und Marie setzten sich auf die Rückbank von Frau Holtkamps Fiesta, Janna nahm mit dem Bild auf dem Beifahrersitz Platz. Axel fuhr los. Alle schwiegen.

Emily fühlte schon wieder diesen Druck auf ihrem Magen. Sie befürchtete, ihr würde gleich übel werden. Was, wenn die Männer auf sie schießen würden, was, wenn Axel ausflippte und den Helden spielen wollte? Jetzt wünschte sie, sie hätte doch die Polizei informiert. Selbst wenn alles gut ging und sie Moritz wohlbehalten zurückbekamen, fand Emily es nicht gerecht, dass diese Leute einfach so davonkamen. Auf Kindesentführung stand schließlich Gefängnis und da gehörten diese Kerle hin! Außerdem – irgendwann würden sie oder ihr Auftraggeber bemerken, dass sie getäuscht worden waren. Und dann würde alles von vorn anfangen.

Sie durchquerten das Dorf, das noch in tiefem Schlaf lag. Nur wenige Autos begegneten ihnen, ein paar müde Gestalten standen rauchend an der Bushaltestelle. Wo die Männer Moritz in der Zwischenzeit festgehalten hatten? Wohl kaum in einem Hotel. So eine Entführung wollte gut organisiert sein. Vermutlich waren diese Schillinger-Erben schon längst ungeduldig geworden, hatten bereits vor Tagen oder Wochen erkannt, dass dieser Reschke nichts erreichte und deshalb neue Leute hinterhergeschickt. Gangster, die sofort zur Sache kamen, die keinerlei Skrupel hatten. Und mit denen wollten sie es nun aufnehmen.

Axel bog von der Landstraße ab und in den holprigen Waldweg ein. Emily erinnerte sich an ihre Schießübungen. Ja, der Steinbruch war ein idealer Ort, um Dinge zu tun, die keiner sehen sollte. Woher die Männer wohl diesen Platz kannten? Andererseits war das Auskundschaften einer Gegend im Zeitalter von Google-Earth ein Leichtes und ein Steinbruch mitten im Wald war ein markanter Punkt auf einer Satellitenkarte. Kürzlich hatte Emily ihr Haus im Internet angeschaut und war völlig verblüfft gewesen, dass man nicht nur Haus und Garten, ja sogar einzelne Bäume klar erkennen konnte, sondern auch den aufgespannten Sonnenschirm auf der Terrasse. Ihre Mutter hatte sich darüber fürchterlich aufgeregt: »Demnächst kann man nicht nur den Sonnenschirm erkennen, sondern auch den Titel des Buches, das ich lese, wenn ich darunter liege!« Und dazu hatte sie etwas von einem gewissen Orwell gemurmelt, der das angeblich alles vorausgesehen hatte.

Aber vielleicht waren diese Männer gar nicht aus Chile, grübelte Emily weiter. Der Anrufer hatte jedenfalls fließend Deutsch gesprochen, ohne Akzent. Vielleicht gab es eine Art internationale Arbeitsvermittlung für Gangster, bei der man hiesige Verbrecher anheuern konnte? Bei diesem Gedanken wäre sie fast in hysterisches Kichern ausgebrochen.

Sie musste sich zusammennehmen!

Vorsichtig schaute sie hinüber zu Marie. Die blickte angestrengt aus dem Fenster, als würde sie die Entführer hinter den Büschen suchen, die den Weg säumten.

Vorausgesetzt, ich überlebe diesen Morgen – ob ich meinen Eltern jemals davon erzählen werde, überlegte Emily. Wenn, dann erst so etwa in zwanzig bis dreißig Jahren, beschloss sie. Wenn ...

Janna schrie auf und Emily und Marie zuckten zusammen. Zwei aufgescheuchte Rehe hatten den Weg gekreuzt, wenige Meter vor dem Wagen. Wie Gespenster verschwanden sie lautlos zwischen den Bäumen.

Axel klopfte Janna beruhigend auf den Schenkel und sagte großspurig: »Musst nicht nervös sein, Baby. Ich bin ja da.«

»Wenn du noch einmal Baby zu mir sagst, kannst du dich im Knabenchor anmelden«, sagte Janna, ohne zu lächeln.

Marie und Emily tauschten einen Blick und ein kurzes Grinsen. Marie rollte zwar mit den Augen, aber Emily erkannte: So verschieden die Schwestern auch waren und so oft sie sich in der Wolle hatten, ein paar grundlegende Prinzipien hatten sie doch gemeinsam.

Der Wagen ratterte weiter über die staubige Straße, bis sich nach einigen Minuten der Wald lichtete. Emily beugte sich vor.

Dorthinten war der Steinbruch! Der Weg schlängelte sich hinunter bis zu einer verlassenen Geröllhalde, wo er endete. Die Fichten oben an der Abbruchkante warfen lange Schatten in die lang gestreckte Mulde, die der Steinbruch bildete.

Ein paar Krähen flogen auf, sonst rührte sich nichts. Niemand war hier.

Emily schaute auf ihre Uhr. Zehn vor fünf.

»Und jetzt?«, fragte Axel.

»Jetzt warten wir, was denn sonst?«, sagte Janna.

»Soll ich mich nicht irgendwo in der Nähe verstecken? Falls etwas schiefläuft?«, schlug Axel vor.

Janna schüttelte den Kopf. »Nein. Wenn sie da sind, dann steige ich aus. Nur ich, klar?« Sie wandte sich nach Marie und Emily um. Beide nickten. Es war nicht das erste Mal, dass Janna ihnen das einschärfte.

Fünf Minuten vergingen, zehn, fünfzehn. Das Warten war

unerträglich. Emily verfolgte den Sekundenzeiger ihrer Uhr, Marie rutschte nervös auf dem Polster hin und her, Janna starrte nägelkauend aus dem Fenster und Axel trommelte auf das Lenkrad, bis Janna sagte: »Hör auf damit, das macht mich wahnsinnig.« Alle hatten den einen Gedanken: Was ist mit Moritz? Was, wenn die Entführer nicht kommen?

Dann, es war schon zehn nach fünf, hörten sie hinter sich ein Motorengeräusch. Mit rasender Geschwindigkeit preschte der schwarze Geländewagen durch die Schlaglöcher. Die Nummernschilder waren mit schwarzem Isolierband abgeklebt worden.

Der Wagen drehte eine Runde vor dem Steinbruch, dann setzte er auf der staubigen Straße zurück, sodass er für den Rückweg bereits in Fahrtrichtung stand. Er war etwa dreißig Meter von ihnen entfernt. Der Motor lief. Im Inneren des Wagens erkannte Emily zwei Männer. Sie trugen tief in die Stirn gezogene Baseballmützen und dunkle Schals, die sie bis zur Nase hochgezogen hatten. Aber wo war Moritz? Emily versuchte, durch die hinteren Scheiben zu spähen, aber dort versperrte ein blickdichter Sonnenschutz die Sicht.

Die Tür auf der Beifahrerseite wurde geöffnet, ein Mann stieg aus. Er war nicht sehr groß, aber kompakt gebaut. Von seinem Gesicht sah man nicht viel, er hatte den Schal fast bis unter die Augen hochgezogen. Unter der Baseballmütze lugte ein wenig aschblondes, kurzes Haar hervor.

Janna holte hörbar Luft, griff nach dem Türknauf und kletterte aus dem Wagen. Das Gemälde ließ sie vorerst auf dem Sitz stehen.

»Das Bild!«, rief der Mann fordernd.

»Das Kind«, erwiderte Janna unbeeindruckt. Sie ging ihm wenige Meter entgegen und blieb dann stehen. »Woher soll ich wissen, ob er überhaupt hier ist?«

Der Blonde ging zur hinteren Wagentür, entfernte das Sonnenrollo und die hintere Scheibe fuhr herunter. Moritz saß aufrecht auf der Rückbank, ein Stück Klebeband über seinem Mund. Seine Arme lagen dicht am Oberkörper an, er war mit einer weißen Schnur gefesselt.

»Schweine«, flüsterte Janna und Emily konnte nachfühlen, wie wütend Janna der klägliche Anblick ihres wie ein Paket verschnürten kleinen Bruders machte. Hoffentlich behielt sie einen kühlen Kopf und beging jetzt keinen Fehler!

Emily sah, wie Axel die Pistole aus dem Seitenfach der Tür zog.

»Leg sofort das verdammte Ding weg, du Idiot, oder willst du uns alle umbringen?« Maries Stimme war leise, aber eiskalt. Axel gehorchte prompt.

Emily richtete ihre Aufmerksamkeit wieder auf die Vorgänge da draußen. Sie hatte die Scheibe heruntergelassen, damit sie hören konnte, was gesprochen wurde.

»Lassen Sie ihn aussteigen«, forderte Janna.

Der Mann zog Moritz unsanft von der Rückbank, stellte ihn auf die Beine und hielt ihn mit einer Hand fest. Auf einmal hatte er eine ziemlich große Pistole in der Hand, die er nun auf Moritz richtete.

Moritz schaute Janna mit riesigen Augen an.

»Legen Sie die Pistole weg, dann hole ich das Bild«, sagte Janna, aber nun wurde es dem Mann wohl zu viel. »Du holst jetzt das verdammte Bild oder ich blase dieser Kröte die Birne weg! Und dir gleich mit«, brüllte er unbeherrscht.

Janna zuckte zusammen. Dann drehte sie sich um und holte das Bild, das noch immer in das Laken eingewickelt war, aus dem Fiesta.

Inzwischen war auch der Fahrer des Wagens ausgestiegen. Er

ging auf Janna zu, riss ihr das Bild aus den Händen und nahm es mit zum Geländewagen. Das Betttuch fiel auf den Boden, er beachtete es nicht. Emily stockte der Atem. Beide Männer und auch Moritz betrachteten nun das Gemälde. Eine Ewigkeit starrten sie auf das Bild. Jedenfalls kam es Emily wie eine Ewigkeit vor. Sie biss sich auf die Lippen, ohne es zu merken. Marie hatte die Hände auf den Mund gepresst und Axel nagte an seinen Fingerknöcheln.

Endlich nickte der Mann mit der Pistole. Der Fahrer ging zum Heck des Wagens und legte das Bild hinein. Emilys Herz machte einen Satz. Hatte der Trick tatsächlich geklappt?

»Den Autoschlüssel!«, verlangte der Blonde.

Janna widersprach. »Sie haben doch, was Sie wollen! Denken Sie, wir verfolgen Sie mit dieser alten Mühle?«

»Typisch Janna«, flüsterte Marie im Wagen. »Was muss sie denn jetzt noch diskutieren?«

»Den Autoschlüssel, sag ich!« Der Mann hielt die Pistole dichter an den Kopf von Moritz. Der zappelte an seinem Arm unruhig herum und gab unter seinem Knebel Laute des Unmuts von sich.

Die Hecktür des Geländewagens schlug zu. Janna kam noch einmal auf den Fiesta zu. »Er will den Schlüssel.«

Axel reichte Janna die Wagenschlüssel zum Fenster hinaus. Janna ging zu dem Mann und warf ihm die Schlüssel klirrend vor die Füße.

»Hier. Und jetzt lassen Sie den Jungen gehen«, kreischte sie los. Offenbar gingen ihr langsam die Nerven durch. Der Mann nahm seine Hand von Moritz' Schulter. Doch im gleichen Moment begann der Fahrer, der im Begriff war einzusteigen, plötzlich zu fluchen.

»Hey! Die Schlampe will uns linken!«, rief er.

Der andere wandte sich um: »Wieso, was ist?«

Der Fahrer hob seine Handflächen. »Farbe. Ich hab gottverdammte Farbe an den Händen!«

»Farbe?«

»Ja, blaue Farbe!«

Jetzt fiel der Groschen.

»Lauf, Moritz!«, gellte Maries Stimme durch den Steinbruch.

Zu spät.

Der andere Mann hatte Moritz bereits wieder gepackt, wobei er die Pistole abwechselnd auf den Jungen und auf Janna richtete. Mit einem Ruck hob er den zappelnden Jungen hoch, warf ihn unsanft auf die Rückbank des Geländewagens und knallte die Tür zu.

»Das wirst du bereuen!«, schrie er Janna zu, die vor Schreck erstarrt war.

Da ertönte von irgendwoher plötzlich eine laute, blecherne Stimme: »Polizei! Hinlegen und die Waffe weg!«

Der Mann mit den blauen Händen saß bereits am Steuer des Geländewagens. Der Motor lief noch immer.

»Komm schon, nichts wie weg!«, rief er seinem Kollegen zu. Dieser beging den Fehler, sich erschrocken umzusehen, und im nächsten Augenblick brach die Hölle los.

Ein Schuss krachte, Dreck spritzte unmittelbar vor dem Entführer auf. Das Echo des Knalls hallte aus dem Steinbruch wider. Aus dem umliegenden Gebüsch brach ein Rudel vermummter, martialisch gekleideter Gestalten hervor. Weitere Schüsse wurden abgefeuert, während die schwarz Vermummten geduckt auf den Geländewagen zurannten, der mit durchdrehenden Reifen anfuhr. Einer riss die hintere Tür auf und schnappte sich Moritz, zwei andere zerrten den Fahrer aus dem Wagen und warfen ihn zu Boden. Der Wagen rollte weiter, kam vom Weg ab und blieb in einem Gestrüpp hängen.

Der zweite Entführer stand noch immer mit seiner Pistole in den Händen da. Offenbar wusste er nicht, wohin er zielen sollte.

Schreie ertönten: »Waffe weg und hinlegen!« – »Ihr da im Wagen, in Deckung!« – »Runter, Mädchen!«

Damit war Janna gemeint, aber auf die Idee war sie nach dem ersten Schuss auch von selbst gekommen. Sie hatte sich an Ort und Stelle flach hingeworfen und hielt nun die Arme über dem Kopf verschränkt, während um sie herum das Chaos tobte. Der Entführer machte ein paar Schritte auf Janna zu.

Doch er kam nicht weit. Mehrere Geschosse schlugen rund um den Mann ein und fanden ihren Widerhall in den Felsen. Der Bedrohte gab noch nicht auf, er feuerte einige Male in Richtung der umliegenden Büsche und dabei näherte er sich Janna bis auf drei, vier Meter.

»Lauf, Janna«, flüsterte Emily unwillkürlich. »Zum letzten Mal, Waffe runter, hinlegen!«, bellte jemand. Ein weiterer Schuss zischte dicht am Kopf des Mannes vorbei und brachte ihn zur Besinnung.

Fluchend warf er die Pistole hin und hob die Hände. Schon rannte einer der schwarzen Männer zu Janna, riss sie vom Boden hoch und verschwand mit ihr hinter eine Baumgruppe. Einen Wimpernschlag später stürzten sich mehrere Polizisten auf den Entführer. Handschellen klickten und auf einmal wimmelte es auch um den Fiesta herum von schwarz gekleideten Männern.

Die letzten Momente hatte Emily wie im Zeitraffer erlebt. Die ganze Aktion war so rasch vorbei gewesen, dass sie gar nicht richtig begriffen hatte, was passiert war.

In der ersten Schrecksekunde waren ihr diese Gestalten sogar bedrohlicher als die beiden Entführer vorgekommen.

Aber jetzt dämmerte es ihr. Die schwarzen Männer mussten

Polizisten von einem Sondereinsatzkommando sein. Jedenfalls sahen sie genau so aus wie die Männer vom SEK im Fernsehen.

Ohne weiter nachzudenken, folgte sie den Anweisungen der Polizisten und stieg mit zitternden Knien hinter Marie und Axel aus dem Wagen.

Marie rannte auf Janna und Moritz zu. Axel hob den Autoschlüssel auf, den Janna dem Mann vor die Füße gepfeffert hatte.

Man hatte Moritz die Fesseln abgenommen und den Klebestreifen vom Mund entfernt. Nun stand er neben Janna, am Gürtel ihrer Jeans festgekrallt. Seine Augen waren weit aufgerissen, aber er weinte nicht. Das Ganze war offenbar viel zu aufregend.

»Alles in Ordnung?«, wurde Emily von einem der Polizisten gefragt. Netterweise hatte er seine Maske abgenommen.

»Danke, uns geht es gut«, antwortete Emily höflich. Das stimmte auch, wenn man mal davon absah, dass ihre Beine wackelten wie Götterspeise und sie kaum in der Lage war, die paar Worte hervorzubringen.

Von ferne waren Sirenen zu hören, die sich rasch näherten. Zwei Streifenwagen und ein ziviles Fahrzeug mit einem Blaulicht auf dem Dach fuhren in einer Staubwolke heran. Aus einem der Wagen stieg ihre Lehrerin Maja Kramp. Sie kam sofort auf sie zugestürzt.

»Ist jemand verletzt? Wie geht es Moritz?«

Emily sah sie verdutzt an. Frau Kramp? Was machte ihre Lehrerin hier?

»Keiner ist verletzt«, stammelte sie. »Wir . . . wir sind in Ordnung.«

»Gott sei Dank!« Frau Kramp lief mit schnellen Schritten zu Axel, der etwas abseits stand. »Von dir als jungem Erwachsenen hätte ich etwas mehr Verstand erwartet«, fauchte sie. Offenbar kannten sich die beiden, denn Axel nickte artig und sagte: »Tut mir leid, Frau Kramp. Aber man brauchte doch einen Fahrer.«

Emily war mittlerweile zu den Schwestern getreten. Ein älterer Herr in ziviler Kleidung näherte sich ihnen und stellte sich als Hauptkommissar Lubig von der Polizeidirektion Hannover vor.

Unwillkürlich nahm Emily Maries Hand und spürte dankbar, wie die Freundin sie drückte.

»Denkt ihr, ihr könnt mit aufs Präsidium und ein paar Aussagen machen?«, fragte der Kommissar.

»Auf keinen Fall«, mischte sich Frau Kramp wie eine Furie ein. »Die Kinder stehen unter Schock.«

»Der Notarzt ist unterwegs«, antwortete der Kommissar ruhig, und kaum hatte er die Worte ausgesprochen, hörte man auch schon das Martinshorn. Der Beamte wandte sich an Maja Kramp: »Darf ich fragen, wer Sie sind?«

»Ich bin ihre Lehrerin«, erwiderte sie. »Ich habe die Polizei verständigt.«

»Sie?«, staunte Janna. »Und woher wussten Sie davon?« Ein Seitenblick traf Emily, aber die wehrte sofort ab: »Von mir nicht!«

»Axel?!«

»Nee, nee . . .«, winkte auch der sofort ab.

»Ich war's«, sagte Marie und senkte den Blick. »Ich bin gestern Nachmittag zu Frau Kramp gelaufen und habe ihr alles erzählt. Ich hatte einfach Angst um Moritz.«

Janna wollte etwas sagen, aber in dem Moment kam eine Frau, deren leuchtfarbene Weste die Aufschrift »Leitender Notarzt« trug, im Laufschritt auf sie zu, gefolgt von einem Kollegen. Die Ärztin wies auf Moritz. »Ist das der entführte Junge?«

»Ja«, krähte Moritz. »Die haben mich einfach aus dem Garten geklaut! Aber ich habe ganz lange fernsehen dürfen! Das war toll!«

»Darf ich dich drüben im Wagen mal untersuchen?«, fragte die Ärztin Moritz. Der sah Janna an, die nickte. »Geh nur mit. Du bist jetzt der Held des Tages, alles dreht sich um dich!«

Das gefiel Moritz, er ließ Jannas Hand los und begleitete die Ärztin zum Wagen. »Ihr kommt gleich an die Reihe!«, rief ihr Kollege den Mädchen zu.

»Nicht nötig, uns geht's prächtig«, antwortete Janna und wandte sich an den Kommissar: »Wir können schon mit auf die Wache. Nur Moritz . . .«

»Moritz braucht eine psychologische Betreuung«, entschied Frau Kramp. »Und auch die anderen müssen untersucht werden.«

Hauptkommissar Lubig räusperte sich. »Ihr Engagement in Ehren, Frau Kramp, aber sollten wir nicht erst einmal die Erziehungsberechtigten der Kinder informieren?«

Ein Schweigen entstand. Frau Kramp legte dem Kommissar sanft eine Hand auf die Schulter und sagte: »Kann ich wohl mal ein paar Worte unter vier Augen mit Ihnen reden?«

Lubig war einverstanden und bat Frau Kramp zu seinem Wagen. Die Mädchen und Axel beobachteten, wie Frau Kramp gestenreich auf den Kommissar einredete. Der nickte ein paarmal und zwischendurch wandte er den Kopf und schaute mit einem Ausdruck der Verblüffung zu ihnen hinüber.

Janna winkte ihre Schwester und Emily zu sich heran und legte ihnen je einen Arm auf die Schulter. Sowie sie die Köpfe zusammengesteckt hatten, flüsterte Janna: »Marie, was hast du der Kramp erzählt?«

»Alles.«

»Alles!?«

»Na ja, fast alles. Das mit dem – du weißt schon – habe ich nicht erzählt«, sagte Marie mit einem Seitenblick auf Axel. Aber der war abgelenkt, er beobachtete fasziniert den Abzug der Leute vom SEK.

»Gut«, meinte Janna erleichtert. »Wenn es irgendwie geht, dann bleibt die Sache unter dem Teppich. Im wahrsten Sinn des Wortes. Es sei denn, du hast Lust, für die nächsten paar Jahre von Psychologen und Psychiatern traktiert zu werden.«

»Nicht unbedingt«, sagte Marie.

»Und auch kein Wort zu Frau Kramp!«

»Natürlich nicht. Aber das mit Oma musste ich sagen . . .«

»Schon gut.« Janna ließ die beiden wieder los.

»Es tut mir leid, dass noch Farbe an dem Bild war«, sagte Emily zerknirscht. »Ölfarbe braucht ewig, bis sie ganz durchgetrocknet ist. Aber ich finde, du warst supercool, Janna . . . Janna?«

Janna antwortete nicht, ihre Pupillen wanderten zur Seite, ihre Knie gaben nach und schon lag sie rücklings im Staub.

»So viel zu meiner supercoolen Schwester«, sagte Marie trocken, während Emily nach dem Notarzt rief.

Janna kam nach zwei Minuten wieder zu sich, dennoch sollten alle in eine Klinik gebracht werden. Axel durfte nach einigem Hin und Her zur Arbeit gehen, aber Frau Kramp bestand darauf, sie zu begleiten, und kümmerte sich im Krankenhaus um den Papierkram.

Der junge Assistenzarzt, der Emily und Marie untersuchte, konnte keinerlei gesundheitliche Defizite feststellen. Auch Moritz hatte die Sache ohne körperliche Schäden überstanden. Er wurde zusätzlich von einer Psychologin vom Sozialamt betreut, die aber ebenfalls meinte, er sei »erstaunlich robust«.

Natürlich müsse man ihn während der nächsten Zeit beobachten, riet die Frau, manchmal würde es eine Weile dauern, bis sich die Folgen solcher Erlebnisse zeigten. Alle diese Prozeduren zogen sich bis zum Mittag hin. Axel hatte sich unterwegs absetzen lassen. »Ich muss nicht ins Krankenhaus, was soll ich da?«

Hauptkommissar Lubig hatte entschieden, dass die Vernehmung der Kinder auf den nächsten Tag verschoben werden sollte. Er würde sich heute lieber ausgiebig den beiden Entführern widmen, erklärte er. Frau Kramp konnte dem Beamten zum Glück ausreden, ihnen eine Fürsorgerin vom Jugendamt an die Seite zu stellen. »Ich werde mich um die Kinder kümmern, bis eine Lösung gefunden worden ist. Immerhin kennen sie mich und ich bin schließlich Pädagogin«, warf sie ihre Trümpfe in die Waagschale.

»Meinetwegen«, kapitulierte der Polizist vor der Entschlossenheit dieser Person. »Dann bis morgen um zehn Uhr im Präsidium. Ich rufe Ihnen einen Streifenwagen, der Sie alle nach Hause bringt.«

»Scheiße, was ist denn hier los?«, rief Janna, als das Bahnwärterhäuschen in Sicht kam.

»Tja, sieht aus, als hätte die Presse Wind bekommen«, sagte einer der beiden Polizisten, der den blau-weißen Transporter steuerte. Moritz konnte sein Glück noch gar nicht fassen, dass er in einem echten Polizeiauto nach Hause gebracht wurde.

»Janna, das ist deine Chance, du wolltest doch immer ins Fernsehen«, sagte Marie.

»Aber doch nicht so, wie ich jetzt aussehe! Total dreckig und ohne Make-up!«

»Fürs Dschungelcamp reicht es«, bemerkte Marie boshaft.

Ein knappes Dutzend Reporter und zwei Kamerateams von RTL und vom NDR hatten vor dem Gartentor Aufstellung genommen. Kaum waren sie ausgestiegen, prasselten Fragen auf sie nieder.

»Worum ging es bei der Entführung?«

»Wer genau ist entführt worden, nur der Junge?«

»Wie kam es dazu, was wollten die Entführer?«

Ein Fotograf ging vor Moritz in die Knie und knipste wild drauflos. Eine Frau hielt dem Kleinen ein wuscheliges Mikrofon hin und fragte, wie alt er sei und wie es ihm ginge. Moritz war die Sache nicht geheuer, er hielt Jannas Hand fest gepackt und sah abwechselnd zu ihr und zu Frau Kramp.

Die beiden Ordnungshüter wiesen die Reporter in barschem Ton an, die Bewohner durchzulassen. »Wenden Sie sich an den Pressesprecher der Polizei!«, riet der eine.

Aber damit waren die Medienvertreter nicht zufrieden, es hagelte weiterhin Fragen und die Kameras klickten ununterbrochen.

»Geht ihr ins Haus, ich bleibe draußen und rede mit denen«, ordnete Frau Kramp an.

Die beiden Polizisten begleiteten die Mädchen und Moritz bis zur Tür. »Am besten, ihr bleibt heute da drin und zieht den Telefonstecker«, riet ihnen der ältere, ehe sie sich verabschiedeten.

Draußen stand Maja Kramp der Reporterschar Rede und Antwort, und als Janna gekämmt und hastig geschminkt und umgezogen aus der Tür stürzte, rückte das letzte Team vom NDR gerade ab und Janna fluchte wie ein alter Seemann.

Am späten Nachmittag fuhr auch Frau Kramp zurück in den Ort, um ein paar Dinge zu erledigen und ihre Sachen zu holen. »Heute Abend komme ich wieder und bringe etwas zum Kochen mit. Am besten ruht ihr euch jetzt etwas aus.«

Ein guter Rat. Emily hatte das Gefühl, noch nie in ihrem Leben so müde gewesen zu sein. Nicht nur ihr Körper war erschöpft, jetzt, wo die Anspannung von ihr abfiel, verlangte auch ihr Geist nach Ruhe. Sie wollte nur noch schlafen und gleichzeitig wünschte sie sich zurück in ihr geregeltes Leben. Ohne Einbrecher, Entführer, Polizei und Tote. Ohne Lügen und Geheimnisse.

Am Abend wurde ein riesiger Hundekorb aus Frau Kramps Kleinwagen geladen. »Damit er sich nicht aufs Sofa legt«, erklärte sein Frauchen. Sie schien ihre Vorräte geplündert zu haben, Emily und Marie halfen ihr, zwei Körbe mit Lebensmitteln ins Auto zu tragen.

»Danke, dass Sie das für uns tun«, sagte Janna.

»Das mache ich sehr gerne«, antwortete Frau Kramp und es klang aufrichtig.

Moritz hatte zur Begrüßung mit Ringo im Garten Stöckchen geworfen, aber bald wurde das dem Hund zu langweilig und er folgte den Menschen ins Haus. Nach Hundeart schnüffelte er jeden Quadratzentimeter Boden ab, nachdem ihn Frau Kramp erst einmal aus der Küche gescheucht hatte. Aufgeregt vibrierend glitt seine Nase über den Teppich, der vor dem Bücherregal im Wohnzimmer lag. Er begann zu scharren. Marie und Emily sahen sich entsetzt an.

Zum Glück war Frau Kramp gerade zusammen mit Janna beschäftigt, die Lebensmittel zu verräumen.

»Heiliger Bimbam, wann ist denn der Kühlschrank zum letzten Mal geputzt worden?«, hörten sie sie entsetzt rufen. »Da drin existiert ja bereits intelligentes Leben!«

Janna murmelte etwas von wegen, man hätte in der letzten Zeit andere Sorgen gehabt, während Marie und Emily vergeblich versuchten, den Hund vom Teppich wegzuzerren. Der hatte sein Scharren nun intensiviert.

»Pfui, Ringo!«, zischte Marie. »Lass das!«

Die Worte beeindruckten das Tier genauso wenig wie das Gezerre an seinem Halsband.

»Zeig ihm doch, was darunter ist, dann gibt er vielleicht Ruhe«, meinte Emily. Marie schlug den Teppich um. Ringo schnüffelte erneut fieberhaft, aber immerhin hörte er auf zu kratzen. Stattdessen begann er, die Dielen abzulecken.

»Hör auf, Ringo! Du bist doch kein Vampir?«, flüsterte Emily.

»Ringo, was machst du denn da?«, erkundigte sich Frau Kramp, die gerade aus der Küche kam. Da der Hund nicht antwortete, trat sie näher an das Geschehen heran. »Was ist denn das für ein Fleck?«

»Fleck? Ach, der Fleck. Da hat Moritz mal Kirschkompott verschüttet«, erklärte Marie.

»Stimmt doch gar nicht«, ließ sich dieser vernehmen.

»Da warst du noch klein, das weißt du nicht mehr.«

Frau Kramp lächelte. »Ringo liebt Kirschkompott«, sagte sie, dann schickte sie den Hund energisch in seinen Korb, den sie neben den Kamin gestellt hatten. Widerstrebend gehorchte das Tier. Rasch legte Marie den Teppich wieder über den Fleck.

»Dieser Hund ist unmöglich«, stellte Frau Kramp fest und fragte die Anwesenden: »Wollt ihr mir beim Kochen helfen?«

Von Wollen konnte zwar keine Rede sein, aber natürlich folgten sie der Lehrerin in die Küche. Moritz legte sogar eine gewisse Begeisterung an den Tag, er schien Frau Kramp ins Herz geschlossen zu haben.

Sie bereiteten einen Auflauf aus Gemüse und Hackfleisch zu und während des Kochens berichtete Moritz von seinem Abenteuer: Offenbar hatten ihn die Entführer in einem Wochenendhäuschen an einem See untergebracht. Jedenfalls interpretierten sie so seine Schilderung. »Da waren Segelboote und ganz viel Gras, das aus dem Wasser gewachsen ist.«

»Schilf«, korrigierte Frau Kramp.

»Ja, so Schilf. Da waren Enten drin. Und das Haus war ganz klein und ohne Mauern, nur so Bretter, aber da war ein Fernseher, aber nur ein ganz kleiner«, erzählte Moritz.

»Hast du denn keine Angst gehabt?«, fragte Emily.

Moritz zog einen Flunsch. »Zuerst, in dem Auto, schon ganz schön«, gestand er. »Aber in dem Haus nicht mehr. Einer hat immer auf mich aufgepasst, damit ich nicht abhaue. Und der hat gesagt, dass sie mir nichts tun werden, wenn ich brav bin. Der andere hat gesagt, wenn ich weglaufe, dann erschießen sie mich. Aber der ist dann zu McDonald's gefahren, weil ich Hunger gehabt habe. Ich habe zwei Big Macs gegessen und ganz viel Pommes mit Mayo. Dann ist mir schlecht geworden und ich habe auf das Sofa gekotzt.« Die Erinnerung daran ließ Moritz fröhlich grinsen.

»Die Kerle können einem fast leidtun«, meinte Janna.

Als das Essen auf den Tisch kam, merkten alle, was für einen großen Hunger sie hatten. Für den enttäuschten Ringo blieb nichts übrig.

Beim Abräumen des Tisches nahm Frau Kramp Janna beiseite, aber Emily hörte noch, wie sie ihr zuflüsterte: »In der Türablage des Wagens eurer Großmutter steckte eine geladene Pistole. Kannst du mir sagen, was es damit auf sich hat?«

»Ich wusste ja nicht, dass die Polizei zum Steinbruch kommen würde. Also dachten Axel und ich, es könnte nicht schaden . . .«

»Das ist mir schon klar«, unterbrach Frau Kramp Janna. »Aber wo habt ihr die her?«

»Die? Die hat meiner Oma gehört. Schon immer. Sie meinte,

eine Frau, die so abgelegen wohnt wie sie, sollte eine Waffe haben.«

»Hatte sie denn einen Waffenschein dafür?«

Janna schüttelte den Kopf. »Ich glaube nicht. Wissen Sie, meine Großmutter war ziemlich unkonventionell. Und von Gesetzen und Vorschriften hat sie nicht allzu viel gehalten.«

»Das muss in der Familie liegen«, bemerkte Frau Kramp.

»Wo ist die Pistole jetzt? Hat die Polizei sie gefunden?«, fragte Janna.

»In meiner Wohnung. Ich wollte einfach nicht, dass ihr noch mehr Schwierigkeiten bekommt. Also habe ich sie verschwinden lassen.«

»Sie haben was?« Janna sah sie ungläubig an.

»Hättest du nicht von einer Lehrerin gedacht, oder?« Sie grinste. »Glücklicherweise die Polizei auch nicht.«

Janna konnte nur fassungslos den Kopf schütteln.

Frau Kramp brachte Moritz nach oben in sein Zimmer. Sie blieb dort eine geraume Weile, was den Mädchen ganz recht war, denn es gab noch einiges zu besprechen.

»Ich habe Bammel vor morgen. Ich bin noch nie von der Polizei verhört worden«, bekannte Emily.

»Wieso Bammel? Du hast doch nichts Falsches getan«, widersprach Marie.

»Und was ist mit dem Verbuddeln eurer Großmutter?«

Janna zuckte die Schultern. »Das nehme ich auf meine Kappe.«

»Ich auch«, versicherte Marie.

»Sie werden sie sicher wieder ausgraben.« Emily rümpfte die Nase.

»Da müssen wir ja nicht dabei sein«, entgegnete Janna. Ein nachdenkliches Schweigen trat ein. Nach einer Weile sagte Emily. »Was wird jetzt aus euch?«

»Keine Ahnung«, gestand Janna. »Vermutlich das Übliche. Heime, Pflegefamilien . . .« Sie sah resigniert aus, als sie flüsterte: »Herrgott, wie mich das alles ankotzt!«

»Wir sollten Mama besuchen«, sagte Marie. »Weißt du noch, die Briefe an uns? Sie hat geschrieben, dass es ihr besser geht. Und wenn sie erfährt, dass Oma nicht mehr lebt . . .«

»Dann geht's ihr bestimmt gleich viel besser, was?« Janna schüttelte den Kopf. »Nein, auf Mama sollten wir uns besser nicht verlassen. Die hat uns schon zu oft enttäuscht.«

Frau Kramp kam herunter. Emily war, als hätte sie bei der Lehrerin feuchte Augen bemerkt. Aber sicherlich hatte sie sich geirrt. Was sollte Moritz ihr schon erzählt haben, das sie zu Tränen rührte?

Die Mädchen blieben nicht mehr lange wach. Sie waren todmüde, und kaum hatten sie sich hingelegt, fielen ihnen auch schon die Augen zu. Deswegen hörte Emily weder das Telefon klingeln noch Frau Kramp, die lange und beruhigend auf Emilys Eltern einsprach.

Emily wurde nicht von Kommissar Lubig, sondern von einer jungen Kommissarin vernommen. Sie war recht freundlich und zunächst lief alles gut, aber dann fragte die Beamtin: »Weißt du, ob vor den beiden Entführern schon einmal jemand hinter dem Bild her war?«

»Äh, nein«, log Emily. »Davon weiß ich nichts.«

Jetzt nur nicht rot werden, Emily. Sei einmal in deinem Leben cool!

»Gab es keine Anrufe oder verdächtige Besucher?«

»Doch, ich glaube, da war mal so ein komischer Anruf.« Emily gab sich nachdenklich. »Aber der Mann hat nie einen Namen gesagt und wir haben nicht verstanden, was der wollte. Wir haben ja erst von dem Bild erfahren, nachdem Moritz entführt worden war.«

»Der kleine Moritz erwähnte einen Mann, der mit seiner Großmutter gesprochen hätte, an dem Tag, als sie verstorben ist. Weißt du darüber etwas?« Die blauen Augen der Kommissarin fixierten Emily. Sie hatte das Gefühl, dass sie durch sie hindurchsehen konnte. Sie musste vorsichtig sein und herausfinden, wie viel Moritz verraten hatte. Glücklicherweise hatten sie, Marie und Janna gestern die Gelegenheit gehabt, sich bis in alle Einzelheiten abzusprechen.

»Ja, das hat er uns auch mal erzählt. Aber er erzählt ja auch, dass er Spiderman im Supermarkt getroffen hat.« Emily wurde im selben Moment unangenehm warm. Was, wenn Moritz ausgeplaudert hatte, dass sie den Mann gezeichnet hatte?

»Ihr hattet keine Idee, wer das gewesen sein könnte?«

»Nein. Wie gesagt, wir haben nicht so viel auf sein Gerede gegeben. War vielleicht ein Fehler«, räumte Emily ein.

»Gut«, sagte die Kommissarin und lächelte.

Emilys Erleichterung war grenzenlos. »Darf ich auch mal was fragen?«

»Ja, klar.«

»Was passiert denn jetzt mit den Entführern?«

»Gegen die wird die Staatsanwaltschaft Anklage erheben. Da kommt einiges zusammen. Vermutlich wirst du vor Gericht als Zeugin aussagen müssen.«

»Aber diese Männer waren doch sicher nur Handlanger für diese Schillinger-Erben«, spekulierte Emily.

»Ja, wahrscheinlich«, nickte die Kommissarin. »Aber sie behaupten, ihren Auftraggeber nicht zu kennen. Und das glaube ich denen sogar. Sie sind bestimmt über einen Mittelsmann angeheuert worden.«

»Soll das heißen, dass die, die hinter der ganzen Sache stecken, ungeschoren davonkommen?«, empörte sich Emily.

Die junge Polizistin runzelte die Stirn. »Wir suchen natürlich noch nach Beweisen. Aber bis jetzt konnten wir noch nicht einmal die Identität dieser Schillinger-Erben klären. Wir arbeiten in dieser Sache mit den chilenischen Behörden zusammen, allerdings kann so etwas lange dauern und man kann nie sagen, was dabei herauskommt. Diese alten Nazis und ihre Familien werden in einigen südamerikanischen Ländern bis heute von Teilen der Behörden gedeckt.«

»Das ist ja eine Sauerei!«

»Ja. Das Leben ist kein Ponyhof«, seufzte die Kommissarin und stand auf. »In Ordnung, Emily. Das war es dann schon.«

»Bekomme ich mein Bild wieder zurück? Ich möchte es Marie und Janna schenken.«

»Vorerst leider nicht. Das ist ja ein wichtiges Beweismittel. Übrigens toll gemalt, Kompliment.«

»Danke«, sagte Emily, die nun doch leicht errötete.

»Wir haben gestern deine Eltern informiert. Sie haben den nächsten Flug gebucht.«

»Ich weiß.« Emily nickte.

Frau Kramp hatte ihr heute Morgen von dem Anruf ihrer Eltern erzählt. »War das nötig, dass sie gleich zurückkommen?«, hatte sie gefragt. Aber ganz im Geheimen war sie darüber gar nicht so unglücklich.

Der letzte Abend von Emilys Aufenthalt in Außerhalb 5 war gekommen. Sie verbrachte ihn bis zum Einbruch der Dunkelheit mit Marie in ihrem Baumhaus. Aber es war nicht wie vorher. Nichts war wie vorher. Zu oft waren sie dem Tod begegnet in den vergangenen Tagen. Ab morgen würde alles anders werden. Morgen würde Maries Großmutter exhumiert werden. Morgen würden Emilys Eltern zurückkommen.

Morgen würden sie den Brief abschicken, in dem Marie und Janna ihrer Mutter mitteilten, dass deren Mutter, ihre Oma, gestorben war. Die Einzelheiten und Umstände ihres Todes hatten sie vorsichtshalber weggelassen.

»Warum könnt ihr eure Mutter nicht einfach anrufen und fragen, ob sie nach Hause kommen kann?«, fragte Emily.

Marie seufzte tief. »Das ist schwer zu erklären. Man weiß nie, in welcher Stimmung man sie gerade antrifft. Sie kann so schrecklich gleichgültig sein. Oder das Gegenteil, so künstlich aufgekratzt. Und ich weiß gar nicht, ob ich will, dass sie zurückkommt. Dann müssten wir wieder jeden Tag Angst haben, ob etwas passiert ist, wenn wir aus der Schule kommen.«

Emily fing allmählich an zu begreifen: Es musste sehr viel geschehen sein, dass ihnen die eigene Mutter so fremd geworden war. Ein bedrohlicher Gedanke, schier unvorstellbar für Emily, für die ihre Eltern immer eine feste, sichere Größe in ihrem Leben gewesen waren.

Sosehr Emily auch vor dem bevorstehenden Donnerwetter graute, so waren ihre Eltern doch selbst in ihrem Zorn verlässlich und berechenbar. Es würde eine Predigt hageln, voraussichtlich die schlimmste ihres bisherigen Lebens, denn viel hatte Emily bis jetzt eigentlich noch nicht angestellt, wenn man von einem mit Ölfarben ruinierten Teppichboden einmal absah. Vielleicht würde es für den Rest der Ferien Hausarrest geben oder sie musste für den Rest ihres Lebens den Rasen mähen. Aber man wusste immer, woran man mit ihnen war, selbst wenn sie sauer waren. Urvertrauen nannte man das wohl. Das schien zwischen Marie und ihrer Mutter verloren gegangen zu sein.

Als die Sonne wie ein roter Ball hinter dem bewaldeten Gebirgszug verschwand, standen sie auf und kletterten hinab. Traurig und schweigend fuhren sie zurück, und obwohl es noch warm war, hatte Emily das Gefühl, dass mit diesem Tag der Sommer zu Ende ging.

Janna, Moritz und Frau Kramp saßen auf der Terrasse, Ringo lag unter dem Tisch. Sie hatten Windlichter angezündet und vor ihnen standen bunte Getränke. Eine seltsam feierliche Stimmung lag über der Szenerie, das spürten Emily und Marie sofort.

»Frau Kramp hat etwas mit uns zu besprechen«, eröffnete Janna. Marie setzte sich hin und sah Janna und Frau Kramp fragend an. Emily blieb stehen. Instinktiv erfasste sie, dass sie in dem folgenden Gespräch nicht vorkommen würde.

Frau Kramp knetete ihre Hände. So nervös hatte sie Emily noch nie erlebt. »Also«, begann sie zögernd, »ich wollte euch Folgendes vorschlagen: Ich würde gerne für euch sorgen, zumindest so lange, bis eure Mutter wieder ganz gesund ist. Als Pflegemutter oder etwas in der Richtung, das müsste man mit dem Jugendamt besprechen. Aber das hätte den Vorteil, dass ihr in diesem Haus bleiben könntet, keiner von euch müsste die Schule wechseln, ihr würdet eure Freunde nicht verlieren. Ich denke bei dieser Regelung vor allen Dingen an Moritz. Es wäre für ihn furchtbar, wenn er von euch getrennt würde. Ihr müsst euch nicht sofort entscheiden, mein Angebot steht.« Sie nippte an ihrem Getränk.

Marie und Janna sahen sich an.

»Was sagst du dazu, Moritz? Soll Frau Kramp bei uns einziehen?«, fragte Janna.

»Ringo auch?«

»Ja, klar.«

»Au ja.« Moritz kroch zu Ringo unter den Tisch und begann von einer Hundehütte zu faseln, und von den Kunststücken, die er ihm beibringen würde.

Emily hatte erwartet, dass Janna und Marie Freudensprünge veranstalten würden, aber Marie schwieg und Janna fragte: »Warum tun Sie das? Kümmern sich um wildfremde Kinder?«

»Wildfremd seid ihr mir ja nun ganz bestimmt nicht.«

»Aber gleich Pflegemutter?«, beharrte Janna. »Das ist doch etwas ganz anderes. Das betrifft Ihr ganzes Leben!«

»Ja, du hast recht«, räumte Frau Kramp ein. Sie holte tief Luft und sagte dann bemüht nüchtern: »Ich hatte mal ein eigenes Kind, einen Sohn. Er starb, als er so alt war, wie Moritz jetzt ist. An Meningitis, Hirnhautentzündung. Das ist vier Jahre her.«

»Das tut mir leid«, sagte Janna.

»Ja, mir auch«, versicherte Marie rasch.

Danach herrschte Schweigen. Grillen zirpten, Ringo schnarchte und Maja Kramp rührte mit dem Strohhalm in ihrem Glas, sodass die Eiswürfel leise klimperten. Emily hielt es fast nicht mehr aus vor innerer Anspannung. Warum sagten die beiden denn nichts? Dieses Angebot war doch wahnsinnig großzügig, ein echter Glücksfall.

Endlich fand Marie ihre Sprache wieder: »Ich finde das toll, dass Sie das für uns tun wollen. Aber was ist, wenn Mama nach Hause kommt?«

»Ach, das macht dir Sorge«, winkte Frau Kramp ab. »Darüber zerbrich dir nicht den Kopf. Natürlich behalte ich meine Wohnung, denn ich möchte ja nicht auf Dauer den Platz eurer Mutter einnehmen. Das ist gewiss nicht meine Absicht. Vielleicht könntet ihr mich als so eine Art Tante betrachten. Eine Tante, die einspringt, solange es notwendig ist.«

»Eine Patin«, schlug Marie vor.

Moritz schaute fragend in die Runde. »Was ist das?«, fragte er stirnrunzelnd.

»Paten sind dazu da, für die Kinder zu sorgen, wenn den Eltern was passiert.«

»Patin klingt doch schön«, meinte Frau Kramp.

»Also, ich fände es okay«, sagte Janna und schickte ein unsicheres Lächeln über den Tisch. »Ja, doch, das wäre echt riesig, wirklich.«

Fatalerweise flogen Emilys Eltern gerade dann aus Sardinien zurück, als auch die überregionalen Zeitungen das Thema »Jugendliche narren Entführer mit selbst gemaltem Picasso« auf ihren Klatschseiten durchhechelten, und so hatten sie während ihres Fluges genug Gelegenheit, die Ferienerlebnisse ihrer Tochter in verschiedenen Blättern nachzulesen. Dementsprechend fiel das Strafgericht aus. Früher wäre Emily vermutlich mittendrin aufgesprungen und heulend in ihr Zimmer gelaufen, um sich dort für die nächsten paar Stunden schmollend einzuschließen. Nicht so dieses Mal. Sie hörte sich die Vorhaltungen ihrer Eltern nicht gerade gelassen, aber doch relativ ruhig an. Sie hatte während der vergangenen Wochen dem Tod in mehreren Varianten ins Auge gesehen, wie sollte sie da eine Predigt ihrer Erziehungsberechtigten erschüttern? Zumal sie deren Argumente bis zu einem gewissen Grad nachvollziehen konnte. So korrigierte sie nur die eine oder andere Übertreibung ihrer Mutter mit sachlichen Worten und legte am Ende ihre Beweggründe dar, gefolgt von einer Entschuldigung.

Keine Tränen, kein Gebrüll, kein Trotz. Das Ergebnis war, dass ihre Eltern völlig verblüfft waren und sogar vergaßen, irgendwelche Sanktionen zu verhängen.

Später am Tag wurde Emily Ohrenzeugin eines Gesprächs:

»Sie ist so anders geworden, und das in gerade mal drei Wochen«, hörte sie ihre Mutter sagen.

»Und sie hat auch mehr Busen bekommen«, meinte ihr Vater. »Sie wird langsam ein verdammt hübscher Teenager, du wirst sehen, bald streunen hier die Kerle vor dem Haus herum.«

Hinter der Tür lief Emily knallrot an, während Frau Schütz mit leisem Tadel in der Stimme antwortete: »Ich meinte damit eigentlich, dass sie geistig reifer geworden ist. Wie ruhig sie geblieben ist, als wir sie in die Mangel genommen haben – das hätte es früher nicht gegeben.«

»Also war die ganze Sache doch nicht so schlecht«, räumte ihr Vater ein: »Mal abgesehen vom Kontakt zu Schwerverbrechern.« Das Grinsen war in seiner Stimme zu hören. »Aber in Sachen Gartenarbeit kennt sie sich jetzt ja bestens aus.«

»Da mach dir mal nicht allzu viele Hoffnungen«, widersprach ihre Mutter lachend und Emily hinter der Tür grinste und schlich sich davon.

Die Beisetzung von Frau Holtkamp auf einem richtigen Friedhof fand eine Woche später statt. Inzwischen war die Leiche obduziert worden und die Todesursache stand zweifelsfrei fest: ein schwerer Herzinfarkt. Zur Beerdigung kam auch die Mutter der Weyer-Geschwister: eine zarte, zerbrechlich wirkende Frau mit Maries dunklen Haaren und großen Augen. Sie weinte nicht und folgte etwas abwesend dem Procedere. Auch Frau Kramp war da und hinterher gingen sie und die Familie Weyer zusammen in ein Café. Emily wäre gerne dabei gewesen, aber mit welcher Begründung? Sie, die mit den Geschwistern so viel durchgemacht hatte, war nun zu einer Außenstehenden geworden. Das schmerzte. Aber Marie würde ihr hoffentlich alles erzählen.

Und das tat sie auch, gleich am nächsten Tag. Sie hatten sich im Eiscafé verabredet.

»Mama wohnt jetzt nicht mehr im Heim, sondern in einer betreuten Wohngemeinschaft, gar nicht weit von hier. Sie kommt uns jedes Wochenende besuchen, das hat sie mit Maja – also, mit Frau Kramp – ausgemacht. Sie sagt selbst, sie will erst wieder bei uns einziehen, wenn sie ganz sicher ist, dass sie es auch schafft.«

»Und wie läuft es mit Frau Kramp?«

»Ach, die ist echt in Ordnung. Sie plant jetzt, den Dachboden auszubauen, damit wir mehr Platz haben und unsere eigenen Zimmer behalten können. Aber vor allen Dingen hält sie uns den kleinen Satansbraten vom Hals, und das ist ja schon viel wert«, grinste Marie. »Und wie war's bei dir? Haben sie dir den Kopf abgerissen?«

»Fast.«

»Du hast ihnen doch nichts gesagt . . .?«

»Nein. Nur das, was in der Zeitung stand. Eltern müssen nicht alles wissen.«

»Das bleibt unser Geheimnis, nicht wahr?«

»Auf jeden Fall.« Emily streckte drei Finger in die Höhe.

»Übrigens, wir sind jetzt reich«, verkündete Marie.

»Ach ja? Habt ihr im Lotto gewonnen?«

»So ähnlich. Es gab doch ein Testament von Oma. Das lag bei einem Notar. Diese Amerikanerin, der Oma das Bild zurückgegeben hat, die hat ihr damals einen fetten Scheck geschickt, aus Dankbarkeit. Oma hat das Geld für uns in Wertpapieren angelegt und jetzt, nach über zwanzig Jahren, ist das Ganze fast neunzigtausend Euro wert. Das soll für unser Studium oder sonst eine Ausbildung sein, hat Oma verfügt. Gut, was?«

»Sehr gut«, strahlte Emily. »Und was studierst du dann mal?«

»Mathe und Physik, was sonst?«

»Und was machst du damit? Lehrerin?«

»Bist du irre? Ich werde in die Forschung gehen und die Energieprobleme der Menschheit lösen. Zum Beispiel.«

»Klar«, sagte Emily, die keine Sekunde daran zweifelte, dass Marie ihren Plan verwirklichen würde. »Und Janna kann auf die Schauspielschule«, fiel ihr ein.

»Ja. Aber sie könnte auch jetzt schon die Hauptrolle in ›Unser Charly‹ spielen«, lästerte Marie und dann kicherten sie drauflos wie schon lange nicht mehr.

»Du bist eine tolle Freundin, wollt ich dir noch sagen«, sagte Marie, ehe sie verlegen den Blick in ihren Milchshake senkte.

»Du auch«, sagte Emily.

»Hier, das soll ich dir von Janna geben.«

»Ein Geschenk?« Neugierig öffnete Emily die kleine Schachtel. Darin lag eine Sonnenbrille, wie Janna sie trug, und ein blassrosa Lippenstift. Emily setzte die Brille auf.

»Cool«, sagte Marie. »Ja, dann geh ich jetzt mal.« Sie stand mit einem Ruck auf.

»Aber wieso denn? Du hast doch noch gar nicht ausgetrunken und wir wollten doch schwimmen gehen?«

»Ich glaube, du kriegst gleich Besuch«, flüsterte Marie und weg war sie. Emily sah ihr irritiert nach. Dann entdeckte sie den Grund für Maries eilige Flucht. Eine Gestalt mit einem Panamahut auf dem Kopf ging zielstrebig über den Platz auf sie zu.

Emilys Herz krampfte sich zusammen. Seitdem alles vorbei war, hatte sie jeden Tag an Lennart gedacht und tausend Mal überlegt, ob sie ihn anrufen sollte. Aber immer, wenn sie kurz davor war zu wählen, hatte der Mut sie verlassen. Was hätte sie auch sagen sollen? Wie sollte sie ihm das Ganze erklären? Und vor allem: Was würde er nur von ihr denken?

»Hey, Emily!«

Sie holte tief Luft. »Hey, Lennart!«, presste sie hervor. »Wieder da?«

»Seit gestern. Darf ich mich setzen?«

»Sicher!«

Aber ehe er das tat, küsste er sie ganz selbstverständlich auf die Wange. Emily merkte, wie sie rot anlief. Die Stelle brannte wie Feuer. Zum Glück hatte sie Jannas coole Sonnenbrille auf.

»Siehst klasse aus«, sagte Lennart.

»Danke.«

Auch er sah gut aus, verdammt gut sogar. Die leichte Bräune im Gesicht ließ die hellen Augen strahlen. Es folgte ein etwas verkrampfter Smalltalk, bis Lennart schließlich sagte: »Am Wochenende treten wir mit unserer Band auf. Also, das ist so ein Gig, bei dem mehrere Nachwuchsbands spielen dürfen, irgendein Radiosender ist auch da und nimmt auf. Und hinterher ist Riesenparty. Hast du Lust mitzukommen?«

Emilys Herz machte einen albernen Satz. »Ja, gern«, sagte sie und war bemüht, nicht allzu glückselig auszusehen. Es gelang nur schlecht. Aber dann kamen ihr Bedenken. »Wie lange geht denn die Party?«

»Och, wahrscheinlich bis in die Puppen.«

Emily seufzte. »Ich muss bestimmt um elf zu Hause sein.«

Jetzt bereut er sicher sein Angebot und würde lieber ein älteres Mädchen aus seiner Clique mitnehmen, dachte Emily. Vermutlich wagt er es nur nicht zu sagen, um mich nicht zu verletzen.

»Ein Uhr«, sagte Lennart.

»Was?«

»Das habe ich mit deinem Vater ausgehandelt.«

»Wie? Wann denn das?«, fragte Emily völlig verwirrt. Lennart kannte ihre Eltern doch gar nicht.

»Na, vorhin. Ich wollte dich besuchen, aber du warst nicht da. Bei dieser Gelegenheit habe ich mich deinen Eltern vorgestellt und gefragt, ob du mitkommen darfst, falls du möchtest. Sie haben mir anschließend sogar verraten, wo ich dich finde.«

Emily blieb für einen Moment der Mund offen stehen. »Und . . . und wie haben sie reagiert?« Das konnte ja heiter werden, wenn sie nachher nach Hause kam!

»Deine Mutter war sehr charmant, dein Vater anfangs etwas reserviert, wie Väter eben so sind. Aber ich habe beide mit meiner soliden Ausstrahlung und meinem tadellosen Benehmen rumkriegen können, du musst dir keine Sorgen machen.«

»Eingebildet bist du gar nicht, was?«

»Doch, ein bisschen schon«, gab er augenzwinkernd zu. »Aber nicht ohne Grund, oder?«

Emily lächelte, sah ihn durch die Gläser ihrer neuen Sonnenbrille an und dachte: Das ist mit Abstand der coolste Junge der Schule!

Lennart wandte sich ihr zu, griff nach der Sonnenbrille und legte sie auf den Tisch. »Jetzt kann ich dich besser sehen«, meinte er. Er blickte ihr in die Augen und sagte: »Und jetzt musst du mir alles erzählen, diese ganze irre Geschichte mit der Entführung und deinem falschen Picasso. Ich hab's in der Zeitung gelesen, jeder spricht davon, das ist ja so was von abgefahren, Mann, ist das cool!«

Susanne Mischke

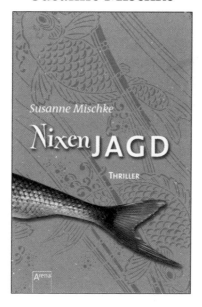

Nixenjagd

Bei einem mitternächtlichen Badeausflug zum See kippt die ausgelassene Stimmung, als plötzlich eine aus der Clique fehlt: Katrin war hinausgeschwommen und nicht zurückgekehrt. Ein Badeunfall? Franziska, Katrins beste Freundin, kann das nicht glauben. Doch auf der Suche nach einer Erklärung gerät sie selbst in Gefahr und muss bald feststellen, dass sie niemandem trauen kann – nicht einmal sich selbst ...

200 Seiten. Klappenbroschur.
ISBN 978-3-401-06088-0
www.arena-verlag.de

Beatrix Gurian

Prinzentod

Verbotene Liebe führt selten zu etwas Gutem. Das weiß Lissie, als sie Kai das
erste Mal begegnet und doch schafft sie es nicht, ihm zu widerstehen. Bis ein
entsetzlicher Unfall geschieht, der alles, was verborgen war, ans Licht bringt.
Aber Lissie ahnt noch nicht, dass dies alles nur der Anfang ist.

240 Seiten. Klappenbroschur.
ISBN 978-3-401-06215-0
www.arena-verlag.de